蒼天行盜
第二輯
卷10
綁架蹊蹺
石章魚
著

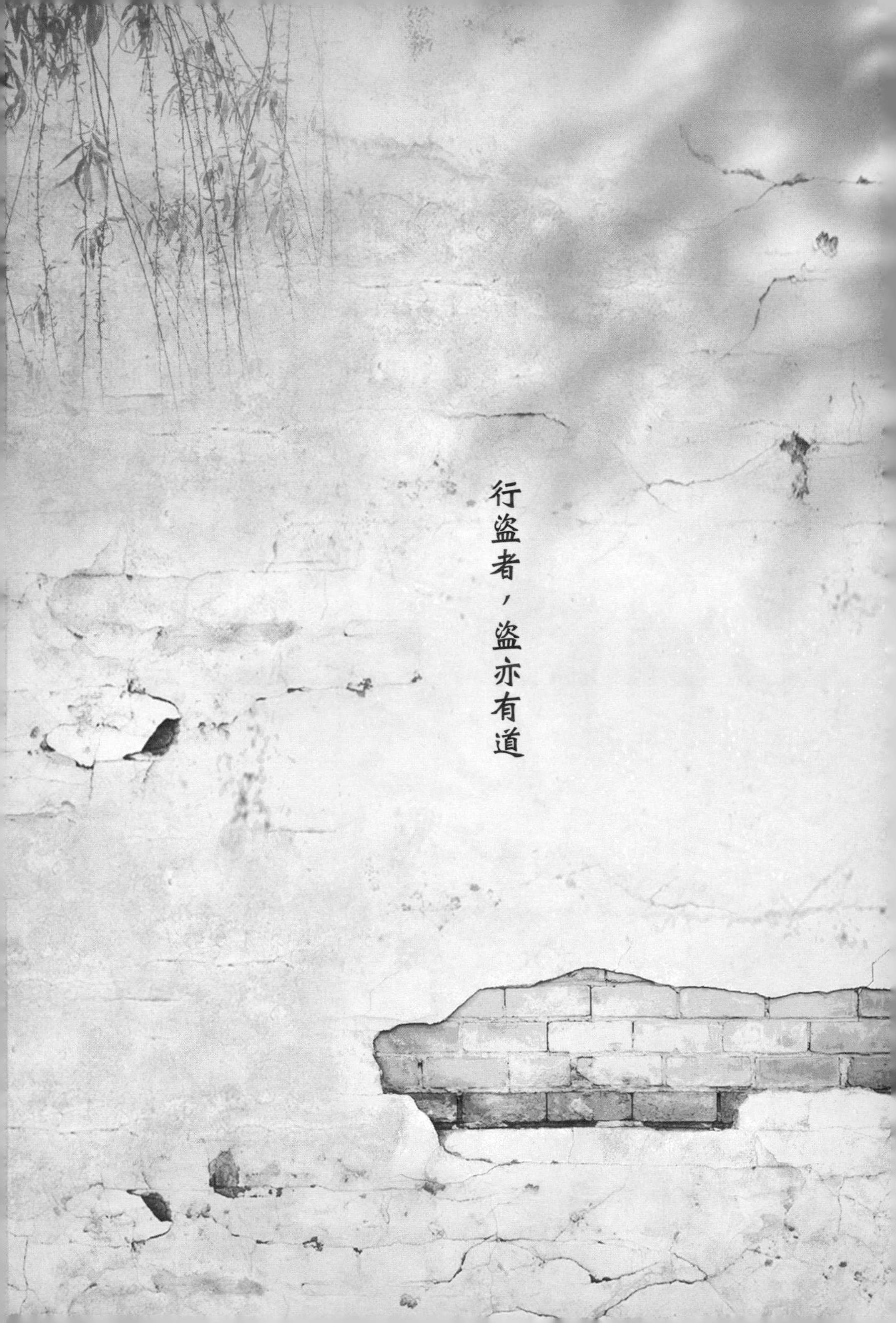

行盜者，盜亦有道

目錄

CONTENTS

第一章 金點十六術 5

第二章 瘧疾 31

第三章 開腿筋 61

第四章 飛刀頂碗 101

第五章 找回失去的臉面 121

第六章 綁架蹊蹺 151

第七章 少女幽香 191

第八章 畏罪自殺 225

第九章 盜門出身 253

第十章 誇下海口的承諾 293

第一章

金點十六術

金點又分十六術，分別是卜筮、易卦、相術、占星、
五行、堪輿、占夢、讖語、拆字、符咒、指迷、
奇門遁甲、紫微斗數、天地六壬、太乙神數、鐵版神數。
其中後三項乃是點金三大秘術，至今已經失傳。
而安翟所說的測字便是十六術當中的拆字，
摸骨則屬於相術的一個分支。

羅獵並沒有想那麼深，十三歲的年紀，對自身形象並無太高要求，至於國人認同，家族歸屬等情感亦無清晰概念。他想得很簡單，萬一有機會把自己的各項證件追回來了，卻因頭上沒了辮子而不被朝廷認可，並失去進入學堂深造的機會，豈不是對不起爺爺麼？可是，將證件追回來，又會有多大的可能呢？

羅獵陷入了矛盾之中。

一支香煙抽完，阿彪將煙屁股扔到了地上，再用皮鞋尖碾滅了，見羅獵仍舊沒做出決定，臉上露出不快神色。「給臉不要是吧？你當你是誰呀，求著你了是麼？」阿彪拋下一個惡狠狠的眼神，向著樓房的方向走了幾步，衝著樓房門口的一個兄弟喊道：「跟濱哥說一聲，這倆小子始終不願意剪辮子。」

羅獵的心思已經有了動搖，可挨了阿彪這通臭罵，登時激發出內心的憤恨。摸了摸口袋，萬幸的是落在員警手中後，並沒有被搜身，那二十美金仍舊在身上，只不過有些濕漉而已。安翟見羅獵掏出了口袋中的鈔票，心領神會，跟著也掏出了口袋中的兩張美鈔，遞給了羅獵。羅獵接了過來，然後打開另一側車門，下車後，將四張美鈔放在了車頂上。

「這兒有四十元美金，放我們走！」

阿彪轉過身來，看了眼羅獵，臉上的表情變得很是古怪。「放你們走？你當這兒是菜市場嗎？說來就來，說走就走？」

羅獵面無懼色，理直氣壯道：「你們濱哥花了三十美金從員警手中將我們兩個買下來，現在我還給你們濱哥四十美金，還不夠麼？」

阿彪哭笑不得，心忖，跟這倆孩子怎麼才能說明白呢？入了金山安良堂的門，便早已不再是錢的問題，若是濱哥高興，不單會放你走，甚或倒貼你一百刀，若是濱哥不高興，任由你拿來多少錢，也只有屍沉大海這麼一條歸宿。

曹濱上了二樓，進了書房，卻對外面不太放心，於是來到窗前，掀開了窗簾，靜靜地看著樓下。雖然聽不到聲音，但小羅獵下了車，攏上了美鈔，然後跟阿彪對上了兩句話，這些行為，曹濱已經猜到了七八分。而這時，手下兄弟在門外稟報說，那倆孩子仍舊不願意剪去辮子。這更是驗證了曹濱的判斷。

在海關警署，曹濱只看了羅獵一眼，便斷定，加以培養幾年，這小子定將成為他金山安良堂的棟樑之才。將這倆小子帶出警署上了車，羅獵無論是走路還是坐著，其姿態都說明他接受過良好的教育，這一點，更是得到了曹濱的喜愛。不單如此，在車上的簡單對話中，羅獵顯露出不卑不亢的態度，使得曹濱在喜愛之餘還有那麼一點震驚。二十年前初到金山時，曹濱已經有了十五歲，而十五歲的曹濱，絕對沒有那份淡定從容。

樹木成材需扶正，璞玉成器需雕琢，人若成龍多磨難！

曹濱推開窗戶，輕咳一聲，然後揮了揮手。

樓下，阿彪見狀，瞬間明白了濱哥的意思，頗為無奈地聳了下肩，轉身對羅獵道：「你說得對，你說得非常對，好吧，大門就在那邊，想走你就走吧。」看到羅獵毫不猶豫地轉身就走，阿彪在後面又喊了一句：「回來！把錢拿上。」

聲音足夠大，羅獵肯定聽得清，但他並沒有回頭，連腳步也沒停下。安翟急忙跟了上去，悄聲道：「羅獵，他們不要咱們的錢，你為什麼不拿回來呢？」

羅獵繞過了水池，徑直走上了那條青石磚鋪成的林蔭徑道，並回答安翟道：「我爺爺說，大丈夫立於世，最好不欠別人的情。」

走出了鐵柵欄做成的大門，眼望著陌生的環境，再想到自己已是身無分文，羅獵的心頭不免生出一股悵然情緒。

「羅獵，別擔心，我會算命，餓不死咱們。」

羅獵深吸了口氣，再猛地吐出，對安翟道：「安翟，咱們還是把辮子給剪了吧。」

「為什麼？」

羅獵道：「你剛才沒聽那個叫阿彪的說麼？要是不把辮子給剪了，人家員警就會把我們再抓起來的。」

「可是，你剛才為什麼不願意啊？你剛才要是答應了，咱們還能洗個澡換上新衣服。」

羅獵愣了下，抬起頭看著街面上光怪陸離的各色招牌，苦笑搖頭，道：「貧者不受嗟來之食，我爺爺說，男人活在世上，可以貧窮，但不能沒有尊嚴。」

年少不知世道難！

羅獵幼時喪父，是母親一手把他拉扯到了七歲，那段時光的生活確實艱辛，但有爺爺的偶爾接濟，娘倆雖然吃不上好的，但也不至於餓了肚子。到母親病故之後，爺爺將羅獵帶到了身邊，羅獵更是體會不到缺衣少食的滋味。

人，在有吃有喝之時，談起尊嚴來，完全可以將它擺在最重要的位置上，可當他沒吃沒喝快要餓死的時候，尊嚴或許就成了屁話一句，不提也罷。人窮志短，這個一千年前就已經形成的成語，不無道理。

同樣，安翟也沒怎麼受過挨餓的滋味，僅有一次，便是在巨輪之上，而那一次，安翟便放下了尊嚴，摸到了輪船餐廳去偷人家的食物。

羅獵的話，安翟聽了個一知半解，但一直以來，安翟始終認為羅獵說的話總是有道理的，尤其是當羅獵說出他爺爺的時候，安翟更是崇敬有加。這麼一位有學識的老者，說出來的話能錯了麼？「羅獵，我聽你的。」安翟鄭重點頭，同時向羅獵投來敬佩一瞥，道：「我們沒有剪刀，怎麼剪辮子呢？」

如此簡單的問題卻著實難住了羅獵。放眼望去，街面上倒是有幾家理髮鋪，可自己身無分文，人家又怎麼可能為自己免費服務呢？目光收回，無意間落在了路邊的一個瓦片上，羅獵的雙眼頓時放出光芒來，「有辦法了！」

安翟尚在迷惑，羅獵已經奔過去撿起了瓦片。

「羅獵，你幹嘛呀？」

羅獵沒答話，拿著瓦片蹲了下來，就著路牙石，磨起了瓦片。安翟隨即明白了羅獵的用意，立刻興奮起來，將周圍地面尋了個遍，在遠處也看到了一塊瓦片，立即跑過去撿了回來，學著羅獵的樣子，也在路牙石上磨了起來。打磨物件需要淋水，乾磨的效率很低，而且容易出現斷裂情況，羅獵手上的一塊瓦片，磨了斷，斷了磨，巴掌大小的一塊瓦片，磨到僅剩下了一小半，也沒能磨出想像中的瓦片刀來。至於安翟，則更慘，早已經將手中瓦片磨成了一攤碎塊。

再無他法，哥倆只能茫然向前。

「羅獵，你渴嗎？」安翟邊走邊問。

羅獵先是搖了搖頭，隨後又點了點頭。

「羅獵，你餓嗎？」安翟看到路邊有個廢舊紙盒，下意識地踢了一腳。

羅獵這次沒有猶豫，直接點了頭。

「咱們找個人多的地方，我擺個攤，給人算命，行不？」

羅獵再次點頭，但又疑道：「可是，咱們什麼都沒有，怎麼擺攤啊？」

安翟楞了一下，忽然想到了什麼，轉過身跑回去撿起了剛才踢了一腳的那個紙盒。「在上面寫兩個字不就行了麼？」

羅獵想像了一下，覺得雖然簡陋，但總比什麼都沒有的要強。「嗯，那咱們就去試試，走，去那邊，那邊人多。」

金山的華人勞工始於五十年前，因為在當地發現了金礦，而開採金礦是一項相當艱苦的勞作，驕傲的洋人不樂意做這種辛苦工作，無奈之下，只能向大清朝提出了引入華人勞工的要求。第一批華人勞工被運送到金山後，其中有一個混過幾天金點行當的廣東人一眼便看中了這一塊地域的風水，於是，便逐漸形成了眼前的金山唐人街。

住在唐人街之中的華人絕大多數都說不好英文，而洋人員警們幾乎沒人會說國語，起初，因交流不暢而發生的誤會是接二連三，後來，洋人員警開創了一個新的管理模式，由華人自己管理自己，而擔負此項任務的便是曹濱以及他手下的安良堂，而洋人員警則只需要管好了曹濱即可。

曹濱的學習能力非常之強，來到金山後不過三年光景，雖然並沒有多少跟洋人打交道的機會，但仍舊學會了一口流利的洋人話，不單跟洋人們交流起來毫無障礙，還能準確把握洋人心思，因而深得洋人們的喜愛。

剪辮子，是曹濱屬下安良堂的規矩，大清朝的牛尾巴辮子在曹濱眼中實在是缺乏美感，另外，他認為既然來到了洋人的地盤，那麼就應該極力融入到洋人們的文化中去，決不能故步自封，在這麼一小塊地盤上整出一個小清朝出來。只有盡力向洋人們靠攏，洋人們才會接受華人，而這片唐人區，便可以得到最大限度的安全。

安翟翻了幾處垃圾堆，終於找到了一塊尚未燃燒完的煤塊，攤開那只紙盒，在上面寫了「算命」兩個中國字，想了想，覺得還不夠充分，於是便在下面添了三個小字，看風水。

路邊一蹲，剛做好的紙板往身前一立，安翟的算命攤也就算開張了。

華人勞工命運多舛，不管是公開招募來的，還是私下裡偷渡來的，每一個踏上了洋人土地的華人，都揣著一顆發財致富的心。可是，理想無限美好，現實卻始終殘酷，華人勞工的生活境況比起在國內來，並好不了多少。命運的捉弄使得一些人產生了自暴自棄的思想，卻無法泯滅了大多數人對美好生活的憧憬，尤其是曹濱又為他們樹立出了一個榜樣來。

這種心態下，算命這個行當在華人勞工中還是有相當的市場。因而，攤子剛擺開，便來了第一個客戶。

「先生要算命？」安翟的一雙眼睛原本就小，再將眼珠子翻上去，只留下兩道魚肚白，加上他練習已久的神態，一個小瞎子的模樣甚是維妙維肖。「初來乍到，人生地不熟，算得準了，您賞兩個小錢，算得不準，您就當是聽了我瞎子放了一通臭屁，想打就打，想罵就罵。先生，您是想測字呢還是想摸骨？」

金點又分十六術，分別是卜筮、易卦、相術、占星、五行、堪輿、占夢、讖語、拆字、符咒、指迷、奇門遁甲、紫微斗數、天地六壬、太乙神數、鐵版神數。其中後三項乃是點金三大秘術，至今已經失傳。而安翟所說的測字便是十六術當中的拆字，摸骨則屬於相術的一個分支。

金點行當中，從未有人能將十六術全部都學到手，刨去已經失傳的三大秘術，在剩下的十三項金點術中能精通六項者已是鳳毛麟角，而安翟所拜的師父，也不過掌握了兩項半，測字算是一項，摸骨只能算是相術中的半項，另一全項則是堪輿，也就是俗稱的看風水。

安翟手中沒有羅盤，自然耍不起堪輿術，也只能在測字摸骨兩項中糊弄一下面前之人。

華人勞工多數沒讀過書，斗大的字識不了一籮筐，有些人一輩子都活完了，卻連自己的名字都不會寫，因而，選擇測字的可能性微乎其微。安翟便是討了這個巧，他實際上對測字術所學甚少，但只是依靠一項摸骨術又顯得自己水準太低。

「摸骨吧。」求算命的是一個三十來歲的男人，看其穿著尚且能過得去，口袋裡應該有些小錢。

安翟的瞎子裝得很到位，那人已經伸出了手來，但安翟並沒有接住，而是跟著伸手，停在了二人中間，等著那人將自己的手移過來放在了安翟手上。安翟卻將那人之手輕輕甩開，翹著嘴角笑道：「先頭後手乃為正道，先手後頭實為旁道，先生，還請將貴頭顱移來。」

那人皺了下眉頭，稍有些不耐煩，但還是將身子向前移了移，把腦袋湊到了安翟的手邊。安翟摸索到了那人的腦袋，自上而下，認真揉摸。

「先生可是臘月生人？」安翟慢條斯理，拖著腔問道。聲音雖然仍舊稚嫩，但口吻中卻不乏大家風範。

那人明顯一驚，睜開眼看了下眼前的安翟，道：「確是臘月。」

「先生出生時受難不小啊！」

那人又是一驚，張了張嘴，卻沒答話。

「自小就沒了娘，苦命啊！」

那人再是一驚，面上已有敬佩之意。

「先生來這兒已有數年，卻始終未曾得志，空有一身本事，卻做著最底層營生，實在是憾事一件。」

那人不顧自己的腦袋還在對方的手上，非得以點頭來表示自己內心中的認可。

「將左手取來。」安翟摸完了那人的腦袋，再次攤開了手。

那人迫不及待地將左手交給了安翟。

「先生骨均不顯，唯有魚骨與生來……」安翟搖頭晃腦，就差再捋上一把鬍子了。

那人脫口問道：「怎講？」

安翟慢慢悠悠道：「此骨生來喜歡遊，穿洲過府無止休，一生勞碌無祖業，晚年衣食總無憂。先生幼年苦命，青年可自食其力，至中年便可有所作為，到了晚年，必是家況殷實，兒孫滿堂。」

那人靜呆了片刻，呼吸逐漸急促，末了，深吸了一口氣後，衝著安翟抱起了雙拳，「小先生真是個神算子啊！」感慨過後，便要掏錢，先放下了一枚廿五美分的硬幣，稍愣一下後，又撿了一個十美分的硬幣放在了紙板旁。然後站起身來，道：「明日我帶些工友來，不知在哪裡能找得到小先生？」

安翟微微搖頭，道：「一切隨緣，緣在，天邊即是眼前，無緣，即便眼前卻也遠在天邊。」

那人又是一愣，然後露出笑容來，再衝著安翟抱了下拳，轉身去了，那腳步，分明比來時輕快多了。

羅獵在一旁始終未發一言，此刻面前無人，這才驚喜問道：「安翟，你是怎麼做到的？」

金點十六術中，每一術都有著其奧妙深刻之處，安翟所學，不過是相術中的皮毛。嬰兒出生之時，因地域節氣等環境因素肯定會影響到此嬰兒包裹方式，夏天會包裹得薄一些鬆一些，而冬日，則會包裹得厚一些緊一些，這些差異，均會在嬰兒的身上留下痕跡，因而，通過摸骨，找出其特徵，推算出其出生年月，其實並不是太過玄奧的技能，經驗而已。另外，順產兒和難產兒的差異特徵亦是明顯，安翟學了半年多，若是連這點差異都摸不出來，那只能說是祖師爺不願意賞他這口飯吃，那麼他師父也不會收下他做徒弟。提及了此人出生時的苦難，那人神情的變化，告訴了安翟，他母親很可能因難產而死。既然是有可能，那就值得蒙上一把。

至於這之後說的話，更是稀鬆無奧妙。裴瞎的安翟，早已經將此人的衣著打扮行為舉止看了個一清二楚，此人的口音表明他是個北方人，北方人多不在乎打扮，而那人，一身行頭卻甚是整潔，這只能說明，他受到洋人的影響比較大，因而，完全可以推斷他來到金山已經有些年頭。來了這麼久，再不掌握些技能，總是說不過去，因而，說他空有一身本事，他絕對不會說自己無能。而最後所說的魚骨與生來，那不過是安翟根據此人的特點倒推出來的一句術語。

「天機不可洩露……」旗開得勝的安翟也是頗為興奮，不由得意起來，話剛出口，忽覺不妥，便想趕緊圓回來：「羅獵，不是我不願意告訴你，是因為我拜師的時候發過誓，不能將師父傳授的技能告訴別人。」

羅獵才懶得去瞭解這類知識，剛才的那句問話，不過是他興奮之餘的讚賞之辭，安翟不願意說才好，若是真說了，恐怕他的囉嗦只會令羅獵抓狂。

「安翟，你真有本事，比我強多了，我爺爺只會逼著我去學習那些稀奇古怪的字，一點用處都沒有。」羅獵想起了爺爺來，心頭不免一顫，若是爺爺知曉了自己流落街頭的境況，真不知道他老人家會怎麼想。

安翟掂著那兩枚硬幣，興奮的神色忽然消退，湧現出來不少的失落情緒，「我算得那麼準，可他才給了這點錢。」

羅獵道：「加一塊三十五美分，不少了，安翟，三個三十五美分就值一塊大洋了，有多少人家一個月都賺不到一塊大洋呢！」

安翟想了想，在國內，他師父親自出馬，給人家算了一命，所得到的錢財也不過是十幾二十個銅板，而自己第一炮生意賺到的就比師父多了好幾倍，那還能有什麼不滿足的呢？這麼一想，安翟的臉上又重新佈滿了歡喜。「走啦，羅獵，咱們去吃東西。」

三十五美分確實不少，哥倆各吃了一大碗陽春麵，才花去了五美分。安翟驚喜於這美金如此值錢，而且自己賺錢又是那麼輕鬆，因而便提議說要吃肉。自然遭到了羅獵的堅決否定。

「不能吃肉，不能亂花錢，安翟，今天運氣好，賺到了錢，要是明天運氣不好，沒賺到錢，那咱們不是要餓肚子了麼？」

做這種街頭生意，全靠老天爺賞賜，颳風減半，下雨全無，若是來個連陰雨的鬼天氣，保管沒人願意算命。安翟愣了愣，回頭看了眼餐館櫥櫃中的各色肉食，不由咽了口唾液，心有不甘地跟在羅獵身後走出了餐館。

天色漸黑，行人漸少，哥倆口袋裡的錢還夠各吃六大碗陽春麵，於是便沒有再擺攤求生意，而是在街上蹓躂，想尋一個適合夜晚歇息的地方。

運氣還算不錯，蹓躂了有里把路，便看到了一處工地，工地旁邊，堆放著不少的直徑達一米之多的水泥管道。多好的去處呀！既能擋風又能避雨，只是，當哥倆一頭鑽進去躺下的時候，卻被燙到了。那水泥管被曝曬了一整天，雖然此時太陽落山已久，但管壁上的溫度卻還沒降下來。

待天色黑透，管壁溫度降了下來，哥倆一人一根管道，腳衝內，頭朝外，躺得舒坦還不耽誤聊天說話。

美中不足的只是蚊子太多。

一天下來，哥倆均是累得不行，體力上的累倒還是其次，心累更是令人疲倦，因此，哥倆沒說上多少話，也顧不上蚊子叮咬，便先後進入了夢鄉。

一覺醒來，又是一個陽光明媚的好天氣。

還是昨日的那家餐館，哥倆花了五美分各吃了一大碗陽春麵，然後找了個樹蔭，擺上了寫著算命倆字的紙板子。一上午做了三炮生意，只是再也沒遇到像昨日那位大哥那麼大方的人，兩個五美分，一個十美分，三炮生意加在一塊比起昨日賺到的錢還少了十五美分。不過，這也挺不錯的，畢竟財富又增加了嘛！

「羅獵，中午咱們吃頓肉，行不？不用多，一人吃一口就行。」看著羅獵的神情似乎還在猶豫，安翟趕緊追加了一句：「要是沒肉吃，我腦子就會遲鈍，腦子遲鈍了，算命就算得不準了。」

一早吃麵的時候，羅獵就看了那家餐館的熟肉價格，看著挺不錯的大排肉，一塊才賣十美分。哥倆只用了兩個半天便賺到了五十五美分，兩頓四碗麵才花了十美分，口袋裡還剩了四十五美分，中午奢侈一下，一人一碗麵之外，哥倆再多要一塊大排，似乎也不過分。再說，錢是安翟賺到的，若不是多了他羅獵的一張嘴，省下來的兩碗麵錢也能買到半塊大排了。

「嗯，中午咱們多買一塊大排，我只吃一口，剩下的都歸你。」羅獵數出三枚五美分的硬幣，將剩下的硬幣小心翼翼裝回到口袋裡，然後拿起了那個紙板子，拉著安翟去那家餐館吃午飯。

大排端上來，羅獵只咬了一小口，最多也就是五分之一，然後便將剩下的大排夾到了安翟的碗中。「羅獵，你咬的太小了，再咬一口吧！」安翟說著，便想將大排夾回到羅獵的碗中。

羅獵捧著碗躲開了，道：「不了，我身體不舒服，不怎麼想吃肉。」哥倆相處了五年多，安翟深知羅獵的性格，只要他決定了的事情，即便是十頭牛也難以拉回來，無奈，安翟只好作罷，將夾著的大排放到了嘴邊，一大口咬了下去。吃到了肉，安翟的臉上頓時洋溢出滿滿幸福。

中午天太熱，路上幾無行人，肯定不適合再做生意，於是，哥倆去了一個開放式公園，找了個涼快的地方躺下來歇著了。

「羅獵，等太陽落山了，咱們別急著吃完飯，多蹓躂蹓躂，我想撿一塊更大一點的紙板，把字寫大一些，還是你來寫吧，你的字寫得比我好看。」吃過肉的安翟果然不一般，忙活了一上午卻不見有絲毫倦意。

「嗯，這個主意不錯。」

「羅獵，等咱們賺到了足夠多的錢，也開一家餐館，這樣我要是想吃肉的話，就不用花錢買了。」安翟回味起方才的肉香，美美地笑開了。

「嗯，好。」

「羅獵，等咱們賺到了更多的錢，也像濱哥那樣，買一幢大樓房，再買一輛小轎車，這樣就不用走路出汗了。」安翟舒展開四肢，想像著美好的未來，臉上的笑容更加燦爛。

「……」

「羅玀，羅玀？你怎麼了？睡著了？」

「我……我，好冷。」不知什麼時候捲縮起身子來的羅玀很是艱難地翻過身來對向了安翟，面色赤紅而眼神黯淡，說話也是有氣無力。

安翟一個側滾到了羅玀身邊，伸手在羅玀的額頭上試了一下，手指在觸到羅玀額頭的時候，像是被驚到了一般，猛然彈起。「好燙啊！羅玀，你發燒了？」

羅玀渾身發抖，沙啞著嗓子道：「扶我，去太陽，下，我冷得慌。」

安翟被嚇到了，幾乎要哭了出來，伸出手想去攙扶羅玀，卻發覺自己手腳軟綿綿毫無力氣。「羅玀，你到底怎麼了呀？你不要嚇我哦。」被嚇到手腳發軟的安翟並沒有放棄，一邊哽咽著喊著羅玀的名字，一邊手腳並用，硬撐著將羅玀拖拽到了太陽下。有了火辣的陽光照射，羅玀的感覺似乎好了一些，「水，我要喝水。」

回去街上討水顯然來不及，不過，不遠處便有一片湖泊，都是尋常人家的孩子，平日裡信奉的是不乾不淨吃了沒病的生活原則，故而，這湖泊之水也不是不能喝。只是，用什麼來盛水呢？偌大一個湖泊，居然看不到一片荷葉。

情急之下，安翟脫下了自己的上衣，先在湖泊中搓洗乾淨，然後用衣服兜住了湖水，一路小跑回到了羅獵身邊。兜住的水已然漏盡，但擰一下衣服還是能擰出許多水來的。安翟很小心地一點一點擰著衣服，儘量不令擰下來的水形成水流以免嗆到了羅獵。

人在發燒的時候因為體溫的升高會出現畏寒的狀態，但等體溫達到了一定的高度不再增長後，畏寒的表現就會減輕許多，而這時，因為高熱，病人會消耗體內大量的水分。夏天毒辣的陽光下，溫度肯定在四十度以上，安翟早已是汗流浹背，而高燒中的羅獵卻似乎很適合待在這樣的環境中。喝過了水，羅獵的狀況似乎更好了一些，至少不再是渾身顫抖。

「羅獵，你先躺著啊，我去街上給你找郎中來。」安翟餵完了水，將衣服擰乾，也顧不上濕漉便穿在了身上，起身走了兩步，卻又不放心羅獵，折回頭來，回到羅獵身邊，著急地直打轉。只是圍著羅獵轉圈也不是個辦法呀，最終，安翟一咬牙，下定了決心。

此刻，最初因慌亂而導致的手腳發軟已經過去了，安翟攙扶起羅獵，將他的整個身子扛在了背上。十三歲的羅獵只有一米五不到的身高，體重也就是四十多公斤，若是一個成年人，背起這樣一個孩子，必然是比較輕鬆。可安翟雖然比羅玀高出了半個頭，但他畢竟也只是個十五歲的孩子，平時又好吃懶惰缺乏鍛煉，力氣比起成年人來至少要差了一半。背起羅玀，自然是相當吃力。

但安翟一聲不吭，咬緊牙關堅持著，除非是實在沒有了力氣，這才將羅玀放下來，喘上幾口氣，休息個幾分鐘。

走路也就是十五分鐘的路程，安翟足足用了四十分鐘，才將羅玀背到了街上。

一條街上有好幾家診所，安翟一頭撞進了最近的一家，一進門，連背上的羅玀都沒來得及放下，便大聲嚷嚷道：「郎中，郎中，救人啊！」

一個身著白色大褂的洋人應聲而出，搖晃著手指操著生硬的中文道：「不，你不能叫郎中，在這兒，應該叫醫生。」

安翟只是一怔，隨即改口道：「醫生，求求你救救羅玀吧。」

那醫生慢條斯理道：「先付診費，一美金，藥費另付。」

安翟將羅玀放在了一旁的連椅上，撲通一聲，便向那洋人醫生跪下了：「我現在沒有那麼多錢，求求你，先救羅玀，我一定會把欠你的錢給還了的。」

洋人醫生連連搖頭，道：「鬧，鬧，不可以，這是規矩。」

跪在地上的安翟頓時淚如泉湧，悲切又無可奈何地央求道：「求求你了，再不救他，他就要死了，求你了，你就行行好救救他吧，你讓我給你做牛做馬報答你都行……」

洋人醫生仍舊是冷漠搖頭。

失去了陽光照射，羅獵再一次因冷而發抖，而正是這種變化，使得一直在昏睡中的羅獵有了些許意識，看到眼前這一幕，羅獵的聲音沙啞虛弱卻充滿了堅定：「安翟，咱們走！」

安翟抹了把眼淚，站了起來，重新將羅獵背在了身上，咬了咬牙，低聲吼了一句：「老子就不相信遇不到好心人！」

然而，在第二家診所，安翟遭遇了同樣的境況。

中醫在美利堅不被承認，但凡中醫師在這裡開設診所，一律視為違法，輕則會遭受取締並罰款的處罰，重責可以讓當事人在監獄中好好地待上幾年。因而，唐人街上，開設診所的只有洋人醫生。

任一位洋人醫生，必恪守『希波拉底誓言』，在生命和金錢之間，必須首選前者。但是，那是洋人醫生對洋人的態度，而華人的生命，似乎並不包括在希波拉底誓言當中。

安翟背著羅獵，將整條街的數家診所全都跪了個遍，求了個遍，結果卻是沒有一個洋人醫生願意先看病後收錢。安翟絕望了，將羅獵放在了街上的太陽地中，一個人轉過身偷偷地抹眼淚。

便在這時，一輛轎車緩緩停下。車門打開，阿彪跳下車來。下了車的阿彪靠在車門上，先點了根萬寶路，然後噴著煙慢悠悠道：「他得的是瘧疾，不及時治療，最多只能撐三天。」

陡然間聽到了阿彪的聲音，絕望中的安翟頓時生出希望，轉過身，二話不說，便衝著阿彪跪地磕頭：「阿彪哥哥，哦不，阿彪叔叔，求求你救救羅獵吧，只要你救了他，讓我幹什麼都行。」

阿彪噴了口煙，笑道：「用你的命換他的命，行麼？」

安翟呆了片刻，然後重重地點了點頭，道：「行，但是你得先救了羅獵，再來要我的命。」

阿彪剛抽了口煙，聽到了安翟的回答，忍不住想笑，卻被煙給嗆到了，巨咳了兩聲後，阿彪彈飛了手中的半截香煙，道：「給我個理由，你為什麼會同意？」

安翟道：「在船上，是羅獵救了我，要不然，我早就被丟進大海裡去了。」

阿彪沉靜地看了安翟幾秒，然後從口袋中掏出煙盒，又點上了一根煙，抽了兩口後，問道：「如果我給你一百美金，讓你放棄羅獵，你會答應麼？」說著，阿彪從口袋裡掏出了錢夾，數出了十張十元面額的美鈔來，衝著安翟晃了晃。

安翟斷然搖頭，毫不猶豫地拒絕了：「不，我不會離開羅獵的。」

阿彪微微一笑，從錢夾中又抽出了一疊美鈔，和先前的那十張美鈔合在了一起，衝著安翟晃了晃，道：「我手上至少有兩百美金，只要你點下頭，這些錢便全是你的了！」

安翟的臉色突然變得很難看，噌地一下站起身來，衝著阿彪吼道：「你那麼有錢，拿出一些來救救羅獵不行麼？你為什麼要我放棄他？你為什麼要眼睜睜看他死？你們這些大人，心怎麼能那麼狠呢……」吼到後面，安翟的兩行淚水不爭氣地流了下來。

阿彪始終是面帶微笑，直到安翟吼累了，吼不動了，才笑著道：「好吧，你贏了，既然你不願意放棄羅獵，那只有以命換命嘍。」

安翟的臉上重新現出希望來，兩隻手胡亂抹了把臉，硬生擠出一絲笑容，急切道：「你可要說話算話！」

阿彪緩緩點頭，將手中煙頭放在嘴邊抽了最後一口，然後彈飛出去，一閃身，拉開了車門，道：「那還等什麼？還不把你兄弟給扛上車去？」

安翟大喜過望，連忙彎腰去攙扶羅獵。待他彎下身來時，才聽到羅獵以細微的聲音呢喃道：「安翟……不要……不要答應他。」

這應該是安翟自從認識羅獵以來第一次違拗了羅獵，他不由分說，雙臂抄底，也不知道是從哪兒得來的力氣，竟然將羅獵抱了起來。「羅獵，你別說話，聽我的。」

車子似乎一直沒有熄火，安翟剛把羅獵放在車上，自己的一隻腳還踩在地面上，車子便已經啟動。安翟連忙收起腳，關上車門。阿彪早已經在副駕的位置上坐定了，拍了下司機的肩，道：「抓緊，濱哥在家裡還等著呢！」

距離並不遠，車子也就是五分鐘的路程，再回到那幢洋樓的時候，十多人已經等在了樓前，其中三位身著白色大褂的男女格外顯眼。車子剛停穩，等著的人便圍了上來，另有二人立刻在車門旁放下了一個擔架。

將車中羅獵抬到了擔架上，那位身著白大褂的洋人醫生立刻上前為羅獵查體，身旁一位也穿著白大褂的洋人姑娘拿出了一根溫度計，熟練地插到了羅獵的腋窩下。待洋人醫生簡單檢查後，那位洋人姑娘拿出了溫度計，只看了一眼，便用英文驚呼道：「噢，上帝，這恐怕是我見過的最高體溫了。」

洋人醫生剛為羅獵做完肺部聽診，低著頭收好了聽診器，隨口問道：「多少度？」

「四十一度五！」洋人姑娘的口吻甚是誇張。

洋人醫生面色嚴峻，招手叫來了年紀稍大一些的洋人護士，吩咐道：「立刻建立輸液通道，滴注生理鹽水，另外給予奎寧兩片口服。」轉而，輕歎一聲，對阿彪道：「董，真是抱歉，我必須向您說實話。這肯定不是一個好的消息，你的這位小先生，他病得很嚴重，是最為凶險的一種瘧疾。當然，我會傾盡全力進行救治，但結果如何，只有上帝才能決定。」

董彪摸出了香煙，抽出了一支，卻未著急點上，而是放在鼻子下嗅著香煙的味道，聽完洋人醫生的陳述，董彪點了點頭，道：「安東尼，你是濱哥的朋友，又是金山最好的醫生，如果你也救不了他，那只能說明上帝並不站在他那邊。」

安東尼醫生從口袋中拿出了一個處方本，在上面寫畫完畢後撕下來交給了身邊的護士，同時道：「但願上帝能看在濱哥的面子上，願意站到這孩子的身邊……哦，醫囑我已經開好了，席琳娜護士會留下來照看這孩子，有問題的話，我會及時趕到。董，我先走了，替我向濱哥問好。」

董彪微微點了下頭，做了個請的手勢，同時喊了一聲：「阿文，送安東尼醫生回去。」

第二章

瘧　疾

瘧疾因被攜帶了瘧原蟲的蚊子所叮咬而致病，
瘧原蟲在病人體內要有一個繁殖的過程，
而這個過程，在醫學上被稱作潛伏期。
瘧疾的潛伏期一般在十二天到十四天之間，
算下來，羅獵應該是上船之初便感染了瘧原蟲。

羅獵從上了車開始便陷入了昏迷，在街上，阿彪給出的診斷沒有錯，羅獵確實是感染了瘧疾。瘧疾這種病，在全世界範圍內都是一種常見病，在國內又被稱作打擺子或是冷熱病。瘧疾病人發作時甚是痛楚，怕起冷來，即便包上數床棉被亦不能止住其因冷而產生的顫抖，不過，這也就是一小段時間，之後便會發汗降溫，等體溫降下來之後，便於常人無異。

曹濱好不容易看上了一顆可以栽培的好苗子，自然不肯輕易放棄，因此，派了手下弟兄一直盯著羅獵、安翟哥倆，就在安翟背著羅獵去往唐人街上找尋診所的時候，曹濱已經得知了消息。以常識來講，瘧疾這種病並不可怕，只要及時治療，並無大礙，因而，得到曹濱指令的阿彪先派出了車去接安東尼醫生，隨後處理了點手邊小事後，才不慌不忙去了唐人街找尋羅獵、安翟哥倆。

沒想到，羅獵感染的竟然是最嚴重的一種瘧疾。

安東尼醫生是金山最優秀的內科醫生，同時又是濱哥的好朋友，因此，安東尼醫生說的話絕對可信。董彪看著逐漸遠去的載著安東尼醫生的車子的背影，心中有了些許的後悔，或者，他早點動身去街上，又或者，在找到小哥倆的時候不浪費那些時間去挑逗那個小胖子，情況或許會有所不同。

後悔已然無用，世上本沒有後悔藥可吃，董彪遮掩住自己的懊悔，吩咐弟兄們趕緊將羅獵送到房間中去。

安翟見羅獵被抬進樓房，自然跟在了後面，董彪看到了，心頭頓生一股怨氣，若不是這小胖子囉裡囉嗦，自己又怎會耽擱了小羅獵的病情？

「你幹嘛去？」董彪叼上了香煙，卻沒能摸出火柴，憤恨下，將口中香煙摜在了地上，又踩上了一腳。

安翟一臉無辜，回道：「我去照看羅獵呀。」

董彪怒氣沖沖道：「用不著你來照看！」

安翟愣住了，一張胖乎乎的臉蛋漲得通紅，不知該是進還是退，更不知該如何回應對方，只能杵在原地，雙手緊捏著還是濕漉漉的上衣衣角，不知所措。

董彪更是來氣，喝道：「還不服氣是麼？沒看到濱哥已經為羅獵請了最好的護士了麼？你說，你能比得過人家專業護士麼？」

安翟咬緊了下嘴唇，垂下了頭，一言不發。

「該哪兒玩哪兒玩去，給老子滾遠點，別讓老子再看到你。」董彪甩下了一句話，轉身就要往樓房中走去。安翟眼巴巴看著董彪打自己面前經過，兩張嘴唇張了又合，合了又張，直到董彪的一隻腳已經踏上了樓房門口的台階之時，安翟才擠出了一句話來：「我不會走遠的，就在你找到我們的那條街上，等你治好了羅獵的病，隨時來要我的命就是了。」

董彪的腳只是在台階上稍有停頓，沒有人看得到他的表情是否發生了變化，隨即便以正常的步伐登上了台階，進到了樓房裡面。安翟在原地又杵了一小會，衝著那幢樓房張望了幾眼，然後幽幽地歎了口氣，轉過身，繞過那片水池，向著大門的方向去了。

海濱城市的夏季，氣候總是千變萬化，響晴的天，不知從哪邊飄過一片烏雲來，便可以下上一陣瓢潑大雨。安翟剛走出大門，便趕上了這麼一陣雨。大門外，無遮無擋只能直脖子挨淋，而大門內，樹蔭遮天剛好避雨，而且，那大門一直開著，尚未關上。

安翟回首張望，心中甚是猶豫，但也只是片刻，便轉身昂首離去。

瘧疾因被攜帶了瘧原蟲的蚊子所叮咬而致病，瘧原蟲在病人體內要有一個繁殖的過程，而這個過程，在醫學上被稱作潛伏期。瘧疾的潛伏期一般在十二天到十四天之間，算下來，羅獵應該是上船之初便感染了瘧原蟲。瘧原蟲分作了幾種，其中一種瘧原蟲甚是厲害，在美利堅最頂尖的醫院中，感染了這種瘧原蟲的病人，至少有一半會不治身亡。而安東尼醫生憑藉自己的經驗，斷定羅獵所感染的便是這種最厲害的瘧原蟲。

護理瘧疾病人並不危險，只需要將房間裡的蚊子滅絕乾淨就夠了，人與人之間並不存在相互傳染的可能性。席琳娜是安東尼診所中最優秀的護士，由她來親自照看羅獵是最讓人放心的方案，雖然安東尼診所的醫療條件會更好一些，但曹濱依舊堅持將羅獵留了下來。

曹濱根本不相信一場瘧疾便能奪去羅獵的生命，他看中了羅獵，想試著將羅獵培養成他的接班人，若是在吃了藥打了針的情況下仍舊抗不過這場疾病，那麼又有什麼資格來做他的接班人呢？曹濱更擔心的是羅獵若是住到了安東尼的診所，在修養期間，便有可能受到西洋文化的影響。而十三四歲的年紀，剛好是三觀塑型期，一旦走偏，很難糾正。

羅獵並沒有讓曹濱失望，打了針吃了藥之後，雖然仍舊昏迷，但病情已然穩定。

安東尼稍晚些的時候又來了一趟，為羅獵檢查完之後，臉上有了少許的笑容，「董，上帝似乎聽到了我們的祈禱，他正向這孩子走來，而且越來越近。」

病人情況有所好轉，安東尼的心情也有所放鬆，他拿出了處方本，為羅獵開出了新的處方，交給了席琳娜。

董彪習慣性地摸出煙來，抽出一支放在鼻子下面嗅著，臉上似笑非笑，回道：「上帝還是仁慈的，在他老人家心中只有善惡之分，卻沒有西東之別，不像你們這些洋人，打心眼裡瞧不起我們這些華人。」

安東尼連連擺手，道：「不，不，不，董，你錯了。」

董彪嘴角輕揚，走過來拍了拍安東尼的肩，道：「我不想跟你爭辯什麼，安東尼，八國聯軍的殘暴行為才過去了沒幾年，事實勝於雄辯。走吧，濱哥在餐廳等著你呢！」

安東尼卻紋絲不動，臉上的神情也變得嚴肅起來，眼神中的歡愉一掃而光，替代的則是憂愁和傷感。「董，不得不說，你讓我傷心了。別忘了，我是一名猶太人，我的中國朋友，你們雖然遭受了恥辱，但你們畢竟還有國家，而我們猶太人呢，已經漂泊了上千年……」

董彪認識安東尼有幾年了，卻始終不知道他居然是個猶太人。關於猶太人的故事，董彪略微瞭解一些，雖然不懂得安東尼對祖國的那種渴望，卻見到安東尼憂傷的情緒，心中不禁一軟，道：「抱歉，安東尼，我收回我剛才的話。」

安東尼輕歎一聲，道：「不，董，你並沒有說錯什麼，我只是想說，我們猶太人從來沒有看不起你們中國人。天哪，你瞧我都說了些什麼呀，董，你和濱哥都是我的朋友，只有在真正的朋友面前，我才會說出這種話，你明白嗎？」

董彪露出了笑容，點頭應道：「我明白，安東尼，請你放心，出了這扇門，我什麼都想不起來了。」

安東尼反手摟過董彪的肩，愉快道：「董，你真是我的好朋友，走，讓我們去見濱哥，用你們國語說，就是咱們兄弟喝兩杯！」

董彪大笑，道：「安東尼，你的國語說得是越來越流利了，可是，你並不知道，國語中的喝兩杯並不是真正的兩杯，可能是十杯，也可能二十杯，甚至是五十杯！」

安東尼聞言，不由站住了腳，一本正經道：「董，我相信你是個講誠信的人，你必須告訴我，到底是多少杯。」

這倆人勾肩搭背走出了房間，走廊響起了二人關於到底多少杯的爭論以及爭論後的笑聲，而這時，躺在床上一直昏迷的羅獵突然醒來。「安翟，安翟？」醒來的羅獵依稀記得上車之前所發生的事情，他不知道阿彪為什麼會強迫安翟答應以命換命的條件，更不知道此時阿彪已經將安翟怎麼樣了，因而，當叫了兩聲並沒有得到安翟的回應時，羅獵頓時慌了。掙扎著想從床上爬起身來，卻被一隻柔軟的手給按住了。

「哦，上帝啊，你終於醒了，不，不，你不能起來，你必須臥床修養。」席琳娜不單笑容親切可掬，聲音更是柔和動聽，只是說的英文，羅獵聽得不是太懂。

「安翟，我的朋友，你見到他了嗎？」情急之下，羅獵一半英文一半中文摻雜成了一句問話。

但席琳娜顯然是沒聽懂：「哦？你的朋友？是董嗎？說實在的，他的長相太凶了，我都不敢正眼瞧他，噢，親愛的羅，該是你吃藥的時間了。」

語言不通，再溝通下去也是白搭，羅獵借著席琳娜轉身取藥的機會，就想翻身下床，出門去找尋安翟的下落。可卻忘記了，自己的胳臂上還紮著吊針。吊針又連帶著輸液瓶以及輸液架，結果，弄出了一個稀哩嘩啦。席琳娜驚慌轉身，驚呼道：「喔，我的上帝啊，你這是做什麼呀？」

身後的一片狼藉和席琳娜的驚呼均未能阻止羅獵的腳步，他踉踉蹌蹌奔到了門前，伸開手拉開了房間門。病來如山倒，病去如抽絲，羅獵雖說已經退燒，可身子卻弱得很，拉開房間門之後，卻再也沒力氣多邁一步，雙腿一軟，癱倒在了門口。

席琳娜先是扶起了輸液架，萬幸的是輸液瓶在床面上抵消了許多下墜的力道，在落在地上時受到的衝擊力尚不足以使輸液瓶爆裂。扶起了輸液架，又看到羅獵癱倒在地上，慌忙中下意識地在胸前畫了個十字架，才快步來到門前攙扶起羅獵。「上帝啊，寬恕他吧，他還是個孩子。」

癱倒在地的羅獵知道自己即便無人阻攔也是無力去找尋安翟，只得乖乖地在席琳娜的攙扶下回到了床上。席琳娜餵完了藥，又重新為羅獵紮上了吊針，然後拿了體溫計來插到了羅獵的腋下，順勢坐在了床邊，撫摸著羅獵的額頭，臉上露出了慈母般的微笑。「安東尼說，你感染的是惡性瘧原蟲，是最為凶險的一種疾病，上帝保佑，你總算醒了，也退燒了，但你要乖乖聽話，好好休息，不准調皮，懂了麼？」

天下母親各不相同，但天下母愛卻是相通，席琳娜這番話說的仍舊是英文，而且夾帶了醫學單詞，顯得更為複雜，可羅獵卻似乎聽懂了，原本黯淡卻不乏犀利的眼神逐漸柔和起來，呢喃道：「我只是想去找我的朋友。」

席琳娜輕輕地拍著羅獵的臉頰，柔聲道：「睡吧，我的孩子，一切都會好起來的。」

羅獵不再呢喃，緩緩地閉上了雙眼，睡著了。

席琳娜輕柔地從羅獵的腋下取出體溫計，認真讀取了度數，臉上登時湧出了燦爛的笑容：「主啊，謝謝你，謝謝你救了這個孩子。」席琳娜在護理記錄上記下了測量時間和讀取的體溫度數，三十七度二，已經屬於正常體溫範圍了。

惡性瘧原蟲感染之所以凶險，就在於初次發作時，體溫往往會升高到四十度以上，而人的體溫一旦過了四十度，就很容易出現脫水，水電紊亂，多臟器衰竭等併發症。若是不能及時降下體溫，任何一個併發症都很有可能令病人死亡。奎寧做為唯一的抗瘧原蟲的特效藥，對惡性瘧原蟲卻不怎麼敏感，再加上惡性瘧原蟲感染時，高熱持續時間要長於其他類型的瘧疾好多倍，因而，一旦感染了這類瘧疾，即便救治及時，病死率也是相當之高。

羅獵剛被抬出車的時候，席琳娜的另一個同事第一次給他測了體溫，當時那位護士報出的度數是四十一度五，這個溫度，對成年人來說已經是致命的溫度，席琳娜後來也看了那只溫度計，卻發現，她的小同事並沒有將度數讀準確，準確的度數是四十一度六。

可不能小看這零點一度的差異，在這個體溫基礎上，多出零點一度，就可能少了三分活下來的機會。也虧了席琳娜，在羅獵昏迷的時候，一遍一遍用溫水為羅獵擦拭著脖子、腋窩、膕窩、腹股溝等易於散熱的部分，並不辭勞苦地始終為羅獵搧著扇子。有效的物理降溫加上藥物的作用，終於將羅獵從死亡的邊緣上拉了回來。

當然，安翟也是功不可沒，若不是他及時想到辦法，在羅獵尚能進水的時候餵了他一些湖水，延緩了羅獵因高燒而導致脫水甚或水電平衡紊亂的時間，恐怕席琳娜再怎麼精心護理，也無法救了羅獵的性命。

席琳娜坐在床頭，帶著盈盈笑意看著熟睡中的羅獵，低聲哼起了一首兒歌。這首兒歌，是席琳娜最喜歡的一首歌曲，女兒小的時候，基本上每天晚上都是聽著席琳娜唱的這首兒歌恬然入睡的。席琳娜的女兒跟羅獵差不多大小，如今已經長成一個亭亭玉立的大姑娘了，受席琳娜的影響，她女兒從小就喜歡唱歌跳舞，而金山不過是一個工業城市，找不到適合培養女兒興趣的學校，因而，席琳娜甘受母女離別之苦，將女兒送到了千里之外的紐約。

若是沒有華人勞工，從金山到紐約的鐵路就建立不起來，沒有了鐵路，遠達兩千多英里的路程便只能乘坐汽車，中途還要多次換乘，對一個母親來說，絕不會放心女兒獨自來回，那麼，寒暑假她便見不到女兒。

正因如此，席琳娜對華人充滿了感激之情。

次日中午，羅獵又發作了一次。但這一次發作，一是有了藥物的作用，二是有席琳娜的精心護理，因而，並沒有像上一次那樣凶險。羅獵的體溫最高才升到了三十九度多一點，發作後的間歇期，羅獵的感覺也要比前一日好了許多。

安東尼開心道：「歐，真是不敢相信，上帝不僅是來到了這孩子的身邊，還親自握住了他的手，奇蹟，簡直就是奇蹟啊！」

清醒的時候，席琳娜一直不厭其煩地用英文跟羅獵交流，在中西學堂讀書時，羅獵學了些英文底子，只是詞彙量不夠多，而且缺乏聽說練習。但在席琳娜的鼓勵下，羅獵大膽地用英文來表達自己的思想，雖然時間短暫，但其英文水準卻是突飛猛進。

「謝謝你，安東尼，也謝謝你，席琳娜。」羅獵躺在床上，雖然很是疲憊，卻還是禮貌地用英文感謝了安東尼和席琳娜，並向他們兩個分別揮了下手。

安東尼樂開了懷，搖頭晃腦地笑道：「瞧，他的英語說得多好，不行，我得讓濱哥多付些錢才行，不光要支付醫藥費，還要支付席琳娜的英語教學費。」

倚在門框上的董彪手中擺弄著一支香煙，及時接道：「好啊，濱哥就在樓上，咱們去找他再喝上兩杯？」董彪說到再喝上兩杯的時候，還特意用國語重複了一遍。

安東尼連連擺手，道：「不，不，我再也不上你們的當了，該死的董，你知道天旋地轉的滋味有多難受嗎？」

董彪淡淡一笑，乾脆利索地回了兩個單詞：「當然，經常。」

安東尼搖頭道：「我真是搞不懂你們華人，喝酒原本是為了放鬆，或是佐餐，可是你們中國人卻把酒當成了戰鬥的武器，殺死了你的朋友也殺死了自己，董，這值得嗎？」

這一次，董彪的回答更加簡單：「當然！」

安東尼感慨道：「古老而神秘的東方，勤勞而勇敢的華人，時時刻刻吸引著我，董，告訴濱哥，以後我可以不收他的出診費，但他一定要答應我，在我還活著的時候，帶我去趟東方，我要親眼看看她的神秘。」安東尼一邊說著話，一邊收拾著他的診療箱，話說完了，診療箱也收拾妥當了，拎起診療箱，安東尼向門外走去。

董彪閃開身子，做了個請的手勢，同時道：「其實，我也很想回去看看。」親自將安東尼送上車，董彪並沒有著急返回，而是沿著花格圍牆巡視了一圈。這是董彪的日常工作，不管颳風下雨，一天之內，不定期地至少巡視三遍。安良堂的防衛外鬆內緊，猛一看，院落中連個巡邏隊都沒有，看大門的也只是一個上了些年紀的老人，但是，偌大一個院落中卻是佈滿了暗哨。董彪的巡查，為的便是檢驗這些暗哨是否偷懶。

巡視到大門口的時候，董彪忽見門外一個短粗的身影一閃而過。董彪目光銳利，隨即認出那個身影便是羅獵的小夥伴。羅獵的病情處在快速恢復期，董彪昨日的懊惱情緒也不見了影蹤，看到了安翟的身影，董彪頓時覺得昨天做得有些過火。

「站住！幹嘛來了？」

聽到了董彪的喝聲，安翟不由一顫，停下了腳步，「我，我就是想看看羅獵他怎麼樣了。」

董彪冷冷道：「我為他請了金山最好的醫生最好的護士，你說他能怎樣？」

安翟一時沒能反應過來，眨巴眨巴了眼睛，才品出董彪的話意，臉上頓呈喜色，道：「他的病好了？他活過來了？」

董彪道：「病雖然還沒好，但絕對死不掉。」

安翟鬆了口氣，呢喃道：「那就好，那就好。」

董彪起初挺反感這個小胖子，沒主見，就是羅獵的跟屁蟲，長相又不討喜，多看一眼便會產生上去踢上一腳的衝動。可是，安翟對羅獵的那份仗義又使得董彪隱隱有些感動，他不由捫心自問，對濱哥，他董彪能不能做得到像眼前這個小胖子那樣。當然能，而且，必須比小胖子還要仗義。

不經意的這麼一比較，在潛意識中董彪將自己跟安翟等同了起來，對安翟的態度也就發生了潛移默化的改變，原來的那種厭煩不見了，多了一份認同甚或是欣賞。

「想不想去看看羅獵？」

安翟重重點頭，一雙小眼中竟然有了淚花。

「看他可以，但看過之後，你可要兌現你的承諾了哦！」

安翟抹了把眼角，再次點頭。

羅獵剛發作過第二次，身體正處於疲憊中，董彪送安東尼醫生出去後，他便迷迷糊糊睡著了。安翟躡手躡腳地進了房間，站在床頭，伸出手來想試一試羅獵的額頭還有沒有像昨天那樣燙得嚇人，可又擔心驚醒了羅獵，一隻白胖小手在空中猶豫了片刻，終究還是縮了回來。

「他面色圓潤，呼吸均勻，所以只是睡著，不是昏迷，你可以放心了吧？」董彪倚在門框上，不自覺地又拿出了一支香煙在鼻子下嗅著。

安翟轉過身來，向董彪走來，小聲道：「我們出去說話吧，別吵醒了羅獵。」

出了門，離羅獵的房間遠了，安翟才站住了腳，以毫無怯意的眼神對視著董彪，道：「阿彪叔叔，你可以動手了。」

安翟的那副視死如歸的架勢使得董彪差一點沒忍住笑，連忙扭過頭假裝咳嗽，但乾咳兩聲後終究還是笑了出來。

「阿彪叔叔，你笑什麼？」

既然忍不住，那就乾脆放肆大笑，此時的董彪非但不覺得安翟討厭，反倒覺得有些可愛。「羅獵的病情只是好轉，尚未痊癒，你的小命先存著吧，等羅獵完全好了再交給我也不遲。嗯，這幾天你就不用在外面騙人了，就住在安良堂好了。」稍微一頓，覺得只是這樣逗這個小胖子確實有些於心不忍，於是便追加了一句：「羅獵養病期間，你可以隨時去見他，但每次不能超過十分鐘，他需要充分的休息，你懂嗎？」

安翟大喜過望，衝著董彪就是深深的一躬：「謝謝阿彪叔叔。」

羅獵第三次發作的時候病況已經很微弱了，體溫最高也就是升到了三十八度五的樣子，待體溫降下來之後，身子也不像前兩次那麼疲憊，於是便躺靠在床上和席琳娜說話聊天練習英文，便在這時，安翟推開房門，探進來半顆腦袋。

「安翟？」羅獵驚呼起來，連忙衝著安翟招手，「快進來啊！」

聽到羅獵召喚，又看到席琳娜也點了下頭，安翟這才進屋，小心翼翼地關上了門，跑到了羅獵的床頭，嘿嘿傻笑道：「羅獵，你的病全好了？」

羅獵點頭應道：「嗯，差不多好了，安翟，謝謝你啊！」

安翟欣慰地笑開了，撓著後腦勺，頗有些不好意思，道：「都怪我沒本事，要不然也不會讓你重新來這兒了。」

羅獵登時想起了他昏迷前聽到的阿彪要求安翟以命換命的條件，連忙問道：「安翟，那個阿彪沒難為你吧？」

提到阿彪，安翟的眼前頓時浮現出一張凶巴巴的臉來。董彪生就一副凶相，平日裡又不苟言笑，安良堂中，安翟最怵的便是董彪，遠遠地看見了董彪的身影或是聽到了董彪的聲音，安翟便不由產生一種雙腿發軟的感覺，更不要說還能分辨出所謂以命換命只不過是董彪閑來無事的玩笑之話。

「沒，羅獵，他對我可好了。」

羅獵顯然不肯相信。這兩日，稍有空閒羅獵便會琢磨此事，濱哥願意收留他們兩個，是因為濱哥覺得他們兩個很像當年的濱哥自己，在海關警署的門口，曹濱對阿彪說的那句話，羅獵不單聽到了，而且聽得還很清楚。後來之所以鬧掰，全然是因為他們兩個不願意剪辮子。再後來，自己病重，阿彪及時趕到，羅獵不相信這是巧合，那麼就只能說明濱哥還是想收下他。只想收下他，卻不想收下安翟，因而阿彪才會逼著安翟答應以命換命的條件。

安翟真傻，居然答應了阿彪。

直覺中，羅獵並不認為曹濱是個好人，這一點，單從他跟海關警署的那個叫尼爾森的警司的買賣關係上便可得到驗證，因而，羅獵根本不想留下來，他寧願跟安翟一塊流浪街頭，也不願意跟著一個壞人為虎作倀。「安翟，我們逃出去吧？」羅獵能想到的唯一辦法就是逃走，逃得遠遠的，讓曹濱再也抓不到自己，同時還能讓安翟擺脫了以命換命的承諾制約。

安翟下意識地捂住了羅獵的嘴，同時朝著席琳娜的方向努了下嘴。羅獵掰開了安翟的手，道：「別怕，她聽不懂國語。」

短暫緊張過後，安翟認真考慮羅獵的提議，說是考慮，也不過是裝裝樣子。「嗯，羅獵，等你養好了病，咱們就逃出去。」

羅獵輕歎一聲，道：「你以為等我養好了病，咱們還會有機會嗎？要逃，就今晚。」

安翟深吸了一口氣，這一次，他是真的在認真考慮了。

傍晚，天氣轉陰，待天黑後，淅淅瀝瀝地下起了雨來。

雨一直下到了深夜，卻不見歇息之勢。

席琳娜為羅獵又測了一次體溫，只有三十六度八，完全正常，於是便躺到了太妃椅上安心地睡了。裝睡的羅獵聽到了席琳娜均勻的呼吸聲，判斷席琳娜已經入睡，便悄無聲息下了床，躡手躡腳地走到了房間門口，就在伸手想擰開門把手的時候，忽然聽到席琳娜的聲音在背後響起。

「諾力，你要走，也要把藥帶上啊！」席琳娜始終學不會羅獵的正確發音，乾脆給羅獵取了個英文名，叫諾力。

羅獵被驚得一顫，轉過身來，鎖緊了眉頭問道：「席琳娜，你沒睡？」

席琳娜打開了壁燈，柔和的光線下，席琳娜的微笑更顯得溫柔，「我聽到了你和那個小胖子說的話，沒怎麼聽得懂，但從你們的神態上就能猜得出來，諾力，你不想過寄人籬下的生活，席琳娜理解你，不會阻攔你，可是，你出去之前，能不能把我為你準備的藥帶在身邊，並向席琳娜保證你會按時服用呢？」

羅獵露出了笑來，走過去擁抱了席琳娜，並從席琳娜手上接過了藥袋，道：「席琳娜，謝謝你。」

安翟已經貓在了樓梯口，終於看到了羅獵的身影，便立刻向樓下溜去，他多長了一個心眼，萬一被人發現了，他就大聲嚷嚷，好警示羅獵趕緊回去，免得被人識破哥倆要逃走的真實意圖。但奇怪的是，整幢樓房中，除了這哥倆，似乎就沒有第三個人。

無驚無險地走出了樓房，平平靜靜地來到了花格圍牆的下面，這樣的一堵牆，原本是難不倒這哥倆的。但此時，樓房入口處的拐角，卻閃出了董彪的身影。身後，一名兄弟緊追上來，為董彪打著傘遮住了雨。

「把探照燈打開，再弄點動靜出來，就這樣讓他們兩個逃走了，不夠逼真。」

探照燈應聲而明，樓道中也傳出嘈雜聲來，數名壯漢湧出了樓房大門，卻未向羅獵、安翟這邊奔來，只是在水池附近亂哄哄像是在尋找什麼。饒是如此，也將羅獵、安翟哥倆嚇了個不輕，羅獵已經爬到了圍牆上，可安翟受到了驚嚇，手腳一軟，居然掉了下去。

「羅獵，救我，哦不，羅獵，別管我，你快跑！」

羅獵不肯放棄安翟，從牆頭上翻下來，托住了安翟肥碩的屁股，用力推著安翟重新爬了上去。等到安翟終於騎在了牆頭上，羅獵這才開始爬牆。

樓房門口，一名兄弟跑過來向董彪彙報道：「彪哥，他們兩個翻牆跑了。」

董彪點了點頭，掏出了香煙，叼上了一支，面前那兄弟趕緊拿出火柴為董彪將煙點上。「弟兄們再辛苦辛苦，守好咱們地盤的各條出路，見到這倆小子可以裝作沒看見，但絕對不能讓這倆小子跑出咱們的地盤。」

吩咐完，董彪叼著煙進了樓房，敲響了一樓最東側的一間房間門。「是我，阿彪。」敲門之前，董彪將口中叼著的香煙拿了下來，丟進了房間門口的一個痰盂中。

房間內傳出了一個略顯蒼老的聲音：「都安排妥當了？」

羅獵、安翟哥倆翻下了圍牆，立刻撒腿就跑。雖然來到金山沒幾天，但哥倆對這一帶的路況已經熟悉，抄最近的路，哥倆一口氣跑到了那個工地，躲進了水泥管壁中。「羅獵，我覺得咱們趁著有機會應該再跑遠一點。」安翟脫下了上衣，擦拭著滿頭的汗水及雨水。擦完之後，又想起羅獵來，然後將自己的上衣擰了兩把，遞向了羅獵。

羅獵畢竟是大病初癒，身子還弱，又跑了這麼一長段路，體力已然透支，頭髮上的雨水順著臉頰流了下來，他都沒能顧得上去擦拭一下，只是大口喘著粗氣。

「羅獵，擦一下吧。」安翟見羅獵仍舊沒有接過去的意思，乾脆跳出自己的那根水泥管，來到羅獵面前，要親自給羅獵擦去雨水。

羅獵喘了一陣粗氣，終於恢復了一些體力，這才顧得上跟安翟說話：「咱們已經被發現了，他們此刻肯定正在找咱們呢。安翟，咱們若是接著跑的話，就很可能被他們抓住，到時候，再想跑出來可就難了。」

在安翟心中，羅獵說的話一向很有道理，他歪著腦袋略加思考，不禁衝著羅獵豎起了大拇指來，「羅獵，你說得對，咱們就在這兒躲著，等到天亮了再說。」

正說著，不遠處的道路上閃了幾下光亮，隱隱傳來說話聲音。

哥倆陡然一凜，連忙鑽進水泥管道中躲了起來。

光亮是手電筒發出來的，說話內容也是圍繞著羅獵、安翟，很顯然，來人應該是阿彪的那幫手下。

「下著雨，那倆兔崽子能跑到哪去呢？」

「肯定不知道跑到哪兒躲雨了唄！」

「可能性不大，恐怕這倆兔崽子已經跑出了唐人街。」

「不會吧，彪哥已經加派了人手，所有能出去的路全被封死了，別說倆活人，就算是隻耗子，也很難跑得出去。」

「這不知道這倆兔崽子是怎麼想的，好日子不樂意過，非得跑，這下好了，終於把彪哥惹毛了，等抓到了那倆兔崽子，還不知道彪哥會怎樣懲罰他們呢。」

「不死也得脫層皮！對了，我記得路邊有個工地，工地上堆著不少水泥管道，你說他們會不會在那邊躲雨呢？」

「有這個可能，走，咱們過去看看。」

說話聲清晰地傳進了羅獵、安翟的耳朵中，但此刻，他倆已無去路。從管道中爬出來逃跑，無異於自曝行蹤，哥倆體力已經消耗得差不多了，被人家追上是遲早的事。只能屏住呼吸不發出一絲動靜，寄希望於來人粗心，未能發現他們。

路上的二人很快來到了工地，手電筒的光亮下，卻是一片泥濘，那二人似乎有些猶豫，其中一人道：「要不算了吧，就當咱們看過了，沒發現。」

聽到了這話，羅獵和安翟均鬆了口氣。

另一人卻道：「咱們好歹也得留下幾個腳印吧，不然，彪哥追問下來，實在是無法交代哦！」

先前那人靜了片刻，才應道：「那好吧，咱兄弟兩個就遭點罪好了，等抓到了那倆兔崽子，將賬算到他們頭上得了。」

再聽到這話，羅獵、安翟又不免緊張起來。

那二人當真下了工地，深一腳淺一腳向那堆水泥管道跋涉而來。

安翟緊張到了極致，終於崩潰，帶著哭腔叫了聲：「羅獵，咱們跑吧！」

這一嗓了無異於出賣了自己，羅獵也是無奈，只能跟著從管道中爬出，迅速扯上了安翟，繞過那堆水泥管道，向工地深處跑去。那追來的兩人也不著急追，只是用手電筒照著羅獵、安翟哥倆的背影。

跑出了十來步，羅獵卻停了下來，借助後面照射過來的手電筒的光亮，羅獵看清楚了，前方根本是無路可逃。

那二人獰笑著向羅獵、安翟步步逼來，其中一個還拔出了隨身攜帶的匕首。

「你倒是跑啊？不是挺有能耐的嗎？要不要跟我們哥倆幹一仗？」

安翟雙手合十，又是點頭又是哈腰，哀求道：「不能怪羅獵，是我挑撥他逃走的，你們要是生氣，那就打我一頓好了！」

另一人獰笑道：「打你一頓？哪有那麽簡單，彪哥已經放出話來了，抓到之後，任憑弟兄們隨意處置。什麼叫任憑處置？就是死活都行，只要不放了你們跑出唐人街就成。」

羅獵咬了下牙，攔住了仍要哀求的安翟，對那二人道：「以大欺小，臭不要臉，你們今天若是不殺了我，遲早有一天我會找你們全都討還回來！」羅獵年紀雖小，但心思縝密，濱哥也好，阿彪也罷，他們費了那麼大的功夫，請了那麼好的醫生，來為自己看病，並將自己從死亡線上拉了回來，又豈能因為逃走這點破事而動了殺機呢，最多就是抓回去給點皮肉之苦的教訓罷了。

那二人聽了羅獵的硬氣話，只當是個玩笑，相視一笑後，其中一人便要上前抓人。

就在這時，一旁突然傳來了一個聲音：「他奶奶地，是誰在吵吵鬧鬧不讓老子睡覺的？」話音未落，一個身影閃出，接著便是「啪啪」兩聲清脆的耳光聲。

那二人不及反應，各吃了一個耳光，急忙後退三步，手中拿著匕首的傢伙亮出了一個招數，而另一人則把雨傘收起，當成了武器。

「你誰呀？知道這是什麼地方嗎？知道我們倆是誰的人嗎？」

來人毫無懼色，冷笑道：「老子管你們是誰的人誰的狗，打攪了老子睡覺，就活該挨揍，再他奶奶地跟老子廢話，老子立馬讓你們爬著滾蛋。」

單憑來人剛才的身形一閃便是兩個耳光就能判斷出此人的功夫相當之深，他二人即便拿著傢伙也幹不過人家的赤手空拳。好漢不吃眼前虧，那二人對了眼神，連句話都沒甩下，便轉身狼狽離去。

羅獵謝過那人，那人卻是很不耐煩：「打擾老子睡覺的也有你們兩個兔崽子一份，謝什麼謝？趁老子沒生氣，還不趕緊滾？」

安翟有些怕，拉著羅獵就想走，羅獵卻甩開了安翟的手，對那人道：「我們打攪了您睡覺，該向您說抱歉，可您救了我們兩個，就應當向您表示感謝，一碼歸一碼。」

陰雨之下，夜色相當暗淡，再沒有了手電筒的光亮，即便距離很近，卻也只能看到一個模糊的身影。那人的表情，是喜是怒，全然不知，甚至，連那人的身著打扮年紀大小都無從分辨。

「小子，話說得倒是有幾分道理，好吧，老鬼我接受你的感謝，那你們現在是不是可以滾了？」

安翟再一次拉了下羅獵的衣擺，示意羅獵廢話少說，趕緊開溜，面前這人，實在是摸不清底細，若是怒火上來，他們兩個可真是消受不起。可羅獵卻執拗地立於原地，跟那人據理以爭：「我們打攪了您睡覺，確實是我們不對，可我們也是無心，要不是剛才那二人追我們，非得要把我們抓回去，也不會影響了您睡覺。您看，天都這麼晚了，還下著雨，您讓我們倆去哪兒呀？再說，這地方也不是您一個人的，我們倆還待在那管道中，不發出一點聲響來，還不行嗎？」

那人忽然桀桀怪笑起來，笑罷則道：「你倆小兔崽子是害怕離開了我老鬼的保護，再被人家捉回去是吧？」

羅獵輕歎一聲，道：「真是被您看出來了。您本事過人，目光如炬，一看便知是武林前輩世外高人，我爺爺跟我說過，像您這種人，一定有著俠膽義膽，所以我相信，你不單會允許我們今晚仍舊待在這兒，還一定會保護我們兩個不被抓走。」

那人的容貌表情雖然看不清楚，但聽聲音，便可知道其心情被羅獵的這番話給調理得相當不錯。「嗯，你這娃兒倒是挺會說話的，不錯，我老鬼行走江湖數十年，講究的便是俠膽義膽這四個字。娃兒，就憑你這句話，今晚不用走了，就留在這兒歇著，我老鬼倒要看看，誰有這份膽量和本事能從我老鬼的眼皮子下把人給抓走！」稍一頓，那人又想到了什麼，接著道：「可是，明天天亮之後，你這倆娃兒又該怎麼辦呢？」

自稱老鬼的那人隨口一句，卻使得羅獵、安翟哥倆陷入了無限憂慮中。今夜尚可勉強度過，但明天呢？聽剛才阿彪的那倆手下閒談，唐人街所有的出路全都被封死了，而明天這位叫老鬼的人離去了，自己倆兄弟不還是遲早要被阿彪的手下給抓住麼？

安翟此刻反倒是異常淡定，事已如此，早已經超出了他的能力範圍，反正是起不到什麼作用了，乾脆就全依仗羅獵好了。羅獵慌亂了片刻，忽地抱起了雙拳，對自稱老鬼的那人深深地鞠了一躬，道：「還請前輩指點迷津。」

老鬼被羅獵這種小大人的言行逗得是哈哈大笑，笑過之後，開口道：「你這小娃，還挺有趣呢，嗯，若是能留在我老鬼身邊，倒是可以多了幾分開心。好吧，既然你倆已經走投無路，那老鬼不妨就收了你們，待明日，你倆隨我的馬戲團離開這鬼地方就是了。」

能離開濱哥控制的地盤，對羅獵、安翟來說絕對是驚喜，這哥倆顧不上地面泥濘，翻身便拜。老鬼急忙擺手，道：「萬萬不可，快快起身，老鬼與你們無名無分，受不得你二位如此大禮。」

羅獵道：「還請前輩收了我倆做徒弟吧！」羅獵表了態，安翟自然緊緊跟上，也開口嚷道：「我們兄弟倆一定會好好孝敬您的。」

老鬼面露難色，只是在暗黑的夜色中無法被人察覺而已，「收你們做徒弟……也不是不行……可是……」

老鬼欲言又止，顯露出他的為難情緒，末了，像是下定了決心，這才說道：「我老鬼的馬戲團雖規模不大，但規矩森嚴，若是拜了我老鬼為師，必須遵守三年學藝兩年效力的規矩，這五年時光，師父可以管你們吃穿，但不付給你們一分錢的報酬，待五年期滿，你們方可自立門戶，如若做不到，以欺師滅祖為論，到時須清理門戶，你們可不要怪罪師父手下無情吶！」

在羅獵心中，曹濱和尼爾森買賣偷渡嫌犯，必是壞人，而老鬼，不顧曹濱、阿彪勢大，敢於出手得罪，那便是好人。

拜好人為師，不光能逃脫壞人魔抓，還能學到技藝，那還有什麼不可接受的呢？

於是，給安翟使了個眼色，納頭便拜，口中呼道：「師父在上，請受徒兒一拜。」安翟雖沒察覺到羅獵的眼神，但看得清羅獵的動作，趕緊跟在羅獵之後，也是連磕了三個悶頭。

老鬼甚是開心，彎下腰伸出手，攙扶起小哥倆來。

「我老鬼受了你倆的跪拜，便是你倆的師父了，從今往後，誰要是欺負你們哥倆，便是欺負我老鬼！好了，好了，時候也不早了，安安心心睡上一覺，趕明天咱們一道離開這兒便是了。」

雨還在下，但認下了師父，終於有了保護，羅獵、安翟的心中，卻像是晴天一般美好。哥倆歡快地鑽進了水泥管道中，美美地睡上了一大覺。

第三章

開腿筋

大師兄為羅獵開腿筋的方式簡單而又粗暴，
將羅獵抵在了牆壁上，雙腿岔開，
他以自己的雙腳抵住羅獵的雙腳，然後向兩側蹬開。
大師兄似乎沒聽到羅獵的慘叫，面無表情，腳下繼續發力。
慘叫並不能緩解疼痛，相反，越是慘叫，
那大師兄的臉上越是輕蔑，而腳下的力道越是發狠。

第二天一早，雨停日出，湛藍的天空漂浮著朵朵白雲，陣陣海風吹來且帶著絲絲沁涼，老鬼叫醒了羅獵、安翟，分給哥倆一人一個肉餅。肉餅肯定是冷的，吃在口中尚有一些乾澀，但哥倆卻吃了個噴噴香。

吃罷了肉餅，就著工地上獨輪車車斗中積存的雨水洗了把臉，老鬼帶著哥倆上了馬路，沿著馬路走了大約有兩百來米，老鬼拐進了一個老舊殘破的院落中。院落中間停放了兩輛堆滿了各色物什的大車，進了院落，老鬼輕咳了一聲，四周頓時湧出六七個青年男女。

「師父回來了！」

老鬼轉過身來，衝著羅獵安翟招了招手，將哥倆叫到了自己跟前，「來，來，來，都認識一下啊，這小哥倆是師父給你們新收下的兩個小師弟，以後啊，你們這些師哥師姐要多多照顧才是。對了，你們小哥倆都叫什麼名字啊？」

安翟搶先道：「俺叫安翟。」

羅獵隨後道：「羅獵，羅貫中的羅，獵人的獵。」

安翟又學著羅獵補充道：「俺是安靜的安……」他的那個翟字，卻怎麼也想不出該怎麼描述為好。

「你們幾個按大小也介紹介紹自己吧，也好讓兩個小師弟認識認識。」老鬼沒在意安翟的尷尬，盤起一條腿坐在了大車的車轅上，極為熟練地從大車上摸出了一杆旱煙。

老鬼的衣著打扮甚是普通簡單，但一杆旱煙卻極為講究，墨綠的瑪瑙煙嘴兒其籽料原產於南洋，本是宮中貢品，卻被掌管太監偷出而流傳於市井，煙杆乃是上等黃花梨製成，尺餘長的煙杆所用的材質雖是打造家私時剩下的下腳料，卻也是價格不菲，尋常人家根本是望而卻步。

煙鍋兒也有特殊之處，尋常煙鍋兒均是由黃銅製成，而老鬼手中的這杆旱煙的煙鍋卻是以紫銅打造。

大清不缺銅礦，但產出之銅均因含雜質而呈黃色，故稱為黃銅，而紫銅卻是提煉過的純銅，不含雜質，呈現出的紫色方為銅的本色。黃銅提純的工藝，大清朝並不擁有，因而，這煙鍋兒所用的紫銅原料，則是來源於西洋。

這杆中西合璧的煙杆兒據說是一名法蘭西商人為了賄賂大清朝重臣而特意製作，量不多，只做了五杆，所送之人，非王即侯，卻不知怎的，老鬼居然弄到了一杆。美中不足的卻是那煙袋甚為普通。

老鬼剛裝上了一鍋煙絲，身邊一小夥便劃著了一根火柴，一邊為老鬼點著了煙絲，一邊做自我介紹：「我是大師兄，我叫趙大新。」

說話之時，已經幫師父老鬼點好了煙，於是便丟掉了手中的火柴杆，搶在了二師兄的前面接著介紹道：「這是你倆的二師兄汪濤，三師姐甘荷，四師姐甘蓮，五師兄劉寶兒，六師兄滿富貴……你們兩個是同時拜的師父吧，誰的年齡更大一些呢？」

安翟舉起了手來，答道：「我比羅獵大了一歲。」

老鬼這時卻插話道：「小羅獵是先拜的師，他才是師兄。」

趙大新怔了下，立馬便滿臉堆笑道：「嗯，那就按師父說的，羅獵是七師兄，安……安什麼來著？」

安翟略顯失望道：「安翟。」

趙大新笑了笑，道：「安翟，那你就是小師弟嘍。」

羅獵不由向安翟拋去了一個壞笑，而安翟撇了下嘴，盡顯委屈。

老鬼抽盡了那鍋煙，在車轅上磕去了煙灰，收好了煙杆，安排道：「小七機警，今後就跟著大師兄練習飛刀絕技吧！」老鬼口中小七，說的自然是羅獵，羅獵也只是稍微一愣，便已明白，雖然對飛刀沒什麼興趣，但師父安排，不可違拗，羅獵趕緊點頭。

「小八……適合學些什麼呢？」老鬼沉吟了片刻，道：「要不就留在我身邊學變戲法吧。」

戲法，又叫幻術或是眩術，傳到了西洋，又被稱作魔術。

老鬼之所以會自稱老鬼，是因為他在江湖上便是以戲法成名，民間將那些玩戲法玩得高明的人叫做鬼手，而老鬼，則是鬼手中的高手，一來二去，江湖上幾乎忘記了老鬼的真名，只記得了他老鬼的綽號。

和羅獵一樣，安翟對學戲法也沒多大的興趣，但能跟在師父身邊，感覺上卻是比羅獵高出了一層，不單彌補了剛才淪落為師弟的懊喪，反倒多出了些許的驕傲。

只可惜，那羅獵已經去到了大師兄趙大新的身邊，對安翟回敬過去的眼神根本沒反應。

安排妥當了羅獵、安翟哥倆，老鬼接著向諸位徒弟說起了他下一步的打算。

「這些年，咱們師徒走南闖北，罪沒少受，苦沒少吃，錢卻沒多賺，為什麼？大新，你想過這個問題嗎？」

大師兄趙大新回道：「咱們人少，能表演的項目也不多，都是些咱們祖師爺留下的節目，看咱們表演的都是咱大清過來的勞工，兜裡沒幾個閒錢，而真有錢的洋人們卻不怎麼喜歡看咱們的節目。」

老鬼擺了擺手，道：「對一半，也錯了一半。咱們實力不夠，能表演的節目不多，這是事實，但要說洋人們不喜歡看咱們祖師爺傳下來的本事，卻是大錯特錯。你們幾個都知道環球大馬戲團麼？」

環球大馬戲團可謂業界翹楚，所到之處，不無轟動，甚或說一票難求都不為過。老鬼的那些徒弟，除了羅獵、安翟之外，其餘人不可能不知曉。

「環球大馬戲團的老闆安德列先生就在金山，我昨天專門去見了他，他跟我說，洋人們其實對咱們這些戲法雜技還是很感興趣的，他有個想法，想多攢幾個像咱們這樣的中國馬戲團，再配上一些西洋馬戲，組建一個新的馬戲團。安德列先生已經向我發出了邀請，我覺得是件好事，不過呢，還是要聽聽你們的意見。」

眾徒弟早就興奮起來，便是什麼都不知道的羅獵和安翟也聽出了門道，露出了笑來。可不是嘛，能入到環球大馬戲團的旗下，不光吃得好住得好，賺的錢還多，誰又會不開心呢？

「既然如此，那這件事就定下了，咱們今天就出發，乘火車去紐約！」

火車，大夥都坐過，沒什麼好稀罕的。但提到了紐約，六位師兄師姐頗為激動。

那可是美利堅最大最繁華的城市，相比金山來，簡直就是一個天上一個地下。

羅獵、安翟對紐約沒什麼感念，但聽到能坐火車，卻也是興奮異常。在家的時候，只是聽中西學堂的先生講過這種玩意，就像是一條巨龍，趴在兩根鐵軌上，身下裝滿了鋼鐵輪子，車輪一轉，巨龍飛速向前，山川，田地，樹木，恍如電光過目，忽進山洞，比夜更黑，不見天日……先生的描述已經令人心神嚮往，如今有機會嘗試，又豈能不迫切期盼。

老鬼站起身來，看了看那兩大車的物什，微微搖頭，道：「這些吃飯的傢伙事卻是無法帶上火車了，安德列答應咱們，等到了紐約，給咱們全做新的……」說話間，老鬼似有不忍，但終究還是下定了決心：「都丟了吧，只帶些細軟也就夠了。」

趙大新立刻安排道：「把前面這輛車的東西全都卸下來，去火車站的路途可不近，師父年紀大了，咱們用車拉著師父過去。」

徒兒有孝心，做師父的也只能是欣慰，老鬼對趙大新的安排未做表態，而是把甘荷、甘蓮兩姐妹叫到了身前

「你們兩姐妹辛苦一下，給你們兩個小師弟修飾打扮一下，也不知道因為

個啥，這倆小子居然得罪了曹濱，不打扮一下的話，恐怕還走不出這條唐人街呢！」

姐姐甘荷捂嘴笑道：「師父，你看他們兩個頭上留著的小辮兒，怎麼修飾啊？」妹妹甘蓮跟著道：「就是啊，師父，修飾得再好，看到了這根小辮兒，不也露餡了麼？」

老鬼以不可反駁的口吻道：「剪去不就得了？」

甘荷轉而對著羅獵安翟問道：「兩個小師弟，願意剪去辮子麼？」

羅獵毫不猶豫，點了點頭，安翟亦不甘落後，點頭的同時還叫道：「我願意，我跟羅獵早就想剪去辮子了。」

甘蓮上前，摸了摸安翟的腦袋，笑道：「小師弟真乖，來，跟師姐到這邊來。」

能被師姐摸腦袋並誇獎，那安翟可是不得了，驕傲地瞥了羅獵一眼，然後乖乖地跟著甘蓮去到了房間。

甘荷倒是乾脆，在車上一口箱子中找到了剪刀，走過來，拎起羅獵的辮子，二話不說，咔嚓一聲便是一剪刀下去。

羅獵的雙眼中頓時泛起了淚花。

「怎麼啦？心疼了是麼？」

羅獵搖了搖頭，回道：「我想起我爺爺來了。」

但凡漂泊在異國他鄉的人，誰又沒有親人留在國內，誰又不時時刻刻惦念著國內的親人，聽到羅獵這麼一說，甘荷的神色頓時黯淡下來。「爺爺一定很心疼咱們七師弟對麼？」被勾起了對親人無限思念的甘荷不由得將羅獵攬入了懷中。

自打母親病故，羅獵還是第一次跟女性有著如此親密的接觸，雖然，甘荷大了羅獵近十歲，而十三歲多一點的羅獵也不能有著男女之間的思想，但還是不由得漲紅了臉頰。

「我沒見過父親，七歲那年，母親也走了，我只剩下爺爺一個親人了。」羅獵深吸了口氣，抑制住思念親人的情緒，忽地露出笑容來，接著道：「不過，我現在有了師父，又有了那麼多的師兄師姐，我很高興，因為你們都是我的親人。」

甘荷跟著也笑開了，伸手刮了下羅獵的鼻子，道：「你可真會說話，好吧，師姐原來想把你捯飭成個小姑娘，看在你會說話的份上，就饒了你這一回了。」

甘荷、甘蓮姐妹倆都是易容高手，沒多會，便把羅獵安翟捯飭成了兩個個子不高但長相卻很老成的男人，若是不看手相只看身形面相，只能把這小哥倆當成侏儒，而遊走江湖的馬戲團，養上一兩個侏儒絕對正常不過。

一行人準備妥當，便向金山市區前行，在走出唐人街的時候，果然看到路口處設了關卡，只不過，關卡上負責盤查過往行人的那幫安良堂弟兄，對盤查一個走江湖的小型馬戲團中的兩個侏儒毫無興趣。

路程確實不短，等來到金山火車站的時候，已是中午時分，巧的是，下午三點多，剛好有一班火車發往紐約。

從金山至紐約，相當於橫跨了整個美利堅，路程長達近三千英里，折合成國人習慣用的里，則多達九千二百餘里。如此之遠，票價必然不菲，即便是洋人，也有相當一部分消費不起，因而，此趟火車雖然已經臨近，卻還是剩餘了一些票。

老鬼安排大師兄趙大新去買了票，二師兄汪濤解下了背上的褡褳，取出乾糧分給了大夥。

只是一些粗糧烤成的餅子，就著點鹹菜入口，相比一早師父給的肉餅還要難以下嚥，但羅獵、安翟因為心情舒暢又對未來充滿了憧憬而並未覺得有多難吃，哥倆你看我一眼，我瞧你一下，就著鹹菜，帶著笑容，大口啃著粗糧餅子。

老鬼咬了口餅子，正想夾根鹹菜，忽然想到了什麼，道：「老二啊，咱們不是還有些肉乾麼？還留著幹啥，拿出來給大夥分了唄！」

汪濤陪著笑，道：「師父，這一路上還遠著哩……」

老鬼擺手打斷了汪濤，道：「窮家富路嘛，不吃好些，萬一哪個師兄弟半道上撐不住生了病，豈不是更麻煩？」

聽到老鬼如此之說，羅獵禁不住跟安翟交換了一個眼神，哥倆是一個意思，師父真好，自己的命也是真好。

等到二師兄汪濤給大夥分肉乾的時候，羅獵、安翟又感動了一把，二師兄分給他們的肉乾明顯要比其他師兄師姐要多一些。

「二師兄，我們倆還小，吃不了這麼多。」

二師兄汪濤佯作怒狀，道：「你倆是說我分配不公嘍？」但見羅獵、安翟陡然緊張，汪濤隨即笑開，道：「你倆年紀最小，所以更要多吃些，不然營養跟不上，個子長不起來，師父還不得罵死我呀。」

老鬼也道：「給了你們，你們就只管著吃就是，哪來那麼多廢話！」

師父的話，好像是在責備，但聽到了耳中，卻是一股濃濃的暖意。羅獵、安翟不再多言，悶頭大口咬著肉乾，心中卻發起了誓言，今後一定要跟著師父還有師兄師姐們苦練本事，爭取能早一日登台表演，賺到了錢，全都拿來孝敬師父。

三點整，車站開始檢票。

羅獵、安翟隨著師父還有師兄師姐進了車站內，終於看到了傳說中的火車。

「哇……」安翟只發出了一聲驚呼，張大的嘴巴便再也合攏不上。

羅獵雖然沒像安翟那麼誇張，但內心中的激動也是難以抑制。

路途遙遠，全程需要七天六夜，坐硬座肯定扛不下來，而老鬼也不是個摳門的人，給大夥買的全是臥鋪票。

一個艙位四張鋪，大師兄趙大新買來的九張票中只有四張票在同一個艙位，其他的鋪號，則分散在其他艙位。按照常規想法，同一艙位都是自家人顯然要比跟不相識的人處在一個倉位要舒服一些，那麼，這四張在同一個艙位的票理當分給師父和排在前面的三個師兄師姐，或是二師兄將自己的票讓給四師妹。

但上車之後，老鬼卻將羅獵安翟留在了身邊，剩下的一個鋪位，給了大師兄趙大新。

不消多說，羅獵、安翟小哥倆，心中又是一陣感動。

入了艙位，跟在輪船上的感覺倒也相差不多，只是火車行駛得更加平穩，不像是輪船，總有些左右搖晃。

新鮮勁過去了，那火車也沒啥好稀罕的，看著師父和大師兄都躺在了床鋪上閉著雙眼，羅獵和安翟也不敢打擾，更不敢獨自走出艙門，於是便只能跟師父大師兄一樣，躺在床上閉上雙眼。只是，成年人閉上雙眼或許只是假寐，但少年閉上了雙眼，卻很快進入了夢鄉。

一覺醒來，已近黃昏。

再看身旁，師父和大師兄卻不知去向。這便給了哥倆單獨聊聊天說說話的機會。

「羅獵，師父真是個好人，對吧？」

「嗯，師兄師姐們也是好人，安翟，今後咱們要好好學藝哦。」

一提到學藝，安翟不免驕傲起來：「羅獵，師父要親自教我變戲法呢！」

羅獵不以為然道：「那又什麼好拽的？變戲法哪有耍飛刀好玩？」

安翟不安好心地笑道：「我不是在跟你比學什麼更好玩，我說的是我能跟在師父身邊，你卻只能跟在大師兄屁股後面，哈哈哈。」

不知怎麼的，羅獵卻突然想起了在船上遇到的那個變化多端的瘸子，那瘸子在船上露了一手三仙歸洞的戲法，手法純熟，毫無破綻，不知道師父跟他相比，誰能更勝一籌。

「當然是師父！」羅獵禁不住嘟囔了一句。

剛跳下鋪來的安翟仰起了臉，看著仍舊躺在上鋪的羅獵，疑道：「你說什麼？羅獵，哦，我知道了，你一定是在羨慕我，對麼？」

正說著，師父和大師兄回來了，大師兄的手中還拎著幾個包裹，一進艙門，羅獵和安翟便嗅到了一股肉香。

「怎麼？你是屬羊的還是屬牛的？怎麼對肉香那麼麻木呢？」趙大新將手中包裹放在了兩個鋪位之間的桌几上，對著仍躺在上鋪的羅獵說笑。雖是說笑的言詞，但趙大新的口吻卻並不怎麼友善。

羅獵趕緊下了床，和安翟一道，分別坐在了師父和大師兄的身旁。

沒有筷子，也沒有洋人們習慣用的刀叉，看到師父和大師兄直接下手撕肉，安翟也跟著伸過了手，卻被大師兄『啪』地一聲，打了個乾脆。安翟剛一怔，就聽師父道：「算了算了，不洗手就不洗了吧，老人說得好，不乾不淨，吃了沒病。」

趙大新連忙解釋道：「不是，師父，我是打他沒規矩，羅獵是師兄，他理應等在羅獵之後才對。」

安翟積攢了好久的對羅獵的優越感便被大師兄的這一巴掌給打得煙消雲散了，跟在師父身邊如何？受師父親自傳授又如何？師弟就是師弟，永遠不可能成為師哥！

羅獵終於可以回敬安翟一個驕傲的眼神了。

剛撕了塊肉準備塞進口中，火車猛然一震，幸虧大師兄反應極快，首先護住了桌几上的幾包肉食，不至於散落地上。火車劇烈地向後踉蹌地滑了一段，又猛烈地向前衝了幾十英尺，像是遇到阻礙，再次向後滑退，最後才緩緩停住。師父老鬼探起身來，向車窗外打探了幾眼，低喝了一聲：「不好！有劫匪。」

羅獵不由跟著師父向車窗外張望了一眼，如血殘陽下，十數兇神惡煞般匪徒騎著烈馬正向火車這邊狂奔而來。

老鬼急道：「快去把你師弟師妹召集過來。」趙大新立刻起身向外走，剛到艙位門口，又被老鬼叫住：「告訴師弟師妹，貓著腰走，別吃了流彈。」話音剛落，車廂外便響起了凌亂的槍聲。

「快趴下！」老鬼一聲令下，羅獵立刻伏到了下鋪的鋪面上，而安翟，則抱著頭縮在了車廂地板上。老鬼貓著腰去了艙位門口，從懷中取出了一張巴掌大小的彩色紙片，在上面唾了口唾液，貼在了艙位門的外面。

師兄師姐們陸續歸來，大夥異常緊張，就連師父老鬼，也失去了平日裡的從容淡定。

劫匪以劫財為主要目的，而火車上自然是臥鋪車廂的錢財比較多，故而成了劫匪們的首要目標，沒多會，羅獵他們所在的車廂便傳來了劫匪們嘈雜的聲音。

聽到劫匪的叫嚷，幾位師兄師姐全都知曉了劫匪開槍的規律，但凡開著門的，搶了錢財便可離去，但遇到了關著門的，則是二話不說先衝著裡面開上兩槍。

大師兄以眼神請示老鬼，要不要過去把艙位門打開，免得生挨幾顆子彈。老鬼卻搖了搖頭，示意大夥再趴的低矮一些。

說來也是奇怪，那幫劫匪在經過這間艙位的時候，居然爆發出一陣笑聲，笑聲過後，就聽到外面傳來一句英文：「好吧，讓咱們去下一個車廂碰碰運氣。」

老鬼這時才長出了口氣。

過了半個多小時，那幫劫匪終於下了火車，騎上了烈馬，迎著殘陽，呼嘯而去。

老鬼去到門口，揭下了那張彩色紙片，收到了懷中，衝著諸位徒弟解釋道：「安德列先生真是厲害，沒想到，就連劫匪也得給他三分薄面。」

諸位師兄師姐這才明白，那些劫匪放過他們，並非僥倖，而是看在了環球大馬戲團老闆安德列先生的面子上。師兄師姐們都信了，那麼，羅獵、安翟更沒有什麼好懷疑的。

「可惜了我的牛肉！」危險過後，二師兄汪濤想到了他尚未來得及吃的肉，不免唏嘘起來。

甘荷捂嘴笑道：「讓你吃，你卻非要等等，結果呢？招來了劫匪不是？」

大師兄趙大新關切大夥道：「你們都吃了沒？」

除了二師兄汪濤，其他人都說已經吃過了。

洋人們就是不一樣，連劫道都是那麼地講究，在破壞了路軌迫使火車停下並完成了搶劫之後，還為火車上的維修工留下了充足的維修器材。路軌很快就修好了，火車重新啟動起來，確定安全後，老鬼將二師兄留了下來，其他師兄弟們便各自回各自的鋪位了。

火車在下一個車站停了好久，車上傷了好多人，急需救治。雖然火車上也準備了藥品和救治材料，但畢竟簡單，一些重傷患，還需要被送到醫院去接受正規救治。死了的人也要抬下車去，車站建了一個不算小的存屍間，等驗證了死者身分後，將會通知家屬前來領屍。

老鬼在說出為什麼要停這麼久的原因後，羅獵就在想，都說美利堅合眾國有多好，可就此看來，哪有什麼好呀，比起我們大清朝來說，也是相差不多嘛！

好在這一路也就發生了這麼一次意外，接下來的六夜六天，可謂是一路順利。

第七天，火車終於駛達了全北美最大最繁華的城市，紐約。

踏上了紐約的土地，羅獵剛形成才幾天的美利堅合眾國與大清朝相差不多的觀感便被全然推翻，放眼望去，一幢幢拔地而起的高樓大廈在燦爛的餘暉下好似一個個巍峨的巨人。

街道兩側鱗次櫛比的商鋪、餐廳、咖啡館整潔明亮，各式大小車輛飛馳在猶如鏡面一般平坦的柏油馬路，馬路兩旁的人行道上，男人們西裝革履，女人們花枝招展，一個個面色紅潤步履矯健，又哪裡是大清朝所能比擬。

紐約火車站在紐約城的北端，而環球大馬戲團的所在地則在紐約城南端的布魯克林地區，中間必須經過布魯克林大橋。

或許是為了更好地領略紐約的繁華，也或許是為了省錢，更有可能的是連老鬼也不知曉從火車站到布魯克林地區該坐什麼車，總之這師徒九人最終選擇了步行，邊走邊問，終於在太陽沉入海面之時，來到了布魯克林大橋的北側一端。

建成於二十年前的布魯克林大橋是當年世界上最長的懸索橋，高達數十米花崗岩橋塔上懸下數百根手臂般粗的鋼索，一眼望不見盡頭的橋身下竟然只有兩處橋墩，大橋主體高出地面十多米，要連登近百階台階才能上得了橋面，而橋面距離下面的海水更是有數十米之距。

雄偉、壯觀，已經無法表達羅獵心中的震撼，他更為驚詫的是大橋沒有橋墩，又是如何承受得住那麼重的橋身以及上面川流不息的車輛行人。

踏上橋面的第一步，羅獵的心陡然一顫。但隨即，這種擔心便一掃而空，那麼多人悠閒自得地走在橋面上，他一個身無分文的小屁孩又有什麼好擔心的呢！

經過大橋，進入布魯克林地區，紐約的繁華頓時下降了一個層次。大橋北端的曼哈頓地區才是財富與地位的象徵，而布魯克林地區的人們每日奔波拚搏的目標便是能早一日越過這座大橋進入到另一端的曼哈頓。

環球大馬戲團雖貴為業內翹楚，但馬戲的藝術地位終究在音樂、歌劇甚或是話劇之下，再加上其表演對場地的特殊要求，難以登上諸如百老匯大劇院這樣的頂級藝術殿堂。

因而，委身於布魯克林地區的環球大馬戲團也在夢想著有那麼一日能跨越過那座大橋，昂首挺胸進入到百老匯大街進行表演。

老闆安德森先生尚未歸來，他的兒子，環球大馬戲團的總經理小安德森先生在自己的辦公室中親自接待了老鬼及其徒弟一行。

「我接到了父親的電報，預計你們將會於近兩日抵達紐約，我已經安排了人去接站，可是沒接著。」小安德森先生的年紀也就在三十歲上下，不像是其他洋人那般金髮碧眼，小安德森留了一頭黑色卷髮，兩隻眸子也無藍光閃爍，只是臉龐上的五官有著洋人的模樣。

說到他派去的人沒接到老鬼一行，小安德森不由聳了下肩膀，將眾人讓到了他辦公室的沙發上安坐。

羅獵坐過板凳，條凳甚或是太師椅，可從來沒見過更沒坐過沙發這種玩意，挨著六師兄坐下的時候，根本沒想到屁股下面居然是軟的，猛地被晃差一點就出了糗。

「感謝小安德森先生，這麼晚了，您還等著我們，要不然，我們今晚上就要露宿街頭了。」羅獵第一次聽到了師父老鬼講的英文，發音雖然不怎麼標準，但也算是流利。

小安德森吩咐秘書為眾人端來了咖啡，然後仰坐在他的老闆椅中，拿起了桌面上靠在煙灰缸旁的一根雪茄，也不點火，便吧唧吧唧抽了起來。

很是奇怪，那根看上去已經熄滅了的雪茄，居然又重新燃出了火的光亮。愜意地噴了口煙。

小安德森解釋道：「實在抱歉，老鬼先生，我並不是因為等待你們而留在辦公室的，我的習慣是每天工作到晚上九點鐘，若是你們再晚到十分鐘，恐怕也見不到我了。哦，也沒關係，我已經跟值班的員工打過招呼了，只要你們到來，就會為你們安排好食宿。」

咖啡是熱的，這一點跟大清朝的茶有些類似，咖啡飄出來的氣味很是奇怪，有些香，但香中又摻雜著一種說不出來的其他味道。

看到師父老鬼端起來抿了一小口，安翟耐不住好奇，跟著也端起來抿了一小口，結果，想吐卻又不敢吐，想咽卻又咽不下，含在口中，實在辛苦。恰恰被安德森看到了，忍不住笑了起來。

師父老鬼道：「小徒剛從中國越洋而來，沒見過世面，讓小安德森先生見笑了。」

小安德森倒也和藹，居然還會些國語，衝著安翟道：「這是咖啡，開始，喝不慣，沒關係，習慣，就會好喝。」

另一側的大師兄為安翟端起咖啡，送到了安翟嘴邊，命令道：「再喝一口，然後咽下去，慢慢品會咖啡的香味。」

安翟不敢違拗，再喝了一口，閉著眼，硬生咽下。羅獵看到安翟那副萬分痛苦的模樣，有些不信，於是便端起來也抿了一口。

苦，且澀，但苦澀之後，卻隱隱地透露著一股子從來沒有消受過的香。

挺好喝的玩意呀！羅獵忍不住又抿了一小口。

小安德森見到，用國語愉悅問道：「怎麼樣？好喝嗎？」

羅獵抬起頭看到了小安德森投向自己的眼神，方知他問的是自己，於是用英文答道：「正如小安德森先生所說，開始很苦，但隨後很甜。」

在國內便有些英文底子的羅獵跟著席琳娜學習了幾天的英文，其水準雖然突飛猛進，但詞彙量終究不夠，香的英文便不會說，只能用了甜來替代。

不過，小安德森還是能夠清晰地理解了羅獵想要表達的內容，臉上頓時露出了笑容：「老鬼先生，你的這位徒弟很招人喜歡，我想，曼哈頓的那些傢伙們的口味應該和我差不多，假以時日，你的這位徒弟一定能登上百老匯的舞台，而且會大放異彩。」

老鬼道：「多謝小安德森先生的誇獎，小徒還小，需要勤學苦練，不宜過早登台。」

小安德森點頭表示了認同，隨即拉開了大辦公台下的抽屜，拿出了一份合約，並離開他的老闆椅，來到了老鬼的面前

「我想，重要的條款我父親已經跟老鬼先生做過充分的交流，但我們仍舊需要一條一條以文字的形式進行落實，用你們國語來說，就是『空口無憑，立字為據』，用我們洋人的話來說，就是要簽署一份合同。我已經草擬了一份，請老鬼先生過目，有不同意見，我們隨時溝通。」

小安德森先生做事情很仔細，來到美國的華人，即便待了很長的一段時間，但對英文多數都是會說卻不會寫，因而，這份合約小安德森先生準備了英文和中文兩個版本。

老鬼撿著中文版本的合約粗略地看了一遍，然後道：「沒什麼問題，小安德森先生，您比您父親考慮得更加仔細，我想，在您的領導下，新的環球大馬戲團一定能闖出名堂來。」

小安德森先生對這種恭維話似乎並不怎麼在意，他聳了下肩，道：「既然沒問題，那麼，是不是意味著可以簽約了？」

說話間，小安德森先生打了個響指，門口處的女秘書立刻踩著高跟鞋為老鬼送上來了一支水筆。

老鬼飛快地在兩式四份合約上簽上了名，正猶豫著該不該再按個手印，小安德森先生已經帶著笑容彎下腰收走了那四份合約。

回到了大班台前，小安德森拿起桌上的金筆，也在合約上簽了字，然後分出中英文合約各一份，起身走過來，交到了老鬼的手上。同時伸出手，要跟老鬼握手。

「從現在開始，我們便是同事了，希望我們能精誠合作共同努力，早一天站到百老匯的舞台上。」

簽過了約，時候也不早了，小安德森叫來了員工宿舍的管理員，吩咐他將老鬼一行帶去宿舍休息。

老鬼代表八個徒弟，再次向小安德森表示了感謝，然後跟著那位宿舍管理員去了。

一圈沙發圍著的一張茶几上，九杯咖啡居然有四杯沒動一口，另四杯只喝去了一半，只有羅獵的那一杯喝了個乾淨。小安德森不禁搖頭，自語道：「真沒禮貌！」

環球大馬戲團的住宿條件相當不錯，普通員工住的是四人一間的宿舍，能夠登台表演的演員便可住進雙人房，若是能擔綱節目主演，就可以單獨使用一間房間，不管是單間雙人間甚或是四人間，每一個房間都有獨立的衛浴間，熱水雖然不是二十四小時供應，但能保證員工們每天都可以洗上一個熱水澡。

小安德森為老鬼一行預備了五個雙人間，師父當然要獨自占去一間，甘荷、甘蓮姐妹倆自然是一間，羅獵和安翟還以為他們兩個可以住到一塊，卻不想大師兄帶走了羅獵，而安翟卻跟了二師兄汪濤。

「我想跟羅獵住在一起。」安翟不知趣地嘟囔了一句，卻換來了大師兄的一個瞪眼，嚇得趕緊縮了脖子，乖乖地跟在了二師兄汪濤的屁股後面。

沒能住在同一個房間確實有些遺憾，但卻不能澆滅了羅獵、安翟哥倆的興奮之情。不單這小哥倆的興奮之情溢於言表，四位師兄兩位師姐同樣興奮。

房間明亮整潔，屋頂上垂懸下來的燈泡發出了耀眼的光芒，兩張鋪著潔白被單的床鋪坐上去軟軟的，和剛才在安德森辦公室中坐到的沙發一樣舒適，另一側還有一排衣櫃，衣櫃的中間，鑲嵌了一張大玻璃鏡子。尤其是衛浴間，更是讓人驚奇，要不是師父有過交代，羅獵都不知道那潔白嵌在地面上像個壓扁了的臉盆後面還漏了一個洞的玩意居然是方便用的馬桶。

大師兄趙大新則對洗澡用的花灑產生了濃厚的興趣，左看看右看看，上面摸一摸，下邊碰一碰，卻始終弄不明白該如何使用，結果一不小心打開了水龍頭，花灑登時撒出了一片水花，淋了趙大新一身。

一直待在衛浴間門口傻傻看著人師兄的羅獵禁不住笑出了聲來。

趙大新凶巴巴轉過臉衝著羅獵瞪了一眼，喝道：「笑什麼笑？有本事你來！」

羅獵嚇得吐了下舌頭，趕緊退到了房間裡。

終於搞明白了使用方法的趙大新美美地洗了個熱水澡，洗完之後，換上了乾淨衣服，便把羅獵趕進了衛浴間中。但大師兄也是夠壞的，居然不告訴羅獵那洗澡用的玩意該怎麼開關又該如何調整冷熱。

但羅獵並未被難住，剛才趙大新在擺弄那玩意的時候，羅獵早已經看出了門道。順利放出水來，並將水溫調整到冷暖剛好，羅獵這才犯起了難為，用什麼洗澡呢？洗臉台上放著的那個很像是皂片的玩意那麼香甜，會是用來洗澡的嗎？

幸福只延續到了第二日天亮之前便戛然而止。

羅獵睡得正香甜，便被大師兄擰著耳朵拽起了床。「起了起了，打今天開始，要練功了。」趙大新早已經換好了一身練功服，看到羅獵揉著惺忪睡眼艱難地坐了起來，臉上不由顯露出鄙夷之色：「還想睡是不？沒關係，等一下兩巴掌打在屁股上便不睏了。」

待羅獵打著哈欠下了床，趙大新已經去到了門口，臨出門的時候甩下了一句話：「五分鐘，我只給你五分鐘，五分鐘之內，我若是沒見到你，哼！那你就等著吧，有你好受的。」

當著師父的面，羅獵尚且能看到大師兄的笑容，但背過師父後，大師兄始終是一副凶巴巴的樣子。在火車上的時候，大師兄曾經對他說過，代師傳藝，他只會比師父更加嚴格。

大師兄說出這句話的時候，師父就在旁邊，但沒有絲毫反對的意思，而是點了點頭。因而，羅獵對大師兄五分鐘的要求自然是不敢有絲毫怠慢。

稀哩嘩啦用冷水洗了把臉，顧不上擦乾，便跑回床邊穿上了衣服，連扣子都沒來及扣，便衝出門外，向樓下奔去。

宿舍樓便在訓練場的旁邊，羅獵下了樓見到了大師兄的時候，大師兄已經做完了熱身，看到了羅獵，不冷不熱地命令道：「圍著那個圈子，跑十圈。」

大師兄所指之處，便是那馬戲團的訓練場，場地不算太大，卻也不小，圍著跑一圈，估摸著要有個兩百多米。十圈，便是兩千多米，這對羅獵來說，可不是一件輕鬆的事情，但看了眼大師兄的神情，羅獵放棄了討價還價的念頭，一咬牙，跑了起來。

「跑快點！磨磨唧唧的，你當是散步啊！」一圈跑下來，再經過大師兄的時候，大師兄顯然不滿意，差點就要撩起一腳踢向羅獵。羅獵只能咬牙盡力加快速度。

若是跑慢一些，羅獵或許能夠撐下來十圈，可是，從第二圈開始便加快了速度，結果，尚未跑到第三圈，羅獵的體力便透支了，不得不停下腳步，彎下腰，大口大口喘著粗氣。

而這時，大師兄凶巴巴地跑過來，不由分說便是一巴掌打在了羅獵的背上：「幹嘛呀？要不要回床上躺一會？」羅獵委屈地看了大師兄一眼，可大師兄卻不講情面地再次揚起了巴掌。羅獵無奈，只能繼續踉蹌向前。

跑跑停停，停停跑跑，終於撐下了十圈來。面對已經癱倒在地上的羅獵，大師兄卻毫無憐憫之情，冷冷道：「伏地挺身會做不？十個一組，做滿五組，然後去吃早飯。心裡可得有點數啊，那早飯可不等人，去晚了吃不上，可不要怪你大師兄哦。」

在中西學堂讀書時，上過西洋的體育課，老師教過同學們做伏地挺身，羅獵起初一個都做不起來，後來經過反覆練習，最終能做到了三個。

可眼下跑完那十圈，渾身都軟了，莫說連做十個，就算只做一個，恐怕都是奢求。然而，肚子已經開始咕咕叫了，若是拖著不做，恐怕早飯是真的吃不上了，羅獵咬住了嘴唇，任憑眼淚在眼眶中打轉，倔強地翻過身來，雙臂撐住了地面，「一……」咽喉中擠出了一聲，可雙臂卻未能撐起身軀。

「先站起身，放鬆一下四肢。」大師兄歎了口氣，給羅獵做了示範。

依葫蘆畫瓢，模仿著大師兄的動作活動了一下四肢，感覺果然輕鬆了一些，再俯下身子，卻能一口氣連做了三個。爬起來再放鬆，感覺好了一些後再趴下去做，如此反覆，終於完成了五十個伏地挺身。

看到羅獵的雙眼中流露出完成任務後的自豪感，大師兄輕蔑一笑，俯下身，以雙手拇食中三指撐地，呼呼呼便連做了十多個，還不算完，大師兄居然騰空了一隻手，以單手的三指撐地，又連做了十幾個。起身後，大師兄面不改色氣不喘，道：「看麼，這才叫伏地挺身，你還早著呢！」

羅獵看得眼神都癡了。

「想練飛刀，沒有力氣怎麼能行？不單要有手力臂力，這肩膀後背還有腰，都一樣要有足夠的力氣，不然，你那飛刀根本練不出準頭來。」大師兄依舊是一副凶巴巴的神態，訓斥完羅獵後，掉頭就走：「還不跟上？不想吃早飯了是不？」

若想人前顯貴，須得人後遭罪！

火車上，師父多次給羅獵、安翟說過這句話。羅獵不是不能吃苦受罪的孩子，母親還在世的時候，羅獵便能幫著母親做很多的家務，母親病重之時，七歲不到的羅獵便挑起了一個家的重擔，洗衣做飯，伺候母親，雖辛苦卻毫無怨言。因而，當師父語重心長交代這句話的時候，羅獵並沒有什麼特殊的感受，他以為，再怎麼深的苦再怎麼大的罪，還能超得過失去親人的苦罪嗎？

可真沒想到，這體力上的透支居然如此痛苦。

以早餐支撐著自己意志的羅獵坐到了飯桌前，卻沒能吃下幾口，一是因為馬戲團的早餐全是西式的麵包黃油，羅獵根本吃不慣，二便是體力透支導致了喉嚨處陣陣泛酸，根本沒有胃口。勉強吃了幾口，回到了房間，羅獵以為，接下來的一天應該輕鬆了。可是，只休息了片刻，便被大師兄拎去了練功房。

練功房空間小，肯定不用跑步，羅獵悻然之間心存僥倖，但到了練功房之後，登時傻了眼，大師兄要做的，是給羅獵開筋。

臂筋還好，腰筋也能挺下來，可到了開腿筋的時候，羅獵終於忍不住慘叫起來。

大師兄為羅獵開腿筋的方式簡單而又粗暴，將羅獵抵在了牆壁上，雙腿岔開，他以自己的雙腳抵住羅獵的雙腳，然後向兩側蹬開。大師兄似乎沒聽到羅獵的慘叫，面無表情，腳下繼續發力。慘叫並不能緩解疼痛，相反，越是慘叫，那大師兄的臉上越是輕蔑，而腳下的力道越是發狠，羅獵乾脆將頭轉向了一邊，雙拳緊攥，牙關咬緊，任憑疼痛引發出來的豆大汗滴一顆顆滴落下來，再也不發出絲毫聲音。

聽不到羅獵的慘叫，大師兄似乎失去了興趣，腳上的力道逐漸縮減，最終收回了雙腳。羅獵雙眼一閉，側身倒在了牆角處，雙腿已然麻木，無法動彈，但陣陣鑽心的痛感卻仍舊存在。

「抓緊時間放鬆，十分鐘後，再來一次。」

耳邊響起了大師兄冰冷的聲音，羅獵無可奈何，只得艱難起身，先是翻身跪下，然後雙手扶住了牆面，一點點站立起來。

一上午，大師兄為羅獵開了臂筋腰筋腿筋各五次。待到時間差不多，大師兄吆喝羅獵可以跟他回去吃午飯的時候，羅獵哪裡還能邁得動腿。

「走不動了是嗎？要不要讓人背著呢？」大師兄說的明顯是反話，疑問中充滿了嘲諷。

羅獵深吸了口氣，搖了搖頭。

面對午餐的時候，羅獵的胃口稍微好了一些，但也僅僅吃了一個麵包和幾口蔬菜，便再也吃不下去。大師兄似乎不肯放過任何一個折磨羅獵的機會，走過來，甩給了羅獵一盤子肉，冰冷命令道：「把它都吃了！」

羅獵抬起頭來，委屈道：「我吃飽了，吃不下了！」

大師兄冷哼一聲，道：「吃不下？吃不下也得吃！要不然，你去跟師父說，再也不要練飛刀。」

羅獵偷偷剜了大師兄一眼，拿起了叉子，埋下了頭去。可就這麼一眼，卻被大師兄發覺了，冷笑道：「你恨我，是麼？」

羅獵一邊搖頭，一邊叉起了一塊肉，塞進了嘴巴裡，同時，兩顆不爭氣的淚珠一前一後滴落在餐盤中。

大師兄呵呵一笑，道：「既然不恨，那就好，下午繼續開筋！」

又是兩顆不爭氣的淚珠滾落下臉頰，羅獵氣得伸手在臉上胡亂抹了一把，然後將心中的憤恨委屈全都發洩在了那盤肉上。

下午開筋比起上午來還要狠，但羅獵已然上了倔勁，不僅一聲不吭，臉上還極力擠出了笑容。但大師兄並沒有因為羅獵的表現而改變了腳下的力量，他亦是一言不發，臉上面無表情，腳下該發多大的力便發多大的力。

一天終於熬完了，吃完晚餐，回到了房間，羅獵連臉都顧不上洗一把，直接躺倒在了床上。

大師兄在衛浴間中搗鼓了一會，然後出來擰住了羅獵的耳朵：「起來，去洗澡，不能用熱水，只能用冷水！」羅獵終於爆發了，瞪住了大師兄，擰著頭，問道：「為什麼？」

大師兄乾脆利索地回了三個字：「為你好！」

羅獵氣鼓鼓衝進了衛浴間，不就是冷水嗎？又不能要了人的命！

門外又傳來大師兄毫無情感的聲音：「至少十分鐘，最好能撐到你撐不住的時候再出來！」

那一刻，羅獵對大師兄是真的有些恨意了。

雖是夏季，但紐約的氣溫並不算高，而花灑中流出的冷水卻是有些涼，羅獵一開始很不適應，被連著激出了好幾個激靈來，但適應了之後，感覺也就是那麼回事。

冷水帶走了體溫，同時也帶走了身上的痠痛。

這倒是個意外的收穫。隨著身上痠痛的逐漸減輕，羅獵心中的憤恨和委屈也減少了許多。

「差不多了，再洗下去，當心生病！」門外又響起了大師兄的聲音，而這一次，羅玂聽了，卻感覺沒那麼可憎。擦乾了身子，羅玂卻想起來沒拿換洗衣服，於是便穿著白天被汗水浸濕了數遍的髒衣服走出了衛浴間。

「衣服脫了，趴床上！」大師兄再次冰冷命令道。

羅玂怔了怔，不知大師兄是為何意，自然不肯脫去衣服。

大師兄不耐煩道：「好吧，好吧，隨你了，趕緊趴下，給你做下放鬆，不然，明天你都爬不起來。」

羅玂這才明白大師兄的用意，連忙脫下了上衣，趴到了床上。

大師兄一把搓在羅玂的背上，結果，卻搓出一巴掌的泥。「啪……」大師兄的巴掌從羅玂的背上拿起落在了羅玂的屁股上，「這洗的是什麼澡啊？」大師兄不由分說，雙手齊上，三兩下扒光了羅玂身上的衣服，然後赤條條拎進了衛浴間。

「想當初，大師兄跟師父練功的時候，哪有這個條件啊？練完了功，都是去河裡面泡著。跟你說啊，剛練完功可不能洗熱水澡，不然的話，到了明天就爬不起床嘍！」大師兄一邊嘮叨著，一邊為羅玂搓了胳臂腿還有後背，沖過之後，再用香皂打滿了全身，「自己再搓搓吧。」大師兄起身在洗臉池中洗了把手，就要出去。

羅獵急忙問道：「大師兄，你剛才用的是什麼呀？這麼香，還有一絲絲的甜味。」

大師兄指了下那塊香皂，道：「你說的是這個麼？哦，這是洋人們用的玩意，叫香皂，咱們大清朝也有，來美國之前，我跟師父在上海的時候用過它。」

再從衛浴間出來，羅獵對大師兄已經沒有了戒備，只穿著一條褲衩，乖乖地趴到了床上。大師兄的手法很輕，很柔，跟白天的時候完全不同，「哪兒最痛？哪兒都是最痛，對麼？」

大師兄呵呵笑了：「說實話，你還真是不賴，也就上午慘叫了兩聲，我像你這麼大的時候，被師父開筋，那可是疼得我嗷嗷直嚎啊，一天下來，嚎得嗓子都啞了。」

說到了自己當年的糗事，大師兄的聲音也柔和了許多。

羅獵趴在床上，突然想到了安翟，不禁問道：「大師兄，我怎麼一整天沒見到安翟呢？」

大師兄道：「你練的是飛刀，他練的是戲法，本事不一樣，練功的方法也不一樣。」

羅獵道：「那他不需要跑步開筋嗎？」

大師兄道：「跑步倒是不需要，開筋卻是少不了，不過啊，他的開筋跟你也不一樣，他要開的是指筋。」

「指筋？」羅獵不懂得指筋如何開，但想到不用跑步，不用忍受雙腿撕裂一般的痛楚，還是有了些羨慕，不由道：「他的命真好。」

大師兄笑道：「學本事哪有輕輕鬆鬆就能學得來的？他呀，開手筋要受的罪可不比你少哦！」

大師兄所言可是不假，那安翟被老鬼親手調教了一整天，所遭的罪比起羅獵來可是一點也不少。變戲法，講究的便是一個手速，而手上想快，就必須靈活。若是想練出超出常人的靈活五指，那麼開指筋便是第一步。

無論是開臂筋腰筋腿筋還是指筋，無非就是拉伸撐劈幾個方式，臂腰或是腿，筋較粗，開起來會很痛，但只要堅持下來，幾天之後便可適應，而筋一旦開開，那身子的輕盈程度立馬改變，再到後來，每天要是不主動開一下，自己都會覺得不舒服。

但手指就不一樣了，人的五指都有個正常的屈伸程度，超過了這個程度，其手指關節便可劃歸為異常，甚至是畸形。而若想把戲法練到出神入化，那麼兩隻手的五根手指一共二十八的關節都要被開到異常甚至是畸形，如此，才能做出常人做不出的手型來。

而且，只要還想吃這碗飯，那麼，這手上的功夫便不可一日落下，雖說日後不會那麼痛苦，但二十八個指關節一一開過，所遭的罪可是不小。

安翟被老鬼擺弄了一整天，也就慘嚎了一整天，只是，老鬼將安翟帶到了馬戲團的外面，因而，羅獵始終沒能聽得到安翟的慘叫。

大師兄為羅獵做完手法放鬆後，羅獵已經是迷迷糊糊了，「睡吧，早睡早起，明天還要繼續遭罪呢！」大師兄拉過羅獵床上的薄被，輕輕地蓋在了羅獵的身上。

一連三天，天天如此。

羅獵仍舊懼怕一早的跑十圈，而大師兄則一如既往地板著一張凶巴巴的臉，但羅獵跑完十圈之後，卻不像第一天那麼的痛苦。伏地挺身也有了進步，一口氣居然能連做了五個，只是不甚標準。上下午的開筋也不是那麼難熬了，雖然還是很疼，但基本上屬於可忍受的範圍。

又一天，吃午餐的時候，羅獵終於見到了安翟。而安翟，臉上再也顯露不出能跟在師父身邊的那種驕傲，替而代之的全都是委屈和懊喪。

「安翟，你一定要堅持住，師父不是說了嗎，要想人前顯貴，須得人後遭罪，大師兄也說了，他們當年練功的時候，條件可是比咱們現在差遠了，師兄師姐們都能堅持下來，咱們兩個也一定能堅持下來，對嗎？」

安翟噙著眼淚，重重地點了點頭。

老鬼這時端著餐盤走了過來，放下了餐盤，伸出手指，戳著安翟的腦袋，氣道：「哭什麼哭？你還好意思哭？再哭，就給老子滾！」

大師兄也端著餐盤坐到了老鬼身邊，陪著笑道：「師父，怎麼啦？誰惹你生氣了？」

老鬼重重地歎了一聲，沒有答話。

大師兄看了眼安翟，頓時明白了，道：「八師弟，你說你比小七還大了一歲，你怎麼處處比不上小七呢？小七開腿筋，那份疼痛，可不比你差多少，人家連著三天一聲不吭，更別說掉淚珠子了。」

老鬼悶著頭正吃著，忽地抬頭問道：「大新，你七師弟練得怎麼樣了？」

大師兄道：「臂筋腰筋全都開了，腿筋還差了點火候，我想再開上兩天也就夠了。」

老鬼像是很滿意，微微點了下頭，接著悶下了頭去吃東西。

安翟抹了把眼淚，衝著老鬼怯怯道：「師父，我錯了，我再也不哭了。」

一聽到安翟的聲音，老鬼又來了氣，剛想繼續罵人，就見到小安德森的秘書踩著高跟鞋蹬蹬蹬走了過來。

「老鬼先生，我找你找了一上午，沒想到在這兒見到你了。」

老鬼連忙起身，禮貌問道：「簡妮小姐好，不知簡妮小姐找老鬼是為何事？」

簡妮微微一笑，道：「是小安德森先生找你，具體事務，他會跟你詳談，不過，這消息實在是太令人興奮了，以至於我不得不提前向老鬼先生恭賀，用不了幾天的時間，我想，你們應該可以登上百老匯的舞台了！」

這可是個天大的好消息。

老鬼登時便是喜上眉梢，連飯也顧不上吃，便要去找小安德森：「簡妮小姐，請告訴我，小安德森先生現在在辦公室嗎？」

簡妮雙眉上揚，頗為神氣道：「我想，他現在一定很迫切見到老鬼先生，因而，他一定會待在辦公室中等著老鬼先生前去找他。」

老鬼立刻邁開了雙腿，走出幾步，又折回了頭，對大師兄道：「待會把師弟師妹們全都叫到你房間去，能上百老匯，可不是件小事，咱們必須充分準備，不能給小安德森先生丟了臉。」

第四章

飛刀頂碗

正如大師兄趙大新所說，
師兄師姐們對飛刀頂碗兩個節目的品質是毫不擔心，
擔心的只是舞台表演形式，因而，大夥排練的核心
也就是出場的方式以及節目環節之間的串聯方式。
可是，限於人手有限，僅有的六個人要用在兩個節目中，
始終感覺到有些捉襟見肘，不盡人意。

簡妮和師父對話的時候，羅獵便聽了個差不多，只是這二人的英文說得太快，羅獵尚不敢斷定自己的理解是否正確，但老鬼折回頭交代大師兄的話說得卻是國語，因而，羅獵和安翟也都是欣喜若狂。

能登上百老匯的舞台，那確實不一般。

師兄妹們很快便聚集在了大師兄和羅獵的房間中，看得出來，每個人都很興奮。安翟更是興奮地坐不住，不時地溜出門外去看師父回來了沒有。

最多也就是半個小時，老鬼終於推門而入。

「師父，是真的嗎？」徒弟們七嘴八舌地問了起來，言詞各有不一，但意思卻是相同。老鬼點了點頭，應道：「安德森先生跟百老匯那邊早有聯繫，只是環球大馬戲團的傳統節目受場地限制而無法登台，所以才會邀請我們加入。這一次，小安德森先生計畫拿出十個節目去百老匯演出，他們自己的節目有六個比較符合場地……」

甘蓮禁不住搶話道：「那就是說給了我們四個節目嘍？」

老鬼卻搖了搖頭，道：「沒那麼簡單。」

大師兄趙大新道：「你們都別插話，讓師父把話說完。」

老鬼接過二師兄汪濤遞過來的茶水，呷了一口，接著道：「除了咱們，安德森先生還招募了兩家華人馬戲團，而且，他們的規模比咱們都要大，剩下的四個節目，將會從我們三家中擇優而出。」

二師兄汪濤的臉上呈現出少許的失落，喃喃道：「怎麼會這樣？那安德森先生也太不厚道了。」

趙大新道：「就你廢話多是吧，不都說了嘛，讓師父把話說完再插嘴呀！」

老鬼擺了擺手，制止了兩位師兄的爭吵，接著道：「安德森先生能給咱們這次機會已經很不錯了，若不是他，咱們能住得上這樣的房間麼？每天到了飯點都能吃上口熱食嗎？做人啊，要懂得感恩！」說到了感恩，老鬼特意看了羅獵和安翟一眼。

「比一比也不是什麼壞事，我老鬼還有教出來的你們這幾個徒弟也都是真本事，拿出來放在檯面上，我想比人家也不會差了。」

老鬼說著，又呷了口茶水，輕咳了一聲，接著道：「四個節目咱們也不能全占了，這樣吧，咱們報三個節目上去，師父我玩一個手上的絕活，洋人們稱作為近景魔術，老大的飛刀絕技也不能埋沒了，這第三個嘛，荷兒蓮兒，把你們的頂碗準備一下吧！」

但見師父老鬼交代完畢，大師兄趙大新問道：「師父，咱們還有幾天的準備時間呀？」

老鬼放下了茶杯，回道：「還沒確定，小安德森先生說，計畫的百老匯演出定在的是下個月初，具體是週六晚上還是周日晚上沒能確定，至於咱們華人馬戲團的比較嘛，我想應該也就是這幾天吧。不管哪天，咱們先準備起來總是沒錯的。」

趙大新又道：「師父，我還有個想法，以前練飛刀，都是三師妹四師妹跟我配合，那時候隨便演演也就完了，所以二師妹四師妹不會影響了她們自己的節目，可是這百老匯的演出，我就怕……」

老鬼吁了口氣，道：「大新說的倒是有道理，咱們是得把節目重新編排編排，不單要做到精彩刺激，還要做到賞心悅目，好了，我的變戲法我自己來想，另兩個節目，你們師兄妹們在一塊合議合議吧。」

老鬼說完，起身走了。接下來，便是由大師兄來主持，大夥你一言我一語地熱切討論起來。「靜一靜，都靜一靜，我先說個原則啊！」趙大新拍了兩下巴掌，令師弟師妹們都安靜了下來，道：「這次能得到上百老匯的機會實在是不易，所以啊，我的想法是讓大夥都能露露臉，長點舞台經驗……嗯，小七，小八，就算了，他倆還沒入門，只怕上了台會出亂子。」

剛聽到大師兄說想讓大夥都露露臉，羅獵和安翟還有點小激動，可大師兄沉吟了片刻之後，隨即便將他倆給排除了，使得這哥倆的臉上頓生失望神色。

光說不練肯定不行，師兄妹幾人商討一番後，基本上確定下來了節目表演的大概形式，然後便一窩蜂地湧去了排練房。羅獵、安翟哥倆自然也跟了過去。

環球大馬戲團有一個大型的排練場，主要是用來馬術、訓獅、訓虎這種西方馬戲傳統節目的排練，另外還有兩個室內排練房，小安德森先生特意騰出了一間來給三家華人馬戲團排練使用。運氣相當不錯，趙大新帶著師弟師妹們趕到之時，那間排練房剛剛好騰了出來。

可是，剛排練開，排練房的大門再次打開，一下子湧進來了十多人。為首的是一個三十來歲操著一口道地京腔的漢子。

「誰呀？你們誰呀？不知道這場子已經被爺定下了嗎？」說到爺的時候，那漢子豎起右手拇指，戳了兩下自己的胸口，其神態，甚是囂張。

趙大新立刻上前，回道：「在下是蘇南彭家班，請問兄台是……」

那京腔漢子冷哼一聲，道：「什麼彭家班，沒聽說過。」轉過身來，又衝著自己身後的人不無鄙夷地問道：「你們聽說過嗎？聽都沒聽說過，還好意思到環球大馬戲團來混飯吃？」

二師兄汪濤怒了，上前質問道：「你說話客氣點，說誰是混飯吃的呢？我看你們才是……」趙大新連忙攔住了汪濤，對京腔那人再次抱拳，道：「大家都是安德森先生請來的，今後還要同舟共濟，一同努力將環球大馬戲團的名號打響到全世界……」

京腔漢子登時爆發出充滿了嘲諷味道的大笑：「就憑你們這幾個歪瓜裂棗？可拉倒吧！你們能耍出幾手絕活？來，說給你那五爺聽聽，若是有我那家班耍不出來的，那五爺絕無二話，這場地讓你們了，怎麼著，試試看唄？」

那氏一族，源自於大清滿族之葉赫那拉氏。葉赫那拉氏原本便是清滿八大姓之一，又因出了個太后而雞犬升天，這位那五爺名叫那鐸，本是京城一紈絝子弟，其祖父在大清官拜三品，其父雖無功業，卻仰仗太后提攜，也混了個四品的翎頂。

三年前，其父施展人脈關係，為那鐸求得了一個赴北美公派留洋的名額，可那鐸哪是塊學習的材料，來到了美利堅之後，依舊過著花天酒地、紙醉金迷的生活。其父怒其不爭，威脅要斷了那鐸的生活來源，可那鐸卻不為所動，乾脆一不做二不休，從學校退出，網羅了幾個華人馬戲的班底，攢出了一個那家班來。

那鐸不務學業，卻有著極高的語言天賦，又善於施財，結交了不少的洋人朋友，靠著這些社會關係，在美利堅合眾國東海岸一帶混得倒也是如魚得水。

人家劃出了道來，二師兄汪濤不堪忍受，便要應戰，下面兩位師妹及兩位師弟也是心有不服，躍躍欲試，想跟那家班比劃一番。大師兄趙大新卻攔住了。「師弟，師妹，莫忘了師父教誨！」轉過身來，再對那鐸道：「那五爺名震江湖，那家班聲名顯赫，咱們彭家班甚是欽佩，這場地還是讓給你們用才最合適。」說完，帶著諸位師弟師妹便離開了排練房。

身後，免不了地傳出來那家班眾人的哄笑聲。

那鐸不依不饒，還在後面瞎嚷：「不是讓，是獻，一幫土包子，連個話都不會說！」

離開了排練房，眾師兄師姐們仍舊是氣憤難耐，言語間，明裡暗裡都在抱怨大師兄太過軟弱，根本就不該將場地讓給他們，亮出兩手比試一番又能如何？

趙大新道：「沒錯，比試一番倒也簡單，只是，比試完了，又能如何？」

五師兄劉寶兒道：「將他們比下去，那排練房不就是咱們的麼？」

趙大新反詰問道：「那他們要是繼續胡攪蠻纏呢？」

這卻是眾師兄師姐們沒能考慮到的地方，單看那五爺蠻橫不講理的樣子，這種事他絕對能做得出來。

趙大新接著道：「即便他們不再胡攪蠻纏，咱們又能得到些什麼呢？咱們的節目就可以定型了？上百老匯的事情就能確定了？我看啊，只會耽誤咱們的排練時間，影響咱們的排練心情，你們說，是不是這個道理呢？」

師兄師姐們不吭氣了，個個都垂下了頭來。

「師父的戲法，我的飛刀，荷兒蓮兒的頂碗，這三個節目，若是論品質的話，我想還沒有哪個華人馬戲團能跟咱們相比。但咱們的缺點也很明顯，只重節目內在，不重節目外表，在那種臨時搭建的小舞台上表演還湊合，但要上了百老匯的大舞台，就會顯得有些單薄，所以，咱們的排練就是要把節目的外表做起來，你們說，在哪兒找塊地方不能達到咱們的目的？何苦跟他們浪費時間呢？」

四師姐甘蓮道：「大師兄，不如我們去練功房吧，那邊下午人不多，咱們需要的場地又不大，也影響不到別人。」

趙大新點了點頭。

甘蓮的提議可是苦了羅獵，安翟沒有了師父在身邊，而師兄師姐們不敢也不會調教安翟，因而，那安翟在練功房中就等於放假休息。可大師兄仍在羅獵的身邊，一進了練功房的門，大師兄便把羅獵打發到了一角，獨自去開他的臂腰腿三根筋。如今開筋對羅獵來說已經不算有多痛苦，但是，身旁卻有個時而手舞足蹈時而幸災樂禍的安翟，那羅獵的心情自然不好，有那麼幾次，差點就想趁著大師兄不注意的時候踢上安翟幾腳。

正如大師兄趙大新所說，師兄師姐們對飛刀頂碗兩個節目的品質是毫不擔心，擔心的只是舞台表演形式，因而，大夥排練的核心也就是出場的方式以及節目環節之間的串聯方式。可是，限於人手有限，僅有的六個人要用在兩個節目中，始終感覺到有些捉襟見肘，不盡人意。

獲得不了滿意的效果，便只能停下排練來苦思對策，可先天條件不足，任憑四位師兄兩位師姐想破了腦袋，也沒能想出什麼可以解決矛盾的辦法來。

這時，正在一角劈著叉的羅獵忽道：「為什麼不能把兩個節目變成一個節目呢？」

眾師兄師姐先是一怔，都覺得羅獵簡直就是胡扯八道，但轉念一想，大夥要的只是登台表演的機會，兩個節目合併為一個節目，似乎是虧了，但卻增加了節目的競爭力，而且還能解決掉人手不足的大毛病，為什麼不能考慮呢？

趙大新立顯喜色，道：「我這就跟師父商議去。」

小安德森先生做事的方式很是周全，他沒有將三家華人馬戲團召集在一起比試節目，而是帶著兩名助手挨個去觀看這三家的節目彩排。

洋人們喜愛玩牌，老鬼投其所好，設計出來的戲法便是以撲克牌為道具，單手往空中一抓，一張撲克牌便赫然在手，扔去之後，再一抓，手中便又多出了兩張撲克牌，好似那空中有著取之不盡的撲克牌一般。

最為精彩的是最後一個環節，老鬼雙手在空中各抓了一把撲克牌，然後扔向了空中，撲克牌在空中飛舞，老鬼單手叉腰，另一隻手看似在空中胡亂抓了幾張，待撲克牌全都落地，亮出手上抓到的撲克牌，赫然是四張A。整個節目一氣呵成且精彩紛呈，小安德森在一旁看著，不自覺的鼓掌喝彩有五次之多。

師兄師姐們呈現的節目更是精彩。老鬼同意了將兩個節目合併在一起的建議，一邊是大師兄在五師兄劉寶兒的配合下施展出來的飛刀絕技，另一邊則是甘荷、甘蓮姊妹倆表演的頂碗絕技，兩個節目穿插進行，緊張刺激，高潮迭起。

現場聽不到掌聲，有的只是驚呼聲。末了，甘荷甘蓮姊妹倆開始收碗，而大師兄也收好了飛刀，看樣子像是在等著甘荷、甘蓮姊妹倆一塊向觀眾謝幕。

甘荷、甘蓮姊妹倆突然將各自手中的一隻碗扔向了空中，而五步之外的大師兄屈腿擰腰，手腕揮出，兩道寒光直奔那飛在空中的兩隻碗而去，兩聲脆響，碗兒被飛刀擊碎，散落在後台之上，而飛刀餘勢不減，「啵」地釘在了排練房的柱樑之上。

這一手，徹底震驚了小安德森和他的兩名助手。

驚愕了片刻，小安德森才有所反應，先是拍起了巴掌，然後讚口不絕道：「這才是真正的飛刀，才是真正的古老而神秘的東方功夫，若不是有實物作證，我甚至要懷疑是我的眼睛欺騙了我，老鬼先生，我為你有這樣的學生而感到驕傲。」

震驚之餘，小安德森並沒有失去理智，讚美過後，他還是衝著老鬼提出了自己的疑問：「只是，我不知道，這最後一刀是不是含有運氣的成分呢？換句話說，就是表演者的成功率有多少呢？」

老鬼笑道：「我想，此時你一定更想聽到表演者的回答。」

小安德森將目光投向了趙大新。

趙大新施了個抱拳禮，道：「萬無一失！」

但見小安德森仍有疑慮，老鬼跟著解釋道：「我大徒弟的飛刀絕技，是我用小石子一顆顆餵出來的，我拋出的石子，要比這台上的碗小了太多太多，所以我大徒弟說的萬無一失並非妄言，安德森先生若有疑慮，盡可測試。」

小安德森從口袋中掏出了一枚五十美分的硬幣出來，拿在手中向老鬼比劃了一下，問道：「老鬼先生，你訓練徒弟之時，用到的石子可是這般大小？」

若論直徑，二者相差不多，但石子為體硬幣成面，以飛刀射中石子的難度要比射中硬幣小了許多，老鬼正要向小安德森解釋，卻聽到趙大新朗聲道：「安德森先生，我建議你換一枚小一些的硬幣，比如，十美分的。」

小安德森聳了下肩，帶著笑容調侃道：「你是在擔心射壞了我的硬幣並且賠不起嗎？別擔心，你師父的薪水很高的，我會直接從他的薪水中扣除，不用你出錢。」

調侃過後，小安德森脫去了外套，做好了投擲硬幣的準備，並道：「你準備好了麼？我拋出三次，能射中一次就算你贏。」

小安德森甚是狡猾，話音未落，便將手中硬幣高高拋起。

趙大新顯得很放鬆，待硬幣上升之勢消耗殆盡即將下墜之時，趙大新猛然出手，一道寒光閃過，只聽到「叮」的一聲，半空中哪裡還能看得到硬幣的影子。

小安德森呆立原地，半張著嘴巴，一動不動。

「安德森先生，你讓我損失了五十美分的薪水。」老鬼神色淡然，笑吟吟和小安德森開起了玩笑。

小安德森表情極為誇張，緩緩搖頭道：「不，只能說是你多損失了四十美分，我是說，不管五十美分還是十美分，都是一個錯誤的決定，如果時光能夠倒流，我想，我一定不會再做出如此愚蠢的決定。」

趙大新道：「安德森先生，你還打算將剩下的兩次進行完麼？」

小安德森捂著腦門，做出惱羞狀，「天哪，你這是在笑話我麼？好吧，我得到了這個節目，我願意被你笑話，十遍，一百遍，每天，每分鐘，都可以。噢，我的上帝，你知道我是多麼喜歡這個小夥子。」

小安德森對這兩個節目做出了極高的評價，但能否入選到百老匯演出的四個節目名額，小安德森卻只是用很有希望認真考慮等模糊詞彙進行搪塞。

這是洋人的習慣，在做出最終決定之前，不會把話說死，但從小安德森的表現看，這兩個節目基本上可以確定入選。

送走了小安德森和他的兩位助手，眾師兄師姐們頓時歡呼雀躍起來，老鬼雖然仍舊是一副不苟言笑的樣子，但眼角處卻多了幾道魚尾紋，很顯然，他也是相當高興。

大師兄一把操起了羅獵，二師兄配合默契，順勢抓住了羅獵的兩隻腳踝，而五師兄六師兄心領神會，一個站到了大師兄對面兜住了羅獵的屁股，而另一個則托住了羅獵的雙肩。

「一，二，三……」

四位師兄齊齊發力，將羅獵拋了起來。落下，再拋，再落，又拋……師兄們的歡笑聲夾雜著羅獵歡快的驚呼聲，使得一旁的安翟又興奮又羨慕。

「好了，切莫得意忘形，事情沒到水落石出，變數依舊存在。不過即便落選，咱們也沒什麼好遺憾的，能超過咱們這個飛刀頂碗合二為一節目的，那必然是精品中的精品。」

老鬼嘴上依舊謙虛，但神色之間卻表現出那種精品中的精品根本不可能存在的意思。

羅獵立了大功，理當受到獎賞，當大師兄問羅獵想要些什麼獎勵的時候，一旁安翟不住用眼神及表情示意羅獵，要好吃的。

「嗯……我想要一柄屬於我的飛刀。」羅獵的回答使得安翟大失所望，恨恨地剜了羅獵一眼，然後將臉轉向了一邊。

「你還小，基本功還不夠扎實，這飛刀……」大師兄看了眼師父，師父老鬼卻回了一個不置可否的神態，大師兄無奈，只能自做決定：「要不，你換個要求好麼？」

「可是我就是想要一柄屬於我的飛刀。」羅獵的聲音有些怯弱，但透露出來的意思卻是極為堅定。

「聽我說啊，小七，這飛刀呢，大師兄答應你了，但打造一把好的飛刀卻是不容易，尤其是在這洋人的國家，上哪兒才能找得到好的鐵匠呢？這樣吧，等我……」

羅獵撇了下嘴，搖頭道：「我現在就想要一柄屬於我的飛刀。」

飛刀可不同於其他兵刃，刀槍劍戟，斧鉞鉤叉，長一分或是短一分，重一厘或是輕一厘，似乎影響並不大，可是飛刀卻完全不同，習飛刀者，必須反覆掂量自己手中的飛刀，待到練成時，那一套數柄飛刀的長短、寬窄、厚薄以及輕重全都得保持一致，否則就會有差之毫釐謬以人命的危險。

趙大新所用的飛刀一套十二柄，長四寸，重一兩八厘，之所以會比江湖練家子所使的飛刀要長一些重一些，全都是為了表演的效果，短了，觀眾們看得不清楚，輕了，扎在木板上的效果不夠刺激。

這十二柄飛刀跟了趙大新快十年了，那可是他吃飯的傢伙，少了一柄都會心疼地吃不下飯。

老鬼看到大徒弟的為難，不禁提醒道：「師父不是還送了你一套麼？你又從來不用，不如拿來送了你七師弟吧。」

趙大新道：「可是，師父，那套飛刀並不適合表演啊！」

老鬼輕歎一聲，道：「等他能登台表演，還不是幾年後的事情？誰讓你誇下海口來的呢？拿出來給你七師弟，先讓他熟悉一下手感，等成年定型了，再給他打造新的就是了。」

趙大新雖有些捨不得，但師父發話，他也只能點頭答應：「那好吧，咱們這就回房間拿去！」

距離晚餐還有些時間，老鬼帶著安翟先走了一步，其他幾位師兄師姐也是各自回了自己的房間，羅獵充滿了憧憬，跟著大師兄回到了自己的房間。

大師兄的行李不多，也就兩個箱子，打開其中的一只，大師兄拿出了一個表面已經磨得極為光滑猶如文玩被盤出了包漿一般的黃牛皮皮套。

在交到羅獵手中的一瞬間，大師兄卻猛然縮回了手，道：「小七，在得到這套飛刀之前，你必須對天發誓。」

「發誓？」羅獵的雙眼死盯著大師兄手中的那個皮套，他知道，皮套裡面裝著的一定是剛讓他產生夢寐以求情緒的飛刀。「大師兄，你要我發什麼誓言呢？」

「你必須發誓，不得以……」剛說了個開頭，趙大新卻猶豫了，沉吟片刻後，道：「算了，你的將來也不是我趙大新能夠決定的。」

將裝著飛刀的皮套交到了羅獵的手中，趙大新想了下，還是補充了一句：「小七，答應大師兄，將來一定要做個好人！」

羅獵鄭重點頭，接過皮套，抑制不住興奮，慌忙打開。裡面並排插著六把飛刀，比起大師兄的來，要短小了許多，也薄了許多。

「大師兄，這六把飛刀都是給我的嗎？」羅獵從皮套中抽出了一把，房間沒開燈，窗戶透過來的光亮也不怎麼明亮，但刀刃間還是閃爍出了一絲寒光，「大師兄，這把飛刀怎麼比你的要小那麼多呢？」

趙大新猶豫了一會，才道：「大師兄的飛刀是用來表演節目的，但師父傳下來的這套飛刀，卻是用來殺人的。」不由一聲歎息後，趙大新又道：「這六把飛刀都飲過人血，小七，你怕了麼？」

羅獵搖頭道：「我猜，它們飲的都是壞人的血吧！」

趙大新略顯安慰，道：「沒錯，師父的師父，便用它來懲處壞人，傳到了師父手上，這六把飛刀也沒少沾了壞人的鮮血，後來，師父年紀大了，眼神不好用了，就把飛刀傳給了我。」

羅獵好奇道：「那大師兄用它殺過壞人嗎？」

趙大新漠然搖頭。隨後道：「大師兄膽子小，不敢殺人。」

飛刀封存雖久，但刀刃依舊鋒利，羅獵把玩時，一不小心竟然割破了手指，不由驚呼了一聲。

趙大新急忙攥住了羅獵的手腕，帶去衛浴間先用自來水沖洗了傷口，然後回到房間取出了創傷藥，為羅獵上了藥並包紮了起來。「你看你，怎麼那麼不小心呢？痛不痛啊？」

羅獵剛想笑著說不痛，但忽地上來了頑劣之心，於是便齜牙咧嘴喊著痛，並央求道：「大師兄，我都受傷了，明天能不要練功麼？」

趙大新不由笑開了，道：「大師兄看在你有功勞的份上，就答應你明天不用練功了，明天啊，大師兄帶你做個遊戲。」

畢竟年紀還小，心中雖已立下練好飛刀超過大師兄的決心，卻也經不起眼前偷懶的誘惑，聽到大師兄一本正經的許諾，羅獵更加開心，這一夜，自然也睡得格外香甜。

第五章

找回失去的臉面

這些憤恨和質疑，那鐸也只能深藏在肚子裡，
環球人馬戲團是人家安德森父子的，不給小安德森面子，
就等於不給老安德森面子，那鐸還沒傻到這種程度。
他需要隱忍，需要找尋機會，他相信自己的能力，
只要冷靜下來，就一定能想到辦法並尋到機會，
一舉將今日失去的臉面給找回來。

第二天，大師兄果然沒那麼早叫羅獵起床，直到該吃早飯了，出去練功回來的大師兄才將羅獵叫醒。吃完了早餐，大師兄便帶著羅獵出去了。

「咱們啊，今天去游泳！」

之前在老家的時候，一到夏天，羅獵的每一個週末幾乎都是泡在河流中，因此，聽到大師兄說去游泳，羅獵高興得差點跳了起來。

環球大馬戲團所在地的後面便有一個水汪，洋人們似乎不怎麼習慣在這種環境中游水，而周圍也很少有華人居住。

那片水汪雖然清澈明淨，卻幾無人跡。到了岸邊，羅獵迫不及待脫去了衣褲，雙腳輪番踢出，甩掉了鞋子，然後撲通一聲便扎進了水中。

大師兄似乎並不打算跟著下水，而是坐到了岸邊，靜靜地看著羅獵在水中折騰。

「小七，過來。」眼看羅獵撲騰了好一會，大師兄叫住了羅獵，待羅獵來到了岸邊，問道：「你憋氣能多久啊？」

羅獵抹了把臉上的水，扭頭看了眼這片水汪，回道：「兩口氣，能游到對面。」

大師兄笑道：「不用游，就是單悶水。」

羅獵搖頭道：「沒試過。」

大師兄從懷中掏出了一把短香來，又拿出了一盒火柴，抽出了一根短香，在中間部位掐了個印跡。

「我測算過，這一支香大概能燃個五分鐘，你若是能悶水悶到香燃一半的話，大師兄會有額外的獎勵，要不要試一試？」

羅獵來了興趣，回道：「試就試。」

一支香可以燃燒五分鐘，燃到一半，也就是兩分半鐘。一般人憋氣也就是大半分鐘，能憋到一分鐘以上的，都是正兒八經的練家子，即便是成名的練家子，想憋氣憋到兩分半鐘，都是幾乎不可能做到的事情，除非是那些整日與水打交道的漁民。

羅獵第一次只悶了半分鐘，不服氣，再來一次，也就多了十秒不到。趙大新很是耐心地教了羅獵正確悶水的辦法，羅獵雖然進步很快，但最終也就是勉強超過了一分鐘。

教羅獵練習悶水並不是趙大新無聊或是心血來潮，發射飛刀時需要凝神靜氣，若是氣息不穩，必然影響到飛刀準頭，而練習悶水，鍛鍊肺活量，正是保證平穩氣息的一個基礎性手段。

「還不錯，當初大師兄練悶水的時候，肚子都喝飽了，也沒能撐到一分鐘。」

趙大新的這句話明顯是為了鼓勵羅獵，因為他正屬於最能憋氣悶水的那種人，祖祖輩輩都是靠海吃飯的漁民，而他，一頭扎進水中，能在水下至少待上個五分鐘。

羅獵聽了大師兄的話，顯得很高興，他一心想要超過大師兄，因而，每每聽到他比當年的大師兄還要強一些的時候，總是會開心一陣子。

「好了，上來吧，過幾天大師兄再帶你來游泳，但你也記住了，沒有大師兄的允許，你自己可千萬不能偷著跑來游泳，大師兄跟你說啊，在這兒游泳，是需要辦證的，小孩子一個人來，會被洋人員警抓走的。」

羅獵信以為真。

回到了大馬戲團，一天沒跑步沒做伏地挺身更沒有開筋的羅獵居然覺得渾身不適，於是仰起臉來跟大師兄商量道：「大師兄，我能跑幾圈活動活動嗎？」

大師兄頓時開心起來，道：「當然可以。」

趙大新的開心並不只是因為羅獵主動練功，因為他看得出來，只是游泳，其活動量不夠人，卻剛好引發了羅獵身體上的想消耗能量的需求，用行話來說，那就是羅獵的身子已經練開了。

十三歲多才練開了身子，有些晚，但又不算太晚。若是等到了十六七歲，恐怕就算練開了身子，也難成大器。

從開始練功，到練開了身子，羅獵所用時間不過十天。算不上是很優秀的一個結果，那種有天賦的孩子，三五天便可以練開了身子，但也不算差，總體上來說算是中等偏上，資質是有一些，只是開始練功時稍微晚了一些。

但相比安翟來，羅獵那就好得沒譜了。安翟的十根手指頭，到如今還沒能完全開了筋。師父老鬼整日掛在嘴邊的一句話便是：「見過笨的，可真是沒見過你這麼笨的。」安翟資質平平，還不肯用功，只要師父稍有不注意，他必然偷懶。

因為要準備演出，老鬼不可能把時間都用在盯住安翟練功的事情上，因而，給了安翟偷懶的機會。扒著窗戶，看到羅獵正在下面跑圈，安翟跟師父耍起了小聰明，說是想到下面操場上跟羅獵一塊跑幾圈步，並解釋說，自己之所以那麼笨，主要就是因為自己身上的肉太多。

老鬼正在思考怎麼樣才能將他那個節目演得更精彩，於是也沒多想，便同意了。

安翟溜下樓來，卻沒去操場上跟羅獵一塊跑圈，而是晃悠到了餐廳後面的廚房，想碰碰運氣看能不能撈上兩口好吃的。結果，在樓下拐彎處，頂頭遇見了那五爺那鐸。

「喲，這不是那什麼彭家班的小胖子嗎？過來，給五爺我磕個頭，五爺賞你兩塊糖吃！」那鐸說著，還真就摸出了兩塊洋人生產的牛奶糖來。

這可是安翟的最愛哦！

但那鐸顯然是小看了安翟。

「喲，這不是什麼那家班的那小五嗎？來，給你家安爺磕個頭，安爺賞你個屁吃！」

安翟學著那鐸的口吻，回敬了那鐸一句，當然，鬼精的安翟肯定不會站著把話說完，話說一半的時候，這傢伙已經轉身跑開。

那鐸哪裡受得了這番羞辱，爆了聲粗口，加快步伐，向安翟追來。

安翟個矮腿短，根本跑不過那鐸，但好在人小靈活，利用快速轉向，多次躲過了那鐸那雙即將抓住自己的爪子。

人在情急之下不及思考，只能依靠潛意識裡的東西，安翟在遇到緊急之時，想到的必然是正在跑圈的羅獵。

「羅獵，救我！」

安翟左一擰右一閃地向操場上的羅獵奔了過來。好兄弟有難，羅獵必然出頭，於是，羅獵停下了腳步，擋住了追來的那鐸。

「大人欺負小孩，丟不丟人？害不害臊？」有了羅獵的幫襯，安翟也不跑了，躲在羅獵的身後，大口喘著粗氣，接著羅獵的話損道：「我那小五就從來沒有害臊嫌丟人的時候！」

那鐸雖然貴為班主，但身上一點能耐都沒有，只是靠著他那點人脈和能吹會侃的一張嘴才攢起來的班底。也就這麼一通快跑，竟然累得那鐸只顧著喘氣而無法回嘴這對哥倆。

便在這時，一直在操場外看著羅獵的大師兄走了過來。

「那五爺，您這是怎麼啦？怎麼跟兩個孩子置起了氣來呢？」尚有五步之遠，趙大新便衝著那鐸抱拳施禮，待來到那鐸身前時，一把將羅獵帶著安翟拉到了自己的身後。

「我怎麼了？你還好意思問我怎麼了？」那鐸喘過一陣粗氣後，總算能說出了話來，手指著趙大新的身後，氣道：「好你個彭家班，護短是不？想仗著人多欺負人是不？」

趙大新規規矩矩抱起雙拳微微欠身，賠禮道：「彭家班從來不會護短，七師弟，八師弟，給那五爺賠禮道歉！」

那鐸頭一昂，辮子一甩，冷哼一聲，道：「用不著！這筆賬先記下了，早晚有一天雙倍討還！」轉身之前，那鐸狠狠地瞪了剛從趙大新背後鑽出來準備給那鐸賠禮道歉的羅獵和安翟。

那鐸離去之後，趙大新詢問道：「八師弟，你是怎麼招惹上那五爺的？」

安翟委屈道：「我想跟羅獵一起練跑步，可剛下了樓就遇上了那個姓那的，他叫我給他磕頭，說給他磕了頭就給我奶糖吃，我沒搭理他，他便要打我，我就向羅獵這邊跑來了。」

趙大新道：「做得不錯，以後啊，見到他躲遠點，那不是個好人！」

那鐸只是對付羅獵、安翟二人便已無勝算，再有趙大新幫忙，若是硬來，必然吃虧，因而才撂下一句勉強保住臉面的話，悻悻然回去了。

這口氣自然是咽不下去的，堂堂一朝廷重臣的後代，居然被一個小屁孩給羞辱了，這要是傳出去，他那五爺的顏面何在？回到了自己的地盤，見到了班中幫手，那五爺來了底氣，便琢磨著該怎麼找碴並把剛才失去的面子給掙回來。

到了午餐時間，那五爺帶著自己的人，沒著急打飯，而是貓在了餐廳一腳，只等著彭家班的人來到。但見老鬼在前，趙大新隨後，帶著幾位師弟師妹走進了餐廳，那鐸一個眼神使出，身邊便冒出一人，徑直向彭家班的人走去。那人瞄著的自然是小胖子安翟。

安翟也是活該，那麼多人，他非得走在最後最邊上，結果被那鐸的手下瞅準了機會，腳下一個絆子，手上再那麼一推，將安翟放倒在地的同時，自己也裝作一個踉蹌，跌倒在了地上。安翟個小，重心低且皮糙肉厚，摔了一跤倒也無所謂，骨碌一下便爬了起來，可那鐸的手下卻哀嚎了起來，說是安翟絆倒了他，摔傷了膝蓋骨，必須去醫院做檢查並賠償醫藥費。

老鬼闖蕩江湖多年，早已練就了眼觀六路耳聽八方的本事，那鐸手下雖然是從側後方追來，走在前面的老鬼亦有覺察，雖沒來得及出手阻攔，卻也將整個過程盡收眼底。

這分明就是故意找碴麼！老鬼心中有氣，可顧忌到自己乃是前輩，若出手干涉晚輩之間的矛盾，恐怕有失身分，於是便向趙大新使了個眼神，然後領著羅獵安翟哥倆繼續往前。

那鐸帶著一幫人湧了過來，將彭家班六位師兄妹圍了起來。

「撞傷了人還想一走了之？休想！」那鐸有了一眾手下在身後，底氣十足，甚是囂張，他直接衝到了趙大新面前，不無挑釁意味並學著洋人的習慣豎起了中指：「想打架是不？我那五爺奉陪到底！」

二師兄汪濤忍無可忍，冒出頭來回敬道：「單挑還是群毆，你劃個道出來！」趙大新喝住了汪濤，轉而向那鐸道：「孰是孰非，大家有目共睹，那五爺不念在你我均是環球大馬戲團雇員的份上，卻一再相逼，用意何在，趙大新實在無法理解。」

「我呸！」那鐸斜著眼歪著嘴，衝著趙大新的腳下呸了一口，嚷道：「少拿環球大馬戲團的名號來壓我，你信不信？惹怒了五爺我，趕明天分分鐘讓你丫的彭家班捲舖蓋滾蛋！」

趙大新道：「那五爺好大的口氣，只是趙某依稀記得，好像安德森父子才是環球大馬戲團的老闆，你那五爺……」趙大新沒把話說完，但臉上的表情卻將沒說出口的下半句給表達了出來，你那五爺算是哪根蔥啊？

那鐸冷哼一聲，半昂著頭，臉上盡顯不屑神情，右手豎起拇指，戳著自己的胸口，道：「你是不見棺材不落淚呀，實話跟你說清楚嘍，安德森先生一直想到咱們大清打響名號，只有我那五爺能幫得了安德森先生，我要是說句話，安德森先生能不給三分薄面？好在五爺我寬宏大量，不想讓人說我那五爺欺負你們這種小班子，這樣吧，把那個小胖子叫過來，給我那五爺磕三個響頭，這事就算掀過去了！」

那鐸所言，並非吹擂，趙大新也是早有耳聞。按國人的思維習慣來理解，安德森既然有求於那鐸，那麼勢必會給那鐸幾分面子，在獲得前往大清演出通行證與開除彭家班的兩件事中做比較，顯然是前者更加重要，因而只要那鐸提出開除彭家班的要求，那麼安德森先生必然要忍痛割愛。

可是，趙大新根本不理這一套。

挑釁面前可以忍讓，受點委屈息事寧人這也是師父老鬼的一貫作風，但若是為了點利益而委屈求全，卻是彭家班全體都無法接受的事情。

「那五爺不必欺人太甚！」趙大新也是上了怒火，劍眉之下，兩道目光也犀利起來。

「彭家班行走江湖，講的是一個道義，從不欺負別人，但也不樂意被人欺負。那五爺苦苦相逼，我彭家班一再退讓，可如今讓無再讓，也只好悉聽尊便。走，我們去吃飯，他那五爺愛咋地咋地！」

趙大新帶著師弟師妹選擇了再次忍讓，可是，那鐸的那幫手下卻不肯放過，圍成了一個圈，就是不讓彭家班師兄妹們走出去。

雙方難免推推搡搡，眼看著一場衝突就要發生。

便在這時，簡妮小姐適時出現。

「噢，我的天哪，你們在做什麼？」簡妮小姐踩著高跟鞋，蹬蹬蹬走過來，衝散了人群，並通知道：「那先生，中午一時整，小安德森先生要召集你們華人馬戲團開個會，地點在排練房，請帶上你們競選節目的全體參演人員準時參加。」

又對趙大新道：「噢，老鬼先生的徒弟，也請你轉達老鬼先生，希望你們不要遲到。」

有簡妮小姐在場，衝突自然是煙消雲散，那鐸帶著手下人散開了，而趙大新也帶著師弟師妹回到了師父老鬼的身邊。

「師父，簡妮小姐通知說，下午一點鐘，小安德森先生召集大家開會，我想，應該是宣佈入選節目吧。」飯桌上，羅獵和安翟已經為大夥打好了午餐，趙大新坐下來後，沒再提那鐸的事情，先說了簡妮小姐的通知。

老鬼點了點頭，道：「我聽到了。」

甘蓮耐不住性子，忍不住問道：「師父，你覺得咱們的機會有多大？我總擔心，那家班的人會在背後使壞。」

老鬼輕歎一聲，道：「謀事在人成事在天，咱們已經盡力了，能不能得到好結果，也只能是聽天由命吧！」

趙大新道：「安德森父子創建了那麼大的一個馬戲團，若是做不到公正公平的話，我想他走不到今天，師弟，師妹，別多想了，抓緊時間吃飯吧！」

下午一點鐘的這場會，不單是趙大新猜中了內容，另兩家華人馬戲的班子也猜中了內容。

三家華人馬戲班子中，那鐸的那家班最大，總人數有六十來人，另一個叫做胡家班的也有二十多近三十人。

胡家班進駐到環球大馬戲團之前便聽說過安德森先生很想開拓大清朝的市場，故而跟那鐸多次商談，因而，一進到環球大馬戲團來，便緊緊的抱住了那鐸的大腿。

百老匯演出一事，小安德森先生決定從計畫中的十個節目中拿出四個給華人馬戲班，這一點，那鐸只能接受。但這四個節目，那鐸早有分配，他那家班占三個，另一個則讓給一向聽話的胡家班。而最晚加入到環球大馬戲團來的彭家班……哼哼，這麼不懂事，那就讓他們吃屎去吧！

那鐸好幾次跟小安德森先生談過節目選擇的事情，每一次都有意無意地抬出了他跟老安德森先生有關開拓大清朝市場的交易，而小安德森先生每一次都是笑吟吟聽完並表示會認真考慮那鐸的建議，這使得那鐸對節目分配頗有信心。

一點差十分，三家馬戲班已經聚集在了排練房，但小安德森先生尚未現身。

那鐸又尋到了羞辱彭家班的機會。

「喲，彭家班也來了哈，其實，你們來不來也無所謂，反正你們也就是個陪襯。」那鐸的話使得那家班和胡家班的人爆發出了一陣哄笑。

老鬼一言不發，帶著眾徒弟來到了排練房的一個角落。

那鐸不依不饒，靠了過去，繼續羞辱道：「你們為什麼不到那邊去呢？哦，知曉了，那邊有鏡子，你們啊，是害怕看到了自己這副歪瓜裂棗的尊容，便更加沒了自信，對麼？哈哈哈……」

老鬼雙目微閉，以此神態來告訴眾徒弟，不要跟這種人一般見識。

那鐸未達到預期效果，眨巴著兩隻三角眼正琢磨著下一步該如何挑釁之時，小安德森先生帶著簡妮以及另外兩名助手推門而入。

「女士們，先生們，下午好，很高興看到你們能夠按照通知準時參加此次會議。」小安德森面帶笑容，而笑容中又透露著嚴肅，他做了個手勢，身邊立刻有助手將他的開場白翻譯成了國語。

助手翻譯完畢，小安德森接著道：「不會佔用大家多長時間，召集你們來，主要就是宣佈參加百老匯演出的節目評選結果。」

這已是大夥預料之中，故而無人驚詫，但所有人還是不約而同地打起了精神。

「入選的第一個節目是那家班的口吐蓮花，這個節目不論是創意還是編排以及呈現出來的舞台效果，均為上乘，我相信，將此節目帶到百老匯的舞台，一定能夠給觀眾們帶來不一樣的感受！」小安德森先生宣佈完，不等翻譯開口，率先鼓起掌來。

那鐸甚是得意，那家班的口吐蓮花這個節目可謂是他們的看家節目，但凡演出，台下觀眾無不歡呼喝彩。

助手在眾人的掌聲中完成了翻譯，小安德森先生接著宣佈道：「第二個入選的節目是胡家班的杠上飛人，此節目驚險刺激，彰顯了表演者的精湛技能，我想，它一定能獲得百老匯觀眾的如潮掌聲。」

大夥對胡家班的恭賀掌聲中，那鐸雖心有不爽，但也能接受，畢竟這仍舊在事先安排之中，接下來的兩個節目，理應是自己那家班的了。

「第三個入選節目我必須說，這是我看過最精彩的一個近景魔術，用國語說，叫變戲法，它展現出了令人震驚的東方技巧且融入了充分的西洋文化，使我不得不用歎為觀止來表達我的印象。恭喜表演者老鬼先生，我想，你一定會給百老匯觀眾們留下一個難以忘懷的夜晚！」

小安德森走向了老鬼，先跟老鬼握了手，然後再鼓起掌來，只是，除了彭家班師兄弟們，回應者甚是寥落。

小安德森似乎並不在意眾人的反應，他步履輕快，重新來到了大夥面前，宣佈了最後一個入選節目：「請原諒，對這個節目，我實在是找不出合適的語言來描述，我想，每一個看過它的觀眾在未來很久很久一段時間都無法將它忘卻，甚至會牢記一生……」

第三個節目給了老鬼，這已經出乎了那鐸的預料，不過，轉念一想，又不禁對小安德森先生充滿了敬佩，一個洋人，居然有著東方智慧，還知道在三家華人馬戲班中搞平衡。好吧，暫且讓那老東西先得意一陣子，等老安德森先生回來的時候，五爺我一定要求老安德森先生將那老東西的彭家班給開除了！

這麼念叨著，就聽到小安德森先生將入選的第四個節目誇上了天。那鐸一掃頹態，重新得意起來。那家班一共報了四個節日，個個精彩絕倫，如今已經入選了一個，那麼剩下的三個節目中，真不知道是哪一個那麼合乎小安德森先生的口味，給予了那麼高的評價。

「恭喜彭家班，恭喜老鬼先生和他的徒弟們，你們編排的這個飛刀射碗的節目不單入選了四個在百老匯表演的節目，而且，還被評選為這次演出的壓軸表演節目。」

小安德森不顧眾人反應，再次走向了彭家班，先是擁抱了老鬼，然後是大師兄二師兄……就連羅獵、安翟也沒有落下。

那鏵登時傻眼。

十分鐘之前，他還信誓旦旦地跟眾人打包票說，四個節目他那家班必須包攬三個，剩下的一個，看在胡家班班主的面上，可以放給胡家班。

可十分鐘之後，他那家班和胡家班合在一塊也不過跟人家彭家班打了個平手。平手都算不上，因為人家彭家班落了個壓軸，一個壓軸頂半場，也就是說，他那家班的口吐蓮花和胡家班的杠上飛人合在一起都抵不過人家彭家班的一個飛刀加頂碗的節目。

天理何在？

這讓那五爺的臉面往哪兒放？

就問小安德森，你老子想開拓大清市場的夢想還想不想實現了？

但這些憤恨和質疑，那鐸也只能深藏在肚子裡，環球大馬戲團是人家安德森父子的，不給小安德森面子，就等於不給老安德森面子，那鐸還沒傻到這種程度。他需要隱忍，需要找尋機會，他相信自己的能力，只要冷靜下來，就一定能想到辦法並尋到機會，一舉將今日失去的臉面給找回來。

小安德森辦事很利索，宣佈完四個入選節目後，對大夥勉勵了一番便宣佈散會。

那鐸一秒鐘都不願意停留，第一個走出了排練房。

彭家班處在排練房的最裡一角，自然也是拖到了最後才離開，待其他人都走出排練房時，甘蓮不由得歡呼了一聲，卻被老鬼以眼神嚴厲制止。

大師兄趙大新道：「莫要得意忘形，師妹，小心小人背後使壞，從現在開始，所有人不得單獨外出，即便在團裡，也要結伴而行。」老鬼對趙大新的安排甚是滿意，微微點了點頭。

一晃數日安然度過，那鐸就像消失了一般，再也沒在彭家班師兄妹們的面前出現過。趙大新帶著師弟師妹們對節目反覆推敲磨練，將每一個環節的每一個細節都做到了極為完美。

老鬼也把自己的節目調整了幾個細節處的表演形式，使得整個節目看上去更加流暢。

那家班和胡家班也沒閑著，畢竟，能登上百老匯大舞台的機會並不多，這次若是把握不住的話，那麼，下一次還能不能得到這樣的機會實在難說。

在眾人的殷殷期盼中，登台百老匯的這一天終於來到了。

百老匯大道以巴特里公園為起點，由南向北縱貫曼哈頓島，全長達廿五公里之多，而藝術家們夢寐以求的百老匯大舞台其實是多達十餘家分佈在百老匯大道中間地段的劇院總稱，這些劇院因位置不同，又有了內百老匯和外百老匯之分。

內百老匯的劇院上演的全都是一些經典的熱門的以及商業性極強的劇碼，而外百老匯的競爭性比不上內百老匯，於是對一些實驗性的新鮮的名氣尚未打響的劇碼劇團有著較強的包容性。

環球大馬戲團的演出，自然是在外百老匯的一家名叫內德蘭德的劇院之中。

單純從賺錢的角度講，環球大馬戲團並不需要登上百老匯的舞台，它在布魯克林的基地有一個可以容納五百觀眾的演出場，每天晚上的演出都能坐滿了觀眾，到了週末，更是一票難求。

另外，環球大馬戲團還會組織赴外地演出，所到之處，無不轟動。但安德森父子卻始終認為馬戲也是一種藝術，但凡藝術，若是不能登上百老匯的舞台，那麼就相當於沒有真正登上藝術的殿堂。因而，這場演出，對環球大馬戲團來說並非求財，而只是求名。

確定演出之後，環球大馬戲團和劇院便聯手進行了各種形式的宣傳，名氣擺在那兒，定下的票價也很合理，因而，整個劇院近千張票在演出前三天便銷售一空。

羅獵和安翟雖然沒有登台機會，但老鬼想讓這哥倆多見見世面，於是跟小安德森商量，將他倆也帶到了百老匯的內德蘭德劇院。

不過，劇院的後台管理相當嚴格，非演出人員決不能入內，就連小安德森先生也被攔在了外面。

後台進不去，劇院中又沒有座位票，羅獵、安翟哥倆只能在劇院後台一側的儲藏間附近待著，在哪兒，能看到登台表演的演員匆匆而過，卻根本看不到舞台上的演出情況。

「還不如留在家裡練功呢。」羅獵實在覺著無趣，禁不住發了聲牢騷。

「才不要呢，我寧願待在這兒悶死，也不願意回去練功。」安翟扣了塊牆皮在地上畫了四橫四豎的一個格子，然後再從牆上扣下了幾塊牆皮，掰成了數個小塊，擺在了方格的底線上：「羅獵，下棋不？」

羅獵搖了搖頭，道：「你自己玩吧，我又下不過你，我還是練練功好了。」

安翟一個人卻也能玩個不亦樂乎，自己跟自己下棋不說，嘴巴裡還嘟囔著：「羅獵，你這手棋下得真臭……羅獵，輸了吧？投降吧！……」他這是一人扮演了兩個角色，說扮演的羅獵臭棋不斷，連輸了三盤。

羅獵也只是笑笑，繼續壓腿劈叉或是伏地挺身。

演出已經開始，第一個節目屬於墊場，內德蘭德劇院派出了自己排練的歌舞節目，羅獵、安翟雖然看不到舞台上的表演，但劇院的聲音卻是能聽得清楚，這哥倆在歌舞表演中分明聽到了觀眾們的哄笑聲。

墊場節目結束後，屬於環球大馬戲團的表演時間到了，而這時，一個金髮碧眼的小女孩哭哭啼啼地向羅獵、安翟這邊走了過來。

小女孩年紀應該跟羅獵差不多，身上穿著的演出服尚未脫下。

「你怎麼啦？為什麼哭了？」羅獵也不清楚為什麼，他只看了這個小女孩一眼，便產生了濃濃的親切感，似乎這個小女孩在哪裡看到過，而且相處非常愉快。「別哭了，我爺爺說，小孩子經常哭會影響視力的。」

小女孩抹著眼淚回應道：「可是，我的第一次演出就被我搞砸了。」

羅獵想起了剛才節目中觀眾們的哄笑聲，想必便是這小女孩出的糗才引發的。「失敗是成功之母，做任何事情，要想成功就必須經受得住失敗。」

小女孩的傷心來得快去得也快，有人陪著說話，注意力很快就從剛才失敗的陰影中走了出來，「噢，天哪，我居然沒看出來你是一個東方男孩，你的英文說得真好，欺騙了我的耳朵。」

羅獵道：「是的，我是華人，你不會像其他人那樣，看不起我們華人吧？」

小女孩誇張道：「噢，怎麼會呢？我媽媽說，沒有華人，我們的鐵路就不可能那麼快修好，而我，也不可能從遙遠的西海岸來到紐約。」

羅獵靦腆笑著，道：「可是，我並沒有參與到鐵路的修建中。」

小女孩咯咯笑開了，道：「你真幽默，能告訴我你的名字嗎？」

羅獵道：「我的中文名叫羅獵，席琳娜給我起了一個英文名，叫諾力。」

小女孩突然一怔，問道：「席琳娜？哪個席琳娜？她的全名叫什麼？」

羅獵聳了下肩，道：「我只知道她叫席琳娜……」

話剛說一半，遠處傳來一個中年女人的聲音：「艾莉絲，你在哪兒？」

小女孩連忙應道：「琳達老師，我在這兒呢！」

遠處現出一個女人的身影，向著這邊招了招手，道：「艾莉絲，就你一人沒卸妝了，大家還在等著你呢！」

艾莉絲應道：「知道了，我這就過來。」說著，衝那女人扮了個鬼臉，而後又對羅獵道：「我叫艾莉絲，很高興能認識你，諾力，希望下次還能見到你。」

羅獵剛想伸手跟艾莉絲握下手，可艾莉絲已經轉身跑開了。

環球大馬戲團的演出可謂是相當成功，單從劇院中傳出來的掌聲就可見一斑，演出越是到後面，節目是越發精彩，而觀眾們的掌聲則越發熱烈。

艾莉絲走後，羅獵繼續練功，而且越練越是專注，而安翟則繼續玩他的石子棋，哥倆沒注意，師父老鬼已經演出完，而師兄師姐們開始了本場演出的最後一個節目。

節目排練了很多次，絕無失手可能，劇院中觀眾們被精彩表演所吸引，只有陣陣驚呼，卻很少聽到掌聲，直到最後大師兄以單手發射出兩枚飛刀擊中了半空中的兩隻碗兒，觀眾們在短暫的震驚過後爆發出了雷鳴般的掌聲，那掌聲，就連後台邊上的羅獵、安翟都被驚到了。

整場演出結束後，劇院老闆，來自於東部歐洲的內德蘭德先生激動萬分，緊緊地握住了小安德森的雙手，強烈要求跟環球大馬戲團簽署一份長期合作的合約，並點名要將彭家班表演的最後一個節目做為合作的保留節目，每次演出，必為壓軸。

小安德森顯示出了一個商人的狡猾，他既沒拒絕，也沒答應，只是跟內德蘭德說，他父親尚未回來，而馬戲團的所有大事，必須跟他父親商議後才能定奪。

小安德森很清楚，環球大馬戲團的此場演出必然是一炮打響，別的不敢說，彭家班的那個節目一定會成為紐約人們茶餘飯後的談資，而節目的主演趙大新也一定能成為名氣響徹全城的大明星。

他現在急需要做的並不是跟內德蘭德先生談合約，而是應該立刻跟彭家班跟趙大新簽下一份長約，只要能長久擁有彭家班的所有權，那麼，和哪一家劇院達成長期合作的契約不過是誰開出的條件更加優惠而已。

內德蘭德也是個成功的商人，小安德森的這點狡猾心思他當然看得明白，只是人家要待價而沽，自己也只能和其他劇院公平競爭，要怪，也只能怪自己當初為何只是抱著嘗試的心理而跟環球大馬戲團只簽了一場演出的合約。

小安德森擺脫了內德蘭德的糾纏，趕緊找到了老鬼，此時，環球大馬戲團的演員們已經卸完了妝，收拾好了東西準備登車返回

「不，老鬼先生，讓他們先回去，你和你的徒弟們留下來，我想帶著你們流

覽一下紐約的風光。」

老鬼隨便眨巴下了眼皮，便明白了小安德森的用意，吃人家的嘴軟，拿人家的手軟，老鬼不想在接下來的新合約談判桌上落了下風，於是便婉拒道：「小安德森先生，你看，天色已晚，而且孩子們演出完很是辛苦，需要早點休息，要不改天再流覽紐約風光，你看好不好呢？」

小安德森也覺得自己有些著急了，於是便退了一步：「那這樣吧，我專門給你們安排了幾輛車。」

這倒是可以，老鬼點了頭，跟那家班、胡家班的人擠在一塊，確實有些讓人噁心。

師兄妹正準備上車，趙大新猛地一拍腦門，喝道：「我怎麼把小七小八兩人給忘了呢？」也難怪，大夥演出如此成功，直到眼下仍處在極度興奮中，腦子裡全是演出時的片段以及場下觀眾們的種種表現，誰還能想得起羅獵、安翟來呢。

好在羅獵、安翟一個練功一個玩棋都甚是專注，並沒有覺察到後台已經空無一人，當趙大新找到他們兩個的時候，後台的燈仍舊亮著。

「你倆……」趙大新是既寬慰又生氣。寬慰的是羅獵，雖然沒有別人看著，卻仍舊沒忘了練功，生氣的自然是安翟，真是馬尾提豆腐，怎麼都提不起來。

坐車再一次經過布魯克林大橋。這已經是第三次經過這座大橋了，第一次是步行，震驚於此橋的雄偉壯麗，第二次是坐車從布魯克林趕去百老匯，心思全都在了演出上，沒有誰還會關心大橋的風景。

但這第三次完全不一樣了，演出的成功使得大家都意識到，這一次的百老匯之行雖然是第一次，但絕對不會是最後一次，也許他們將來的主要表演場所便在百老匯而不是環球大馬戲團位於布魯克林的基地。

再一次經過這座大橋的時候，眾人便有了些許已然征服了這座大橋的感覺。

坐在車中，小安德森可沒有心情去欣賞布魯克林大橋的風景，他滿心所想的是如何才能以一份長約拴住老鬼和他的徒弟們。

跟老鬼相處不多，而老鬼的表現也始終讓小安德森沒有把握，因而，小安德森在車中卻是越琢磨越是心中沒底，最終耐不住，向老鬼發出了邀請。

「老鬼先生，就今晚，對，就今天晚上，等我們回到基地，到我辦公室，我們談談下一步的合作，可以嗎？」

老鬼淡淡一笑，道：「安德森先生，我很欣賞你的坦誠，請你放心，我對你父親有過承諾，我們華人做事，講究的是一諾值千金，有時候，承諾甚至比合約還要管用。當然，我也能理解你的心情，這樣吧，今晚上我們師徒幾個商量一下，我想，他們可能會有向小安德森先生提出一些合理要求的想法，所以，我認為明天找個時間再來商談比較合適。」

小安德森未顯失望，反倒顯得有些興奮，道：「謝謝老鬼先生，那咱們一言為定，明天上午，我會在辦公室一直等你。」

回到了宿舍，師兄師姐們全都聚集在了趙大新和羅獵的房間中，新合約該如何簽，雖然最終還是要聽師父的，但師父既然發了話，讓大夥充分商討，於是，大夥還是七嘴八舌地說了好多，不過，所提出的等等，均是些無關痛癢的條件。

趙大新笑道：「咱們能有這個成績，七師弟功不可沒，說吧，七師弟，你想提個什麼樣的要求？」

羅獵認真想了想，道：「今後的演出都要帶上我和安翟，還有，以後的演出還要在那家劇院。」

趙大新疑道：「為什麼？在哪家劇院演出很重要麼？」

也不知怎麼的，羅獵的臉頰突然間漲得通紅。

趙大新道：「怎麼了？不好意思了？沒關係，說出來嘛，只要理由充分，我想，師父一定會支持你的。」

羅獵支支吾吾不願說出來。

這時，安翟突然道：「我知道，羅獵在那家劇院認識了一個洋人小女孩，他一定是還想見到那個小女孩。」

安翟話音未落，眾師兄師姐已經笑作了一團，而羅獵的臉頰臊得更紅了。

「你們笑個什麼？有什麼好笑的？」趙大新強忍住笑出聲的衝動，假裝訓斥那幾位師弟師妹，「依我看，七師弟的要求比你們提出的亂七八糟的要求要正經多了！」

第二天的談判，老鬼自然沒有提出羅獵的那個奇葩要求。對雙方來說，一方是真心誠意地留，另一方則是實實在在的不想走，因而，談判進行得非常順利，僅僅一個小時，便達成了一份時限長達五年的新合約。

剛了卻了長期留下彭家班的心思，內德蘭德便找上門來，他為環球大馬戲團帶來了一份相當有誠意的合作方案。「安德森先生，如果，在合約期內有別的劇院向你開出了更有吸引力的條款，我願意立刻匹配，這一點，我已經寫進合約條款中了。」內德蘭德展開合約，將這一條款特意指給了小安德森看。

有了這一條款，小安德森已是心滿意足，二人就一些合作細節展開了討論之後，便基本上確定了合作關係。

於是，羅獵也算是完成了心願。

又是一周，新的週末，彭家班第二次登上了內德蘭德大劇院的舞台，劇院仍舊堅持著非登台演員不得進入後台的規矩。

羅獵和安翟又被扔到了儲藏間前的空地上。安翟繼續擺弄著他的石子棋，只是不再那麼幼稚，而是托著腮認真思考每一步的下法，羅獵照常練功，卻沒有了上次的那般用心，時不時地向外面瞥上一眼兩眼。

劇院依舊以歌舞為開演墊場，但墊場表演完了好久，艾莉絲也沒有露面。

「羅獵，要不咱們溜進後台去找找她？」安翟兩眼死盯著地上的棋盤，但羅獵的一舉一動，他卻覺察得十分清楚。

「你說去找誰？」羅獵害臊，嘴上不由裝傻。

安翟丟掉了手中棋子，抬起頭來看著羅獵，道：「艾莉絲啊！」

羅獵裝成了大人模樣，聳了下肩，道：「找她幹嘛？」

安翟愣愣地看著羅獵，輕歎了一聲不再言語，低下頭繼續玩他的石子棋了。

直到演出結束，艾莉絲始終沒有出現，跟著大師兄走出劇院，羅獵的神情稍顯失落。

第六章

綁架蹊蹺

趙大新很愛乾淨，每天都將房間收拾得乾乾淨淨，
因此，這張紙片肯定不是自己或是羅獵丟下的，
便彎下腰撿了起來，搭眼一看，不禁出了一身的冷汗。
「羅獵在我手上，若想贖回，明晚十點帶一百美元
到皇后大道第十四街一百一十八號來。
記住，不得報警，不得夥同他人同來，否則必定撕票！」

接下來的兩周，羅獵依舊未能見到艾莉絲，以至於每週末去內德蘭德劇院演出的任務在羅獵的心中已成了負擔。

但這兩周的時間，羅獵練功卻取得了突破。一早跑圈，不歇氣跑個十五六圈已不在話下，伏地挺身一口氣也能做個二十多，臂筋腰筋以及腿筋已經完全練開，身體柔韌性達到了一個新高度。趙大新在徵得老鬼同意後，給羅獵增添了新的功課，開始鍛煉發射飛刀最重要的腕部力量。

第三周週末，羅獵頗有些不情願地跟著師兄師姐們來到了內德蘭德劇院，和之前一樣，師兄師姐們進了後台，而他和安翟則輕車熟路地向那儲藏間的方向走去。

「羅獵，你看……」

羅獵抬起頭來看了一眼，不禁低聲驚呼道：「艾莉絲？」

艾莉絲聽到了，連忙轉過身來，興奮道：「諾力，我終於等到你了，我以為，我再也見不到你了呢！」

羅獵道：「每個週末我們都在這兒演出，每次演出我和安翟都在這兒等你。」

艾莉絲的神態突然暗淡下來，低聲道：「對不起，諾力，我沒能來得及告訴你，我已經被內德蘭德劇院除名了。」

羅獵驚道：「為什麼？就因為那次的演出失誤嗎？」

艾莉絲攏了下額頭上的金髮，湛藍的眼眸流露出無助的神態，道：「也不全是因為那次失誤，琳達老師說，我缺乏舞台上的感覺，不適合學歌舞表演。」

艾莉絲說著，突然間就紅了眼眶：「可是，她並不知道，我是多麼喜歡舞台啊！」

羅獵安慰道：「你別灰心，我國有句諺語，叫只要功夫深鐵杵磨成針，還有一句話，叫有志者事竟成，艾莉絲，只要你不放棄，我相信你遲早還會登上舞台的，而且會成為舞台上最耀眼的明星。」

艾莉絲轉瞬間又露出了笑容，道：「真的嗎？謝謝你，謝謝你的鼓勵，我一定不會放棄。」

安翟不知趣地湊了過來，道：「艾莉絲，我叫安翟，是羅獵最好的朋友。」

艾莉絲微笑著跟安翟打了招呼，道：「我兩次見到你，你都在地上擺弄著你的石子，能告訴我，這些方格和石子有什麼奧秘嗎？」

艾莉絲說的可是英文，安翟也只能聽得懂最簡單的對話，艾莉絲剛才的這段話說得可不怎麼簡單，安翟一時搞了個滿頭霧水，只得以求助的目光看著羅獵。

羅獵翻譯道：「艾莉絲說，她兩次見到你，你卻只會擺弄石子，她問你是不是這兒有問題？」羅獵說著，指了指自己的腦袋，然後不懷好意地笑了。

安翟撓了撓後腦勺，一時不知道該如何回答。

艾莉絲冰雪聰穎，隨即便看出了其中的貓膩，登時咯咯咯笑開了。「羅獵，你好壞，你欺騙了你的朋友。」

羅獵不好意思地笑了，岔開了話題道：「艾莉絲，那你接下來打算去哪兒呢？」

艾莉絲黯然道：「我不知道，也許只能留在學校裡看著同學們歡天喜地地登台表演吧。」

輕歎一聲，艾莉絲憂心忡忡道：「我媽媽還不知道她心愛的女兒受到了這樣的打擊，她要是知道了，天知道她會有多傷心。」

羅獵道：「不，艾莉絲，你一定還會有重新登上舞台的機會的。」

艾莉絲搖了搖頭，隨即露出了燦爛的笑容，道：「諾力，今天能見到你真的是上帝對我的眷顧，可是，我卻該走了，我媽媽供我在紐約學歌舞很辛苦，我要為媽媽減輕負擔，既然失去了登上舞台的機會，那麼我就不能再失去勤工儉學的機會。」

羅獵頓時生出悵然所失的感覺，但艾莉絲有工作要去做，他也不便挽留，只得向艾莉絲說再見，待艾莉絲轉身走開了幾步，羅獵忽然在身後問道：「艾莉絲，能告訴我你在哪家學校嗎？」

艾莉絲停下腳步，轉過身來，露出了一個迷人的微笑，回答道：「你是打算約我嗎？」

羅獵登時臊紅了臉，支吾了起來。

艾莉絲咯咯咯笑開了，道：「我在普瑞特藝校，也在布魯克林，離你們環球大馬戲團並不遠……天哪，我怎麼那麼笨，明知道你就在環球大馬戲團，為什麼不去那邊找你呢？上帝啊，怪不得琳達老師說我缺乏天分。」

羅獵靦腆道：「那你有時間的話來環球大馬戲團找我玩呀，我帶你去看我師兄師姐的排練，可精彩了。」

艾莉絲咯咯笑道：「你是男人，應該像紳士一樣主動約會女人，怎麼能讓我去找你呢？咯咯咯，跟你開玩笑呢，有時間我一定去找你。」

艾莉絲蹦蹦跳跳地離去了，羅獵望著她的背影，一時間竟然有些癡了。

安翟伸出手來在羅獵的面前晃了晃，道：「羅獵？羅獵！嘿嘿嘿，你是不是喜歡上了艾莉絲？」

羅獵紅著臉回道：「再瞎說你信不信我揍你？」安翟原本就打不過羅獵，這段時間以來，羅獵又辛苦練功，若是教訓起安翟來，確實是輕輕鬆鬆。但見安翟立刻捂住了嘴巴，羅獵笑道：「安翟，你看艾莉絲像不像一個人？」

安翟捂著嘴巴回道：「艾莉絲本來就是一個人。」

羅獵忍不住撩去了一腳，踢在了安翟肥碩的屁股上：「我是說，她像不像席琳娜？」

安翟揉著屁股，認真地想了下，道：「你還別說，真的很像哦！」

羅獵道：「怪不得我見她第一眼的時候便有一種非常熟悉非常親切的感覺，安翟，你說艾莉絲會不會是席琳娜的女兒呢？」

安翟道：「我猜，一定是。」

羅獵道：「席琳娜要是知道了艾莉絲被內德蘭德劇院除名的消息，不知道該有多傷心，安翟，你說咱們能幫得到艾莉絲重登舞台麼？」

安翟苦笑道：「咱們倆距離登上舞台還差了十萬八千里呢，怎麼幫她？」

羅獵若有所思道：「辦法一定有，只是咱們一時沒想到而已。」

安翟道：「要不去求求大師兄，讓他帶著席琳娜登台？」

羅獵的雙眼登時放出了光芒，一把攥住了安翟的胳臂，道：「這絕對是個好主意，安翟，謝謝你。」

安翟痛得齜牙咧嘴，嚷道：「羅獵，鬆開你的鬼爪子，哎喲喂，你怎麼這麼大的手勁啊？你以前可沒有這麼大的力氣啊！」

以前，羅獵一口氣只能做最多三個伏地挺身，而現在，一口氣做上個二十三十的不在話下，以前羅獵做伏地挺身的時候必須以手掌撐地，但現在卻可以像大師兄一樣以三指撐地，雖然只能勉強做上一兩個，卻也是莫大的進步。手勁，也增強了許多。

羅獵意識到了自己的變化，知道以後再跟安翟鬧著玩的時候必須要悠著點了，「對不起啊，安翟，一時激動了。」安翟揉著胳臂，回了一句令羅獵哭笑不得的話：「算了，算了，看在艾莉絲的面子上。」

返回的車上，羅獵便跟大師兄聊上了：「大師兄，你覺得師父的節目精彩嗎？」

演出過後，趙大新略顯疲態，但還是打起了精神，跟羅獵聊了起來：「當然嘍，師父的手上功夫那可是超一流的，別說坐在舞台下面，就算近在咫尺，也絕對看不出絲毫破綻。」

羅獵托著腮，側臉看著大師兄，道：「可是，我總覺得師父的節目好像少了點什麼似的。」

趙大新疑道：「少了點什麼？小七，你又想到了什麼？沒關係，說錯了也沒關係，我保證不跟師父告狀。」

羅獵道：「師父他要是再有個助手，最好是個女助手，大師兄，你說節目效果會不會更好一些呢？」

趙大新稍一愣，隨即閉上了雙眼想像了一下舞台效果，然後露出了笑容，道：「你的想法倒是不錯，可是，你三師姐四師姐有自己的節目，要是分心……」

羅獵搶道：「三師姐四師姐都不合適！大師兄，師父的女助手最好是個金髮碧眼的洋人女孩，這樣的話，觀眾可能會容易接受。」

趙大新禁不住倒吸了口氣，尋思道：「找個洋妞……這主意還真不賴，嗯，等會下車了，我去跟師父說道說道。」

羅獵又道：「大師兄，這個女孩可不能亂找，她不單要配合師父演出，還不能把師父戲法的秘密抖落出去，所以啊，得找一個靠得住的才行，最好也能拜師父為師，加入咱們彭家班。」

趙大新禁不住再吸了口冷氣，沉吟道：「這可就難了，就算師父同意，可咱們在紐約人生地不熟的，上哪兒去找這麼個洋女孩來呢？嗯，要不，求小安德森先生幫忙，從洋人馬戲團中幫咱們物色一位？」

羅獵道：「大師兄，你覺得小安德森先生靠得住嗎？萬一他不懷好心怎麼辦呀！」

趙大新靈光閃現，突然回憶起數周前第一次演出後大夥奉師父之命商討新合約條件的場景，那天，羅獵提出了仍舊在內德蘭德劇院演出的要求，大夥不解，而安翟解釋說是因為羅獵在那兒認識了一個洋人女孩。「艾莉絲，七師弟，你覺得艾莉絲怎麼樣？合適嗎？」趙大新心中偷樂，但臉上卻顯出一本正經的樣子。

羅獵一驚，脫口道：「你怎麼知道她叫艾莉絲？」

一旁正趴在車窗看風景的安翟突然縮起了脖子，團作了一團，嚷道：「不是我說的，真不是我說的！」

羅獵豈能饒了他，伸出手在安翟的腰上狠狠地掐了一把，引來了安翟痛苦的嚎叫。

羅獵另一隻手伸出，及時地捂住了安翟的嘴，同時也封住了安翟的嚎叫。「大師兄，艾莉絲很優秀的，她一定能給師父當好助手。」羅獵鬆開了捂住安翟嘴巴的手，順勢在安翟的衣服上擦了下。

趙大新笑道：「好吧，只要師父同意，我一定向師父隆重引薦艾莉絲。」

趙大新並沒有打算搪塞羅獵，事實上，他覺得羅獵的提議非常好，師父的節目雖然精彩，但偌大一個舞台卻只站著師父一人，總是覺得有些單調，若是能給師父找來一個合適的洋女孩做助手的話，不單能豐富了舞台效果，而且這種中西搭配的組合更能引得觀眾的認可。

回到了駐地，趙大新立刻去了師父老鬼的房間跟師父交流了一番。數次表演，老鬼雖然不斷調整，但總有著舞台太大難以駕馭的感覺，因而對大徒弟的提議非常讚賞。但是，當趙大新說出了艾莉絲的名字，並表明了他所聽到的羅獵跟艾莉絲關係的時候，老鬼猶豫了。

「大新，這麼做會不會影響羅獵練功呢？」

趙大新道：「我考慮過，師父，可咱們畢竟只是受人之托……」

老鬼沒讓趙大新把話說完，擺了擺手，道：「你的意思師父明白，好吧，既然你已經想過這個問題，那師父就不多說了，你安排就是了。」

趙大新道：「還有一事，師父……」

老鬼再次打斷了趙大新，微閉雙眼，笑瞇瞇道：「你要說的可是你跟萍兒的事情？」

趙大新埋下了頭，雙手捏住了衣角，反覆揉搓。

「男大當婚女大當嫁，有什麼好羞於齒口的？」老鬼站起身來，到了趙大新的跟前，拍了拍趙大新的腦袋，問道：「你可跟萍兒說了？」

趙大新抬頭看了眼師父，然後又埋下了頭，怯聲道：「沒，徒兒想求師父……」這一次，倒不是被師父老鬼打斷，而是趙大新自己說不下去了。

老鬼爽朗笑道：「我徒兒哪裡都好，就是這臉皮太薄，好吧，師父替你說就是。」

趙大新喜悅之情溢於言表，撲通一聲跪下了，磕了個響頭，道：「謝謝師父！」然後，爬起身來，一溜煙的跑掉了。

回到了房間，面對羅獵的時候，趙大新已然換回了大師兄的形象來：「那什麼啊，七師弟，我跟師父說過了啊。」

羅獵滿懷期待問道：「師父他怎麼說？」

趙大新道：「師父說他很擔心請來了艾莉絲小姐會影響到你練功。」

羅獵急忙擺手道：「不會的，大師兄，不會的，我向你保證，一定會更加刻苦地去練功，絕不會有一絲一毫的懈怠。」

趙大新瞅著羅獵，壞笑道：「真的？」

羅獵舉起手來，很是鄭重回道：「我對天發誓！」

趙大新清咳了兩聲，做足了大師兄的派頭，道：「既然如此，那大師兄就信你一次，你可以向艾莉絲發出邀請了。」

羅獵喜出望外，一把抱住了趙大新，連聲道：「謝謝大師兄。」

這樣的好消息當然要儘早告訴艾莉絲，若不是天色太晚，羅獵甚至想立刻就出去找到普瑞特藝校和艾莉絲分享這份快樂。

第二天，吃過午飯，羅獵終於有了點閒置時間，跟大師兄打了聲招呼後，約上了安翟，出了環球大馬戲團的駐地，邊走邊打聽，向著普瑞特藝校的方向而去。

普瑞特藝校既然也在布魯克林地區，那麼距離環球大馬戲團的駐地就不會太遠，只是這哥倆不熟悉道路，雖然不斷地問路，卻還是走了不少的冤枉路。終於看到了普瑞特藝校的校門時，羅獵的閒置時間已經不多了。

可是，藝校的門衛，一個暈暈乎乎的白人小老頭，卻怎麼都不肯放羅獵和安翟進入校區，更不肯走好遠費好多事為羅獵找到艾莉絲並叫到大門口來。

「羅獵，要不咱們給艾莉絲留個字條吧？」安翟不忍心看到羅獵那副焦灼模樣，靈機一動，給羅獵出了個主意。

「也只能這樣了！」羅獵向藝校看門的白人小老頭借了紙和筆，給艾莉絲寫了幾句話，交給了白人小老頭，千叮嚀萬囑咐，要求那老頭一定要將紙條交到艾莉絲的手上。

回程就快了許多，走過兩條街，再穿過一片公園樹林，遠遠地便看到了環球大馬戲團的高大招牌。

「羅獵，師父對你真好。」一路上，一直少言寡語的安翟看到了環球大馬戲團的招牌，像是鬆了口氣，也願意跟羅獵閒扯了。

「師父對你也很好啊！」

「我哪比得上你啊，你說什麼，師父就聽什麼，我要是說點什麼，師父只會一瞪眼，最多再送我一個字，滾！」

「安翟，其實你要是能刻苦練功的話，師父也一樣會喜歡你的。」

「我還不叫刻苦啊？羅獵，你這麼說話就有點不講道理了吧，我跟前一個師父在天津衛跑江湖的時候，哪願意受這番罪啊！」

「你這還叫受罪嗎？每天席夢思床睡著，熱水澡洗著，挨不著太陽曬也不用被雨淋，頓頓能吃飽不說還有魚有肉，安翟，你知足吧。再說了，師父逼你練功，也是為你好，對不？」

安翟歎了口氣，道：「你說得也對，羅獵，其實我並不想登台表演，我總覺得站在舞台上被那麼多人看著怪不好意思的。」

安翟這麼一說，羅獵也不禁問了自己一句，自己倒是對飛刀挺感興趣，可若是登台表演的話，自己又是真心喜歡麼？認真地思考了一番，卻沒能得到明確的答案。

「羅獵，你真的喜歡艾莉絲嗎？我覺得啊，你跟艾莉絲結不了婚，你爺爺不會同意你娶一個洋人女孩做媳婦的。」

這話分明是安翟沒話找話，羅獵沒好氣地懟了一句：「關你屁事？」

安翟嘿嘿笑了起來。

拐過前面的街角，再走個兩百來米便到了環球大馬戲團的駐地，羅獵記得街角一側有一家食品商鋪，而得病之前跟安翟靠算命賺來的幾枚硬幣剛好帶在了身上，於是，羅獵便想拉著安翟過去買些好吃的。

來到商鋪前，看著琳琅滿目的商品正在猶豫時，背後突然現出兩人，其中一個拿著一把匕首頂住了安翟的腰眼，而另一人手中卻拿了一把左輪，頂住了羅獵的額頭。

「不許出聲，想要命的話，乖乖跟我們走！」那二人雖然蒙著臉，卻說了一口流利的國語。

羅獵沒見過左輪手槍，但也知道那人只需要輕輕叩動扳機，自己的這顆腦袋便要炸開了花。威逼之下，只得就範。

那二人手忙腳亂地將羅獵、安翟的雙手捆了起來，這時，從街角一處駛過來一輛馬車，那二人再將羅獵、安翟的嘴巴堵上，塞進了車中。

拿著左輪手槍的一人跟著上了馬車，而另一人則收起了匕首，摘掉了蒙在臉上的黑布，向著環球大馬戲團的方向而來。

那人對環球大馬戲團似乎很熟悉，七拐八拐，居然來到了大師兄和羅獵所住的房間門口，前後張望了一番，確定走廊上空無一人，那人從懷中掏出了一張紙片，順著房間門底下的縫隙塞了進去。

房間中，趙大新依稀聽到了腳步聲，而腳步聲來到自己的房門前便停住了，趙大新起初還以為是羅獵回來了，可等了片刻，卻未聽到敲門聲，然後又聽到了門外的腳步聲逐漸遠去。趙大新甚是困惑，於是便起身開門，可樓道走廊中，卻已經看不到了人影。

轉身回來之際，趙大新覺察到地面上有東西，低頭一看，原來是張紙片。

趙大新很愛乾淨，每天都將房間收拾得乾乾淨淨，因此，這張紙片肯定不是自己或是羅獵丟下的，於是，便彎下腰撿了起來，搭眼一看，不禁出了一身的冷汗。

「羅獵在我手上，若想贖回，明晚十點帶一百美元到皇后大道第十四街一百一十八號來。記住，不得報警，不得夥同他人同來，否則必定撕票！」

趙大新一身武功甚是強悍，尤其飛刀絕技，更是登峰造極，但眼下這種事，卻是頭一遭遇到。捏著那張紙片，趙大新只覺得自己腦袋發脹手腳發軟，這一刻，他能想到的只有儘快找到師父老鬼。

「一百美元？」老鬼盯著那張紙片看了很久。

紙張很普通，看不出任何端倪，上面的字是蠅頭小楷，字跡潦草，筆法混亂，但橫平豎直間，又似乎有著一些書法的功底，應該是在撰寫時執筆者有意而為的結果。

老鬼從紙張和字跡上並沒有理出多少有用的線索，但那段文字中提及的贖金數額卻讓老鬼甚是警覺：「他們為什麼只要一百美元，而不是五百美元甚或是一千美元呢？」

一百美元雖然已經是個大數目，但以彭家班目前的熱度和賺錢的能力來論，一百美元著實不多。綁票的這種活並不好幹，難得成功一次的狀況下綁匪都是盡可能地多要贖金，三年不開張，開張吃三年，這才是綁票這一行當應該信奉的硬道理。

「也或許是綁匪急等著用錢……」看見了師父，趙大新沒那麼慌亂了，也有了一定的思考。

老鬼搖了搖頭，道：「沒那麼簡單。或許，他們的目標並不是錢，而是你。」

趙大新不禁一怔，道：「那他們為什麼不直接衝我來呢？抓走七師弟八師弟算個什麼事？」

老鬼道：「這正是蹊蹺之處啊！綁匪若只是圖財，為何只索要一百美元的贖金呢？以我彭家班目前的風頭，索要個三五百美元並不過分，因而，為師揣測，那綁匪之所以只索要一百美元，只是想讓你我掉以輕心，心想既然贖金不多，也就不必興師動眾，從而達到讓你隻身前往的目的。」

趙大新道：「師父這麼解釋，徒兒就明白了，可是，小七小八在他們手上，咱們總得把他倆救出來啊！要不，咱們報警？或者求助小安德森先生？」

老鬼斷然否定了趙大新，道：「萬不可報警！洋人員警做事極其教條，讓他們介入此案，無異於將你兩個師弟推入萬丈深淵。小安德森先生能幫上我們什麼呢？他是一個守法的公民，他一旦知曉此事，必然報警。」

趙大新急道：「那怎麼辦呀？師父，報警不能報，幫手又找不到，單憑咱們彭家班這些人，怎麼能對付得了那些綁匪呢？」

老鬼淡淡一笑，道：「大新莫要著急，隨為師去見一人，只有他才有可能安全救出羅獵。」

短暫慌亂後，羅獵鎮定了下來。馬車車廂中很是昏暗，兩側車窗被嚴嚴實實地封上了，只有車門處的簾子隨著馬車的顛簸而前後搧動，透露進來幾絲光亮。

手拿左輪手槍的傢伙根本沒把羅獵、安翟放在眼中，他貼在車廂車簾處，不斷催促趕車的人快一些，再快一些。馬車的車軸似乎有些老舊，每轉動到了一個固定位置，便會發出吱嘎吱嘎的聲響，羅獵捲縮在車廂後部的一角，仔細辨聽車軸發出的吱嘎聲，並在心中記下了次數，包括馬車在什麼時候左轉什麼時候又右轉了。

馬車約莫行駛了一個小時，終於停了下來，手拿左輪的傢伙將羅獵、安翟趕下了馬車。

「下了車立刻進屋，要是敢跟大爺耍什麼么蛾子，當心吃槍子兒！」

雖被恐嚇，但從馬車上下來到走進屋門的這幾步路的空檔中，羅獵還是觀察了一下左右的環境。這是一條幽僻的街道，街道很窄，也就只能供一輛馬車穿行，兩側的房屋略顯破舊，只有街道的一段才看到有那麼幾幢高樓，進屋的一剎那，羅獵還看到了門框上的門牌，下面一行的單詞不怎麼熟悉，但在上面一行，羅獵看到了八十六號和二十一街的字樣。

綁匪將羅獵、安翟推搡到了房屋的一角，又分別捆上了哥倆的雙腳，確認萬無一失後，先後走出了房間。

和馬車車廂一樣，房間的窗戶也是封死的，房間內也沒有燈光，只有房門的縫隙透進來幾絲光亮。借著這點光亮，羅獵看到房間內空空如也，唯一的一件物什便是擺放在門口的一張簡易行軍床。

手腳被牢牢捆住，而且嘴巴也被堵上，任何掙扎都是徒勞，羅獵也只能安靜地蜷在地上。不知過了多久，忽然聽到了安翟的聲音：「羅獵，我來幫你解繩子。」羅獵一驚，轉臉望去，安翟正趴在地上幫他解捆在腳上的繩索。

羅獵從喉嚨根發出了嗯嗯啊啊的聲音，意思在說，你這個笨蛋，就不知道先把堵在我嘴裡的東西掏出來麼？

綁匪的繩結打得有些複雜也很緊，安翟卻沒費多大氣力便解開了羅獵腳上的繩索，接下來將羅獵翻了個身，開始解背在身後的手上繩索。

等到手上繩索被解開，羅獵趕緊將堵住嘴巴的破布掏了出來，幾聲乾嘔後，羅獵也忘了臭罵安翟兩句，問道：「安翟，你是怎麼解開繩索的？」

安翟的臉上露出了傲嬌神態，回道：「我都跟你說了，我練功也是很刻苦的，師父教我的能耐我都掌握了，就這種綁法，根本困不住我。」

稍稍舒展了一下手腳，感覺不怎麼麻痹了，羅獵向安翟招了招手，悄聲道：「安翟，咱們逃出去吧！」

安翟點了點頭。

哥倆一左一右踮著腳尖靠近了房門，羅獵示意安翟在房門上弄出點動靜來，若是門外無人，那麼他倆剛好趁機逃走，若是門外有人，聽到了動靜勢必會過來看看，羅獵便可從門後趁機偷襲。

安翟領會了羅獵的意圖，伸出腳來，用腳尖輕輕踢了一下房門，等了片刻，門外卻是毫無反應。或許是聲響太小，羅獵跟著再踢了下房門，這一次的聲響要比上一次大了許多。

可門外仍是一片安靜。

「外面沒人看著！」安翟悄聲跟羅獵招呼了一聲，然後伸手去拉房門，「羅獵，不行啊，門可能從外面鎖上了！」

羅獵心道，既然綁匪鬆懈，只是鎖上了門便認為萬無一失，連個看守都沒安排，那麼自己還有什麼好忌憚的，用最簡單的辦法將門暴力拉開就是了。房門是木質的，而且看上去並不結實，或許門上的鎖很是結實，但釘在門板上的釘卻不一定能經得住多大的力道。

羅獵跟安翟交換了位置，將門拉開了一道縫隙，然後抓住門邊，用力往裡面的方向連拉拽了數次，和想像中一樣，釘在門板上的釘子終於鬆動，羅獵最後一次發力，總算是將房門拉拽開了。

綁匪確實有些鬆懈，只因為兩張肉票均是個小屁孩，以為綁住了手腳又堵住了嘴已經是萬無一失了，於是，那拿著左輪的綁匪便放心地鎖上了房門，夥同駕車的另一名同夥轉而去處理那輛馬車。

白天作案，肯定會有目擊者，即便彭家班的人沒去報警，那也不代表就沒有目擊者多事而報警的可能。那輛馬車雖然做了偽裝，而半道上將偽裝去除後全然成了另一輛馬車，但若不能及時處理掉，始終是個隱患。

處理完馬車，這兩綁匪折返回來，距離那間房門尚有十多米遠的時候，便聽到了拉拽房門的聲響。倆綁匪不敢怠慢，交換了下眼神，然後迅速奔到了門口，一左一右靠在了牆邊上，左邊的那位掏出了左輪手槍，右邊的則從懷中摸出了一根一尺來長的鋼管。

羅獵、安翟一夜未歸，但老鬼、趙大新師徒二人卻是若無其事。彭家班其他師兄師姐整一個下午沒見到羅獵、安翟，心中早就生疑，悶了一夜，第二日一早在餐廳中吃早餐的時候終於忍不住問了出來。

老鬼淡淡一笑，回道：「那兩個小東西不聽話，被我關了禁閉。」

趙大新裝得蠻像那麼回事，還當著幾位師弟師妹的面為羅獵求情：「師父，搗蛋調皮的是小八，七師弟還是挺乖的，要不，你就把七師弟先放出來吧。」

老鬼微笑搖頭。

吃過早餐，彭家班其他幾位都去了練功房，而老鬼和趙大新則前後腳地離開了環球大馬戲團的駐地。

駐地門口不遠處的一個拐角停了輛奧茲牌黑色汽車，車上坐著一位眼戴墨鏡身著黑色短打唐衫體態略微發福的中年人，見到老鬼走來，身子向另一側靠了靠，給老鬼騰出了位子。

車上中年人直奔主題，問道：「怎麼樣？姓那的有什麼異常表現麼？」

老鬼長歎一聲，搖頭道：「昨日回來之後，始終未能見到。」

中年人又問道：「那他平日狀態可是如此？」

老鬼略加思索，道：「初來之時，那鐸甚是囂張，可自從百老匯演出之後，此人便低調了許多，但也不像昨日那般，竟然不見人影。」

中年人冷哼一聲，道：「這便是異常了！」說著，將手伸出窗外，打了個響指。原本空無一人的街對面忽然間就閃出一人，直奔到車子跟前。

「動手吧！」中年人簡單吩咐了三個字。來人領命而去，中年人拍了下前面司機的肩膀，令道：「回堂口。」

車子啟動，老鬼卻忍不住問道：「顧先生，若並非那鐸所為，如何收場？」

中年人淡淡一笑，道：「留他在我那兒修養幾日，也算是給足了他臉面，他又能如何？」

老鬼點了點頭，不再言語。

車子行駛了一段，前方又是布魯克林大橋，就在車子即將上橋時，那中年人開口道：「皇后大道十四街一百一十八號顯然不是他們藏匿人質的地方，我的人查看過那兒，破亂不堪倒是個下黑手打悶棍的好地方。」

老鬼應道：「這麼說，他們的目標果真是大新？」

中年人道：「那破地方是德裔的聚集地，我的人也不方便大張旗鼓地搜查，只能是多派些人手暗中盯著，不過你放心，你徒弟大搖大擺到那邊晃蕩一圈，我的人在其背後敲敲邊鼓，肯定能驚動那幫匪徒。事態有變，匪徒的第一反應一定是轉移人質，只要他們有所動作，便會露出破綻。放心吧，彭先生，用不了多長時間，我的人便會將你的兩個徒兒帶到你的面前。」

羅獵拉開了房門，剛一露頭，便被一個黑洞洞的槍口頂住了額頭。另一邊，手拿鋼管的傢伙衝向了安翟，不由分說，掄起鋼管便向安翟的頭上砸去。

安翟體胖，顯得笨手笨腳反應遲緩，但實際上卻是手腳靈活反應奇快，但見鋼管揮來，安翟卻貓下腰來向前一竄，剛好竄到那人襠下，那人想跳起躲開，卻被安翟抱住了小腿。那人岔開了另一條腿，閃出空檔，手中鋼管又要揮下，可卻未能來得及。

抱住了那人的小腿，安翟毫不猶豫，亮出一口黃不拉幾的牙板，便是狠狠地一口咬了下去，趁著那人吃痛，安翟從襠下鑽出，呲溜一下便跑出了十來米。

「你給我滾回來！不然老子一槍崩了他！」拿槍的傢伙看到自己的同伴痛得彎了腰捂著小腿被咬處而無法追出，情急之下，衝著安翟暴喝了一聲。

槍口下，羅獵舉著雙手跟著喊道：「安翟快跑，不用管我！」

幾乎脫離了險境的安翟聽到了羅獵的呼聲，突然站住了，緩緩轉過身來，然後像中了邪一般，慢慢向這邊走來。

羅獵急道：「安翟，別回來，趕緊走啊，去找師父來救我！」

安翟緩緩搖頭，回道：「不，羅獵，我要是逃走了，他們真會殺了你的。」

羅獵氣道：「你蠢啊，安翟，他們只是求財……」

拿左輪的傢伙暴喝一聲：「閉嘴！」同時左手巴掌向羅獵搧了過去，羅獵退後一步，躲過了那人巴掌，卻也沒能把話說完。

便在這時，安翟的一隻腳已經踏進了房門。

「你給我進來！」拿鋼管的傢伙腿上的痛感緩解了些許，一把抓住了安翟，將他拖進了房中，順勢關上了房門。「你敢咬老子？」喝罵時，手中鋼管再次揮下，而這一次，安翟卻沒有躲過。

「梆！」

腦門正中吃了一鋼管的安翟愣愣地看了羅獵一眼，然後癱倒在地。

羅獵瞋目切齒，全然不顧眼前那黑洞洞的槍口，暴吼一聲：「我跟你們拚了！」縱身撲去，衝著面前之人便是一通亂拳，雖無章法，卻也將那人逼了個手忙腳亂，身上，臉上，連吃了幾記拳頭。

「愣著幹啥？快來幫我！」那人使出了渾身解數，卻也制服不了羅獵，反倒更加被動，無奈之下，只得向同夥求救。

拿鋼管的傢伙一管子砸在了安翟的腦門上，卻沒想到安翟居然被砸得癱倒在地上，正想著去試試這小胖子的死活，就聽到了同夥的求救。

二人合力，終於制服了羅獵，再尋來繩索，重新將羅獵的手腳捆住並塞堵了嘴巴。

「你說你，怎麼那麼衝動呢？這要是砸死了小胖子，壞了老闆的大事，怎麼交代啊？」拿左輪的傢伙收起了手槍，一屁股坐在了門口的行軍床上，揉著剛才吃了幾記拳頭的地方，埋怨起同伴來。

那同伴蹲下身在安翟的鼻孔下試了試，回道：「還有氣，再說，這小胖子也不重要，死就死了，沒啥大不了！」

「你說得倒是輕鬆！行吧，我也不跟你多扯了，這地方已經不安全了，我去跟老闆說，看看能不能換個地方，你守在這兒，長點眼，別他媽再出什麼么蛾子了。」說完，那人從行軍床上站起，轉身拉開門去了。

羅獵手腳被捆，嘴巴被堵，動不能動，喊不能喊，只能默默為安翟留著淚，直聽到那人說小胖子還喘著氣，才稍稍安心了一些。

夜色襲來，門縫透進來的光亮逐漸減弱，終究變成了微弱燈光，房間中幾近漆黑，負責看守的那傢伙手握鋼管躺在行軍床上發出了陣陣鼾聲，可安翟仍舊昏迷，羅獵卻沒有能力自行解開捆住手腳的繩索。

長夜漫漫，羅獵疲憊不堪，數次合眼，想逼迫自己睡上一會，可滿腦子卻全是安翟的生死安危，說什麼也入睡不得。終於熬到了晨曦初露，門縫間再次透進來光亮，忽聽到一旁安翟發出了一聲囈語，羅獵知曉他還活著，這才昏昏沉沉打了個盹。

趙大新出了環球大馬戲團駐地的大門，便去了師父老鬼的反方向，過了一個街口，趙大新拐進了一間店鋪，店鋪老闆立刻迎了出來，將趙大新帶到了店鋪後門。

「顧先生交代，留著防身吧。」店老闆拉開身旁櫥櫃的抽屜，拿出了一把手槍，遞給了趙大新。

趙大新擺手拒絕，道：「我又不會用，給我也是浪費，再說，我帶了飛刀，比手槍好使多了。」

店老闆也沒多堅持，為趙大新打開了後門，並道：「門口有輛自行車，給你準備的，到那邊去還是有些路程的。」

趙大新道了聲謝，出門騎上了車子，奔著皇后大道的方向騎去。

剛騎到皇后大道第十四街區附近，一個牛仔裝扮的黑人便迎了上來，黑人操著一口生硬的中國話對趙大新道：「不用過去了，壞蛋老窩已經找到了，二十一街八十六號，兄弟們守著呢。」

趙大新連聲謝謝都沒來得及說，便拚命蹬起了車子，奔向了二十一街區。

「趙先生，你來了，不急，先喘口氣。」二十一街區的街口，一華人小夥攔住了趙大新。

「情況怎麼樣？」趙大新急切問道。

小夥子剝了塊口香糖扔進口中，搖搖頭道：「不怎麼樣，十分鐘前進去了兩人，到現在也沒出來，裡面安靜得很，根本搞不清楚還有多少人待在裡面。」

「為什麼不衝進去？」

小夥子聳了下肩，攤開了雙手，道：「等他們出來不是更有把握嗎？」

趙大新丟下了自行車，衝向了街區，邊跑，邊摸出了飛刀。到了八十六號的門口，趙大新沒有絲毫猶豫，抬腳便是一個飛踹，房門應聲而開。

房內，三名綁匪正在吃著東西，突然聽到房門爆響，一怔之下，趙大新已經衝了進來，先一腳踹翻了最近一人，又是一拳打倒第二人，最後將飛刀逼住了第三人的脖子。「都不許動！」

被踹翻的那傢伙迅速爬起，從懷中掏出了左輪，剛指向了趙大新，就感覺到自己的太陽穴被一個冷冰冰的管狀物給頂住了。

「就你有槍啊！」華人小夥懶洋洋道了一聲。

身後，又湧進來了數人，數個黑洞洞的槍口分別指向了三名綁匪。

「安翟他怎麼了？」趙大新掏出了羅獵口中的堵塞物，顧不上鬆開羅獵的手腳，先問起了安翟的情況。

羅獵哽咽道：「他腦門上挨了一棍，昏過去了！」

趙大新稍稍安心，幫羅獵解開了手腳上的繩索，另一邊，顧先生的兩名手下用那張行軍床抬起了安翟。便在這時，安翟突然醒了。

「羅獵，羅獵？」

羅獵撐著兩條發麻的腿連摸帶爬來到了安翟身邊，應道：「我在，安翟，我在呢。」

安翟的臉上露出了笑來：「你沒事，真好，是師父來救我們了對嗎？」

羅獵重重點頭，道：「嗯，是大師兄救了咱們。」

安翟摸索著握住了羅獵的手，將羅獵拖向了自己，悄聲道：「羅獵，我可能瞎了。」

羅獵驚道：「怎麼可能？」伸手在安翟眼前拚命晃悠，可安翟卻毫無反應。

「我什麼都看不見，到處都是灰濛濛的。」安翟的臉上仍舊掛著笑意，不帶有絲毫對自己的擔憂。

羅獵帶著哭腔向趙大新央求道：「大師兄，安翟什麼都看不到了，你救救他，好麼？」

趙大新也是一驚，連忙向顧先生的手下打聽：「最近最好的醫院在哪兒？」

在街口接應趙大新的那個華人小夥指揮兄弟們押走了那三個劫匪後晃悠回屋，聽到趙大新的問話，急忙應道：「門外有車，我送你們過去！」

老鬼跟著顧先生來到了他的堂口。

從外面看，這座落在曼哈頓南部的別墅純屬歐式建築，但走進其中，眼睛所見卻盡顯中華風格，兩根一人抱不過來的立柱上雕龍刻鳳，挨著立柱是兩豎排紫檀木打造的太師椅，最深處正中間擺放的是堂主交椅，材質亦是上好紫檀，只是比兩側的太師椅要大了些許。

堂主交椅之後設了香火案，香火供奉的乃是江湖人最為敬重的關二爺，關二爺神像之上，赫然懸掛著一塊牌匾，上面是三個鎏金大字：安良堂。

「彭先生，請坐吧。」顧先生將老鬼讓到了左側一排最首的座位上。「彭先生是阿濱的座上嘉賓，自然也是我顧浩然的座上嘉賓。」

老鬼剛坐定，便有堂口兄弟敬上茶來。老鬼端起茶盞，呷了一口，笑著對顧浩然道：「顧先生客氣了，老鬼多年不用姓名，乍一聽彭先生三字尚有些陌生，不如請顧先生直呼我老鬼吧！」

顧浩然道：「恭敬不如從命，不過，你年長於我，直呼綽號有不尊之嫌，我還是叫你一聲老鬼兄吧！」

老鬼雙手抱拳，道：「也好，四海皆兄弟，江湖本一家，老鬼既然虛長幾歲，顧先生這一聲老鬼兄叫出來也不吃虧。」

顧浩然爽朗一笑，回敬了一個抱拳禮，道：「老鬼兄二十年前便名震江湖，三寸飛刀出神入化，江湖前輩之所以送老鬼綽號，卻是因老鬼兄的另一項絕技，今日兄弟有幸見到真神金身，不知老鬼兄可否賞臉令兄弟一開眼界？」

老鬼哈哈大笑，笑罷方道：「哪裡敢稱什麼真神金身啊，顧先生真是抬舉老鬼了，若顧先生不嫌棄，那老鬼就練上兩手三腳貓的功夫，也算不上什麼開眼界，不過是玩樂而已。」

聽到老鬼同意露上兩手，顧浩然喜出望外，急忙離座來到了老鬼面前，略一欠身，道了聲：「請！」

老鬼連忙起身回禮，並托住顧浩然右肘，送往堂主交椅，同時道：「即便練手，也不敢在顧先生身上嘗試啊！」

顧浩然位居高位，若是與老鬼糾纏則有失身分，於是只得返回。老鬼親自將顧浩然送回到了座位上，然後呵呵一笑，道：「顧先生，現在你可以檢查一下身上少了些什麼。」

顧浩然一怔，拍了下腰間口袋，困惑搖頭。

老鬼笑道：「顧先生腰間口袋空空如也，怎麼也不會少了東西，倒是顧先生的金錶可要保存好了。」

顧浩然不由抬起了左腕，登時露出了笑容：「老鬼兄的絕技果真是驚天地泣鬼神啊！顧某佩服地五體投地！」

老鬼手腕一翻，一塊金錶赫然現於掌心：「老鬼完璧歸趙。」

顧浩然開心笑道：「此錶已是老鬼兄的戰利品，兄弟豈有收回之理，老鬼兄就留下吧，權當是你我兄弟的一份紀念！」

老鬼坦然一笑，將手錶戴在了手腕上，道：「說實話，昨日前來，老鬼對顧先生的這塊金錶就動了心思。」

這分明就是一句玩笑，顧浩然聽了，笑得更加開心。

「老鬼兄，俗話說，禮尚往來，來而不往非禮也，兄弟可否厚著臉皮也向老鬼兄討要一樣紀念？」

老鬼笑道：「顧先生但提無妨。」

顧浩然道：「昨日聽老鬼兄說，你新收的兩個徒弟乃是受阿濱之托，而阿濱看中的只是那羅獵，另有安翟倒是無所謂，兄弟想與老鬼兄商討，可否將安翟讓與兄弟呢？」

老鬼微微搖頭，道：「顧先生恐怕是問錯人嘍，你該問的是曹濱，只要他同意，老鬼這邊絕無二話。」

這話明面上像是婉拒，實際上，卻是同意了顧浩然的要求。顧浩然自然是喜出望外，端起茶盞，向老鬼示意道：「多謝老鬼兄指點，兄弟以茶代酒，敬老鬼兄！」

二人又閒談了幾句，隨後便有堂口兄弟上來稟報，說那鐸已經帶到。

顧浩然頓時沉下臉來，不怒自威，道：「帶上來！」

一小時前，那鐸還躲在房間中餵鳥，忽聽到敲門聲，那鐸隨口問了句：「誰呀？」

門外回了一句英文。

那鐸一聽，便分辨出這聲音應該是小安德森的助手，連忙去開了門。開門後卻發現，是小安德森的助手不假，但他身後，還站著兩位陌生人。

「安良堂顧先生想請那五爺前去喝杯清茶！」其中一名陌生人冷冰冰說明了來意。

懲惡揚善，除暴安良，但凡在美利堅合眾國混江湖的華人，誰能不知道安良堂的大名？誰又敢不知道安良堂的威風？

那鐸陡然間打了個冷顫，但又一想，或許只是顧先生想請自己的那家班前去做場演出呢。

坐上了車，走在了路上，那鐸問起那兩位安良堂弟兄，可那倆哥們卻只是回答說等到了就知道了。

到了堂口門口，下了車，甚至是踏進堂口之前，那鐸還心存僥倖，但眼光一掃，瞥見了坐在左側首座上的老鬼時，那鐸禁不住雙腿一軟，差點就跪倒在地。

「那先生，請坐吧！」顧浩然陰沉著臉，指了下右側首座的椅子。

那鐸膽戰心驚唯唯諾諾走了過去，坐到了那張椅子上。

「看茶！」

堂口弟兄上了茶，那鐸顫巍巍端起，結果一不小心沒拿住茶盞蓋，跌在了地上，碎成了數塊。

「且不用清掃！」顧浩然喝退了堂口弟兄，轉而向那鐸問道：「那先生在環球大馬戲團過得還算舒心？」

那鐸趕緊起身，作了個揖，道：「托顧先生的福，還算不錯。」

顧浩然猛地一拍太師椅的扶手，喝道：「既然不錯，為何還要做出如此卑劣之事？」

那鐸陡然一顫，定了定神，才道：「恕那鐸愚鈍，沒能聽得懂顧先生的意思。」

顧浩然冷哼一聲，道：「若想人不知，除非己莫為，那先生主動認了，這件事還有得商量，若是不認又被我查出，卻也只能遵守我安良堂的規矩，送你那先生去海裡跟鯊魚共度餘生。」

那鐸的臉上閃現出一抹慌亂，但隨即又恢復如初，呵呵笑道：「安良堂號稱從不冤枉好人，我那鐸沒做虧心事，更是不怕鬼敲門，顧先生若非要說是我那鐸綁了老鬼的兩個徒弟，就請亮出證據來吧！」

顧浩然忽地笑開了，心平氣靜道：「你果然有問題，不然，又是如何知道老鬼的兩個徒弟被人給綁了？」

那鐸登時目瞪口呆。

顧浩然站起身來，緩緩踱到了那鐸面前，笑吟吟問道：「那先生可否給我一個合理的解釋？」

「我……我是聽別人說的。」那鐸支吾著答道。

顧浩然點了點頭，道：「倒是有這個可能，卻不知那先生是聽誰說的此事？」

「我，我是……」那鐸不敢再胡扯下去了，他心中清楚，在顧浩然面前，一切抵抗全是徒勞，「好吧，我說，是我那鐸找了人綁了老鬼的兩個小徒弟，可是，我並沒有害他們之心，請顧先生明察！」

「這一點，我倒是可以相信。」顧浩然說著，轉過身，回到了座位上，坐下之後，臉色卻倏地一變，厲聲道：「可你卻想以此為誘餌，對老鬼的大徒弟痛下黑手，只因為彭家班紅過了你那家班，引發了你那先生的嫉妒，是嗎？」

那鐸的心理終於崩潰，從座上滑下，跪在了地上，舉起手來，給了自己正反兩巴掌，哭求道：「顧先生，我錯了，我再也不敢了，念在你我同族的份上，你就饒了我吧。」

顧浩然冷笑道：「同族？你滿清韃虜也配與我顧某人稱作同族？」

蘭諾斯丘醫院位於布魯克林區的中心地帶，該醫院規模不大，但醫學水準在紐約地區卻是一流。醫院環境極為優雅，數幢洋樓隱藏於綠樹林蔭之中，洋樓與洋樓之間均有長廊相連，長廊兩側則是綠草鮮花。

醫院最東側的一幢洋樓中，二樓最南邊的一間房便是蘭諾斯丘醫院最有權威的外科專家伯恩斯博士的診室，診室中，趙大新、羅獵還有安良堂的那位小夥子正在聆聽伯恩斯博士對安翟的病情講解。

「毋庸置疑，他的失明跟頭部遭到重擊有著直接關聯，當頭顱遭受重擊的時候，顱內組織不單會受到直接傷害，還會形成對衝傷，我想，這位先生的眼球結構可能存在一定的問題，在頭顱遭受重擊時，眼球組織受到了衝擊傷害，因而造成了目前的失明狀態。」

趙大新英語水準一般，羅獵日常對話尚可，但伯恩斯話語中的多個醫學名詞卻聽得他雲裡霧裡，但見這二人的一頭霧水狀，安良堂的小夥子為這二人做了解釋。小夥子雖然聽明白了伯恩斯的分析，但其中很多術語他卻表達不清，於是便用了動作替代了語言。

他拿過來桌面的一支水筆，然後掄起拳頭錘了下桌面，那支水筆自然跳了起來，然後，又做了個錘頭頂的動作，再把雙手放在眼眶處，叫了聲「啊」，同時以雙手做出爆炸狀，「明白了麼？」

羅獵點了點頭，接著問道：「伯恩斯醫生，那麼請問，我朋友的失明，是暫時的還是永久的呢？」

伯恩斯微微搖頭，道：「或許只有上帝才能準確回答出你的問題，他的眼球淤血相當嚴重，若是能在短時間內吸收，或許還有恢復視力的可能，我說的是或許，先生們，請原諒我的直接。」

羅獵只聽懂了前後各一半，中間關鍵的卻是一個詞也沒聽懂。

安良堂的小夥及時解釋道：「伯恩斯醫生說，安翟的眼球中有大量的淤血，若是能早幾天吸收掉的話，或許還能復明。」

羅獵又問道：「那如何才能讓他快一點吸收呢？」

伯恩斯道：「除了祈禱，或許熱敷也會有些作用。」

這句話，羅獵倒是聽懂了，他默默地點了下頭。

安良堂小夥道：「伯恩斯醫生很忙的，咱們要是沒有別的問題，那就先回病房好了。」

第七章

少女幽香

艾莉絲身上散發的少女幽香使得羅獵感到一陣眩暈，接著，艾莉絲擁抱了上來，羅獵禁不住又是一陣恍惚。恍惚間，突然覺到自己的臉頰被艾莉絲親吻了一下，純屬自然反應，那羅獵瞬間便漲紅了臉蛋。

蘭諾斯丘醫院的住院費用相當之高，普通病房一張病床一天的住院費就要五十美分，高級病床的條件要好一些，一個房間只有兩張病床，但住院費卻翻了整一倍。

來醫院的路上，羅獵便跟趙大新說了整件事的來龍去脈，趙大新聽了是唏噓不已，他確實沒想到，平日裡看著又懶又笨的安翟居然還有如此義氣的一面。

「住高級病房，錢不用擔心，包在大師兄身上。」感動之餘，趙大新頗有些後悔之前有些忽視了安翟。

回到了病房，羅獵立刻拎起暖水壺，出去打了一壺熱水，然後泡了條熱毛巾，敷在了安翟已經纏了繃帶的雙眼上。

剛睡著的安翟被熱毛巾給燙醒了，道：「羅獵，是你嗎？羅獵？」

羅獵握住了安翟的手，道：「忍著點，我剛問了伯恩斯醫生，他說熱敷會對你眼睛恢復有很大的幫助，別擔心，安翟，你的眼睛一定會好起來的。」

安翟笑了起來。

「羅獵，你說話怎麼怪怪的，聽起來就跟要哭了似的。你不用難過，我只是瞎了而已，又沒死。」

羅獵轉過頭去，偷偷地擦了下眼角，道：「別胡說，你不會瞎的。」

安翟道：「真瞎了也沒關係，那樣師父就不會逼著我練功了，我要是再到街上給人家算命，也不用再裝瞎了，因為我已經是個真瞎子了。」

羅獵忽覺喉嚨處被什麼給堵住了，說不出話來，只能再泡個熱毛巾為安翟敷上了眼睛。

午飯後，老鬼也趕來了醫院，見到了安翟，第一次對他流露出了溫暖的神態。老鬼坐在床頭，輕輕地撫摸著安翟的腦門，問道：「還痛嗎？」

安翟開心道：「師父，不痛了，真的，一點都不痛了。」

老鬼道：「好孩子，莫要擔心，即便真瞎了，師父也能教會你混口飯吃的本事。」

安翟道：「師父，你也會算命嗎？」

老鬼一怔，道：「算命？對，是算命，等你出院了，師父就教你算命。」

安翟苦笑道：「可是，我並不喜歡算命，之前還在大清的時候，我認過一個算命的師父，我覺得，算命就是騙人，以前我那師父就沒算出我會瞎眼，還說我將來一定能出人頭地。」

老鬼和顏悅色道：「那你喜歡做什麼？」

安翟深吸了口氣，想了想，道：「我想做一個俠盜，就像白玉堂那樣，行俠仗義，受後人敬仰。」

羅獵剛巧打了熱水進到病房來，聽了安翟的理想，不禁啞然失笑，道：「白玉堂行俠仗義倒是不假，可什麼時候被封作俠盜了呢？」

安翟道：「白玉堂分明就是俠盜嘛，那說書的先生還會騙人了不成？」

二十多年前，出了一本奇書，名叫《忠烈俠義傳》，該書一經出版，立刻在民間引起了轟動，大清無論南北東西，均有洛陽紙貴之勢。

然而，民間百姓多有文盲不識字，於是便給了說書先生以莫大的機會，照本宣科可是體現不出說書先生的水準，於是，有些說書先生便根據書中人物以及故事主線為基礎，增添了許多自己的創作發揮，而安翟聽到的版本，不過是無數版本中的其一罷了。

「好吧，說書先生不會騙人，安大俠才會騙人。」羅獵淘了個熱毛巾，敷在了安翟的眼睛上，順便拿起了床頭櫃上的一只蘋果，掰成了兩半，一半塞住了安翟的嘴，又將另一半遞給了師父老鬼。

老鬼接過了蘋果，卻沒吃，靜靜地看著安翟三五口便將半個蘋果吃完，便把手中的半個蘋果放到了安翟的手上。「好了，師父要回去了，安翟，好好養傷，什麼都不用擔心，哈！」

安翟吃著蘋果，含混不清地回道：「知道了，師父。」

待師父老鬼走後，趁著羅獵給他換毛巾之時，安翟悄聲道：「羅獵，你猜艾莉絲收到你給她留的字條了嗎？」

「應該還沒有吧。」羅獵心想，若是艾莉絲收到了字條，就會去環球大馬戲團的駐地找他，他現在雖然不在，但師兄師姐們都在，只要找到了師兄師姐中的任何一人，都會告訴艾莉絲他現在在蘭諾斯丘醫院中，說不準，還會親自帶艾莉絲來醫院呢。

「我猜，艾莉絲一定收到了字條，不信咱們就打賭。」

羅獵撇嘴道：「賭就賭，說吧，你賭什麼？」

安翟道：「你要是贏了，今後什麼事我都聽你的，我要是贏了，今後你得叫我哥。」

安翟比羅獵大了一歲還要多一點，但從入學中西學堂二人相識開始，羅獵從來沒叫過安翟一聲哥，反倒是安翟，有時候要求著羅獵點什麼事情的時候，一口一個哥叫得甚是親切。

「你倒是想得美！」羅獵笑道：「你聽不聽我的有意思嗎？你愛聽不聽，我還不樂意讓你聽呢。還有，我是你師兄，憑什麼讓我管你叫哥？」

安翟央求道：「那你說，咱們賭點什麼？」

羅獵道：「要不反過來，你要是贏了，今後什麼事我都聽你的，我要是贏了，今後你得叫我哥。」

安翟要打賭，無非就是想找點樂子，至於賭什麼，其實無所謂，因而，羅獵話音剛落，安翟便答應了。

便是這麼巧，哥倆的賭約剛達成，外面走廊上便傳來了艾莉絲的問話聲，羅獵連忙出門應道：「艾莉絲，我們在這兒呢。」

艾莉絲跟著羅獵來到了安翟的病床前，還沒等艾莉絲開口安慰安翟，安翟反倒先開了口：「羅獵，你問問艾莉絲，她收到字條了沒？」

很顯然，羅獵輸掉賭約的可能性遠大於贏下賭約，但羅獵此時卻欺負安翟不怎麼能聽得懂英文，於是向艾莉絲問道：「內德蘭德劇院向你發出邀請了嗎？」

艾莉絲誇張道：「不，不，怎麼可能？」

羅獵轉而對安翟攤開了雙手，道：「艾莉絲的回答你聽到了？」

安翟好歹也在中西學堂中學過英文，雖然成績極差，但兩個英文的不字，他還是能聽得懂。「好吧，羅獵，你贏了。」

羅獵笑道：「記住，以後不准再叫我羅獵，要叫我哥。」

艾莉絲聽不懂中文，對那哥倆的對話很是莫名其妙，不由搖頭問道：「你們在說些什麼，是關於我的事情嗎？」

賭約輸贏已定，而安翟又聽不懂英文，因而，羅獵放心道：「是的，艾莉絲，我想問你，我給你留的字條你收到了麼？」

艾莉絲瞪大了雙眼，驚疑道：「字條，什麼字條？上帝作證，我可從來沒見到你給我留的字條。」

羅獵皺起了眉頭，疑問道：「沒收到字條？那你怎麼會來找我的呢？」

艾莉絲攤開了雙手，嗔怒道：「上帝啊，這是什麼問題啊？你是我的朋友，而且，你曾經向我發出過邀請，我去環球大馬戲團找你，難道錯了嗎？非得看到你的字條才能來找你嗎？」

羅獵連忙解釋：「艾莉絲，你誤會了，我的意思是說……」

艾莉絲沒讓羅獵把話說完，繞過了床尾，來到了安翟的面前，仍舊是一副嗔怒的模樣，嚷道：「諾力，你一點都不可愛了，是嗎，安。」說著，彎下腰來，在纏滿了半張臉的安翟的額頭上輕輕地吻了一下：「上帝保佑你，我的朋友。」

安翟立刻樂了起來，並向羅獵豎起了大拇指。

羅獵頓時感覺到心口處像是被醋泡過了一樣，酸酸的，還有些澀。可這便是洋人的文化，羅獵卻一點招數也使不出來。

艾莉絲這時忽地咯咯咯笑開了，指著羅獵道：「諾力，你生氣的樣子還是挺可愛的，好了，我是在跟你開玩笑呢，若是傷到了你，我向你表示最真誠的歉意。」

羅獵學著洋人的習慣聳了下肩順便攤了下雙手，道：「艾莉絲，我沒有生氣，我只是想告訴你一個好消息，你可以重新登上內德蘭德大劇院的舞台了。」

艾莉絲再一次瞪大了雙眼，道：「諾力，你知道你在說什麼嗎？重新登上內德蘭德大劇院的舞台？天哪，怎麼可能？」

羅獵道：「是真的，我師父已經同意了我的建議，他決定聘請你做為他的演出助手。」

艾莉絲自小喜歡的是歌舞，但歌者也好舞者也罷，若是得不到登上舞台的機會都是白搭。因而，對艾莉絲來說，能站上百老匯的舞台便是最大的夢想，至於在舞台上表演些什麼內容，倒是不怎麼重要。

羅獵說得真誠肯定，艾莉絲沒理由懷疑，瞬間激動起來，用雙手捂住了臉，蹲到了病房的一腳。「不，你們誰都不要過來，我需要安靜一下，我實在是太激動了。」

過了一小會，艾莉絲鬆開手，站起身，張開了雙臂，來到了羅獵的面前，「諾力，你真是我的天使，謝謝你。」

艾莉絲身上散發出來的少女幽香使得羅獵不由感到一陣眩暈，接著，艾莉絲擁抱了上來，羅獵手足無措地接受了艾莉絲的擁抱，禁不住又是一陣恍惚。恍惚間，突然覺到自己的臉頰被艾莉絲親吻了一下，純屬自然反應，那羅獵瞬間便漲紅了臉蛋。

「艾，艾莉絲，不客氣，我，我只是做了，一個朋友應該做的事情。」短短一句話，羅獵居然磕巴了三次。

那鐸終於離開了安良堂，回到了環球大馬戲團的駐地。念在那家班尚有幾十號人要跟著那鐸混飯吃的份上，同時也要給小安德森先生一份薄面，顧浩然算是放過了那鐸，僅僅斬下了他右手小指。

強烈的疼痛可以使人清醒過來，但同樣也能讓人更加迷惑。那鐸顯然屬於後者，他沒有檢討自己，不敢記恨顧浩然，和老鬼以及彭家班的恩怨也只能深埋在心中，卻將胸中的這份憤恨算到了小安德森的頭上。

若不是小安德森力挺彭家班，那麼他那鐸就不會對彭家班產生出如此強烈的嫉妒心，沒有這份嫉妒心，他那鐸就不會鋌而走險做出綁票這種事情，也就不會失去了一根小指頭。

那鐸自認為自己是一個快意恩仇的好漢，因而，對小安德森先生的這份憤恨，他必須得宣洩出來，他必須得讓小安德森受到應有的懲罰。

「胡班主，如今環球大馬戲團已經是人家彭家班的天下了，你我身在其中，也不過就是給人家彭家班跑跑龍套提提鞋，沒多大意思啊！」

回到駐地的那鐸第一時間找到了胡家班的班主胡易青，見到胡易青後，那鐸對剛剛發生過的事情是隻字不提，而且還把右手藏在了懷中。

「我就不明白了，我那家班和你胡家班的水準就真的那麼差麼？」

胡易青道：「都是一個祖師爺傳下來的技藝，誰比誰強多少呀！依我看，他彭家班也就那麼回事，五爺您說，除了飛刀頂碗還有變個戲法之外，他彭家班還有什麼？」

那鐸感慨道：「就是嘛！一台演出，只靠兩個節目能成嗎？那場子，不還是得靠咱們兩家才能撐得起來麼？可是你算算啊，同樣演出一場，人家彭家班一家拿的錢，比咱們兩家合在一塊拿的還要多，這是什麼道理嘛！」

胡易青向那鐸靠近了些，悄聲道：「五爺，要不咱們幹票狠的？廢了老鬼的那個大徒弟，看他彭家班還能不能得意起來？」

那鐸陡然一怔，連連搖頭，道：「不妥，甚是不妥。胡班主，你我均是光明磊落的好漢，怎能做出這種事情來呢？」

胡易青趕緊換了副嘴臉，道：「我也就隨口一說，五爺說得對，大丈夫行事須光明磊落，這種事，絕非是你我能做得出來。不過，話又說回來，五爺，咱們就心甘情願地看著彭家班騎在咱們頭上耀武揚威麼？」

那鐸道：「那肯定不行！我找你來，不就是想跟你商量這件事麼？」

胡易青從口袋中掏出一盒煙來，給那鐸上了一支，又拿出了火柴，為那鐸點上了，道：「五爺有辦法了？您放心，我胡家班全聽五爺的安排。」

那鐸抽了兩口，卻沒有直接說出自己的想法，而是晃了晃手上的洋煙，吐出一個煙圈：「這洋人啊，就是比咱們要強得多，一樣的煙葉子，你看人家洋人做出來的煙就是香！」

胡易青道：「可不是嘛，還有這洋火，人家洋人生產出來的洋火，一劃就著，咱大清自己造的呢，劃斷了杆，也不一定能劃得著。」

那鐸再抽了口煙，用鼻孔將煙霧緩緩噴出，歎道：「可洋人啊，心眼也是夠壞的，之前就不多說了，單說這前兩年，八個國家組成了聯軍打咱們大清一家，攻佔了紫禁城逼走了老佛爺不說，還燒了咱們的園子，搶光了咱們的皇宮，末了，還得讓咱們大清賠他們銀子，胡班主，你說，這還有天理麼？」

胡易青附和道：「上哪說理去？誰讓咱們打不過人家呢？五爺，這國家大事啊，可不是咱們能掌握的，少說為妙，多說生氣，還是說說咱們自己的事情吧。」

那鐸點了點頭，道：「我想好了，這環球大馬戲團我那家班是待不下去了，我得換個地方。我就不信了，這美利堅合眾國就他環球大馬戲團一家想賺大清朝的銀子嗎？別的馬戲團就不想在咱們大清朝打響名頭嗎？我倒是想看看，沒有了我那鐸，他安德森父子還有沒有能耐進得去咱大清！」

稍一停頓，那鐸將身子向胡易青那邊傾了傾，壓低了聲音，接著道：「我已經跟我阿瑪修了一封書信，讓他在朝裡活動活動，只要是環球大馬戲團的入關文書，一概不批。」

那鐸的父親在朝中雖然戴了頂四品的官帽，但所占的官位卻是一個閒職，根本管不著通關商貿一類事情。可那鐸善於吹噓，無節操放大了他們家跟老佛爺同一氏族的淵源，並將其父親描述成了可以跟中堂大人稱兄道弟的朝廷紅人。

而胡易青本不過是一民間藝人，來美之前，在大清時，就算是見到了七品縣令，那也是膽戰心驚大氣不敢多出一口，故此，對那鐸的吹噓，胡易青倒是深信不疑。

「五爺下一步的打算是……」

那鐸捏著煙頭，啜了最後一口，然後將煙屁股丟在了地板上，用腳碾滅了，道：「胡班主可知，皇后區有一家皇家馬戲團，論規模論名氣，可不比環球大馬戲團差多少。」

胡易青點頭道：「皇家馬戲團也算是頂尖馬戲團了，兄弟我自然知道。」

那鐸道：「實話跟你說吧，五爺我在跟老安德森先生商談入夥的時候，跟皇家馬戲團也有接觸，到現在也沒斷了聯繫。前兩天，五爺我已經放出風去，說我那家班在環球大馬戲團過得不怎麼開心，呵，人家皇家馬戲團立刻就派人找到了我，開出的條件啊，只比這邊高，不比這邊低啊！」

這倒基本是實話。

環球大馬戲團引入華人馬戲團，在百老匯一炮打響，同時在行業內也引起了轟動。皇家馬戲團做為環球大馬戲團的有力競爭者，自然不肯落後，於是便主動聯繫到了那鐸，希望能將那家班挖走。那鐸也動了挪挪窩的心思，但心中想把彭家班給毀了的心願尚未完成，這才將此事拖到了現在。

「五爺，有這等好事可不能忘了兄弟啊，我胡家班將來是吃肉還是喝湯，可都要仰仗五爺您了哦！」胡易青聞言，連忙又掏出洋煙，給那鐸上了一支。

那鐸美滋滋點上了煙，噴出一口米，仰起了脖子，看著嫋嫋騰空的煙霧，道：「有你這句話，我那五爺心裡便有了數，放心吧，胡班主，有我那五爺一口吃的，就絕不會餓著了你胡班主。」

紐約藝術院校的教育模式很是獨特，新生入學後，只教授一年的基礎課程，之後便要登台表演，在實戰中磨練基本功並進一步提升學員的藝術造詣。因而，到了二年級的學生，基本上就不用再上課，學校也就成為了一個吃飯睡覺的地方而已。

艾莉絲失去登上舞台的機會，不單單是那一場演出時的失誤，更主要的原因是她的帶教老師琳達小姐認為艾莉絲缺乏表演天賦，繼續登台只是在浪費機會。被帶教老師做出如此評價，艾莉絲也就等同斷了自己的舞台夢想，留在學校唯一的意義便是再過上一年取走一張畢業證明而已。

如今重新獲得了登上舞台的機會，艾莉絲的心豈能留在學校之中？早晨一睜眼，連早飯都顧不上吃，便要前往環球大馬戲團去跟老鬼排練。

艾莉絲面貌嬌美，身體條件相當出眾，基本功更是扎實，只是一登台就容易犯暈，經常做錯動作或是跟錯了節拍。

給老鬼做助手跟之前的歌舞表演完全不同，之前的歌舞表演，每一個動作每一個節拍都是事先編排好的，容不得出現半點差池。

而在老鬼的節目中，艾莉絲卻可以自由發揮，能踩準老鬼的表演節奏當然是最好，踩不準也沒多大關係，反正只是起到個點綴舞台的作用。這反倒可以發揮出艾莉絲的優勢來，再加上老鬼視羅獵這層關係，將艾莉絲也當做了自己的徒兒，因而從不給艾莉絲任何壓力，使得艾莉絲猶如魚兒入了水，僅兩三次排練便找到了感覺，跟老鬼配合地可謂是天衣無縫。

艾莉絲性格開朗，待人熱忱，只是一個照面，便得到了師兄師姐們的喜愛。艾莉絲還很勤快，主動將送飯的活攬到了自己身上，一日三餐，風雨無阻。

安翟的傷說是外傷，實則內傷，頭顱眼睛雖被包纏得嚴密，卻一點血污也沒有，包纏繃帶，不過是起到一個免受二次傷害的作用，因此，更換繃帶的頻率並不高，直到入院第五天，護士小姐才為安翟第一次更換繃帶。

解開繃帶的一瞬間，安翟突然慘叫了一聲，隨即下意識地捂住了雙眼。一旁羅獵猛然一驚，連忙撲過去連聲詢問：「安翟，你怎麼啦？」

護士小姐不驚反喜，急忙按下了床頭的醫生呼叫按鈕，並對羅獵、安翟道：「恭喜你們，上帝聽到了你們的祈禱。」

羅獵轉過身來，問道：「護士小姐，你在說些什麼呢？我怎麼聽不明白呢？」

護士小姐面帶笑容，耐心解釋道：「病人之所以會感覺痛苦，是因為他的眼睛受到了光線的刺激，我們以為他再也無法恢復，所以在給他解除繃帶的時候並沒有做暗光處理，沒想到，他居然恢復了視力。」

羅獵沒怎麼聽明白，但依靠護士小姐的神情以及其中個別幾個單詞，羅獵還是猜了個大概，連忙轉向安翟，問道：「安翟，你是不是能看見東西了？」

安翟岔開了五指，緩緩睜開眼皮，從手指縫中，看到了羅獵模糊的臉龐。

「嗯，我能看見東西了，就是有些模糊。」

伯恩斯醫生及時趕到，為安翟做了細緻檢查。查過之後，伯恩斯露出了欣喜的笑容：「患者眼球內的淤血已經基本吸收乾淨了，不得不說，這是個奇蹟。患者已經恢復了部分視力，但我相信，隨著時間的推移，他的情況會越來越好。」

羅獵抓住了安翟的手腕，激動道：「安翟，你眼睛沒事了，你當不成瞎子了！」

艾莉絲剛好拎著午餐趕到了病房，聞訊，高興地原地打了個轉，結果卻將食盒中的湯汁撒到了護士小姐的裙擺上。

「噢，天哪，你看我都做了些什麼，實在抱歉，護士小姐，我幫你洗乾淨吧。」

醫者，以治病救人為己任，古今中外均是如此。安翟恢復了視力，護士小姐高興還來不及，又哪裡會在乎這點小插曲。

連聲說了沒關係後，護士小姐隨著伯恩斯醫生出了病房，臨走前，伯恩斯交代說，既然病人恢復了部分視力，那麼下一步光線的刺激會加速他的恢復過程。也就是說，不用再給安翟纏上繃帶了。

安翟卻沒有多麼強烈的興奮，反倒流露出一絲絲的遺憾，只因為眼睛看不見且纏上繃帶的時候，一日三餐都是羅獵一口一口地餵他，可現在繃帶解除了，眼睛也勉強能看見東西了，那麼被餵飯吃的特殊待遇也就沒有了。

吃飯時，安翟幽幽地歎了口氣，感慨道：「還是當瞎子好啊！」

羅獵頭也不抬地回道：「你願意當，那就當唄，今後大夥就管你叫瞎子好了。」

安翟舉著勺子愣了一會，道：「混江湖的都有個綽號，我覺得瞎子的這個綽號還挺不錯的，跟師父的綽號有得一拚，嗯，就這麼定了，今後你們不許再叫我大名，要叫我瞎子，明白麼？」

羅獵回應道：「明白了，瞎子大俠。」

艾莉絲不明就裡，詢問羅獵跟安翟說了些什麼使得他們二人如此開心，羅獵簡單述說了一遍，但在用英文表述瞎子的時候，羅獵想不出更恰當的，只能用了盲人這個單詞。

艾莉絲咯咯笑道：「盲人這個綽號一點也不好聽，安，你可要考慮清楚哦。」

蘭諾斯丘醫院的病床相當緊張，安翟的視力既然已經恢復了，而且，頭顱外傷觀察了五大，沒發現再有異常，因而，當人下午，伯恩斯醫生便為安翟開具了出院申請。

小安德森三日前便得知了安翟受傷住院的消息，看在老鬼和趙大新的面子上，小安德森多次表示要來醫院探望安翟，可是，日常瑣事纏身，小安德森一直沒能騰出空閒來，待老鬼、趙大新匆匆忙忙趕去醫院為安翟辦理出院手續的時候，小安德森才想起這檔事情來，急忙派了他的助手開著車將老鬼、趙大新送去了醫院，隨後，處理完手邊的緊急事務後，也跟著趕往了醫院。

馬戲是一個有著很高風險的表演行當，環球大馬戲團每年因失誤而受傷的演員不在少數，小安德森很早以前就認識了伯恩斯醫生，而且還建立了很不錯的私人關係。來到蘭諾斯丘醫院，小安德森親自答謝了伯恩斯醫生，做為回報，伯恩斯醫生給老鬼留了名片，並承諾說，如果安翟病情有所反覆，可以隨時找他，他一定會保證安翟能夠及時獲得一張床位。

回到了環球大馬戲團的駐地，小安德森表示說，他晚上要宴請彭家班全體成員，權當是為老鬼先生小徒弟傷癒歸來的慶祝接風。

洋人們並沒有這種請客吃飯的文化傳統，他們湊在一塊外出吃飯，一般都是各付各的帳單。但出於對彭家班的尊重，小安德森破例遵照了中國人的文化傳統，還表示說，晚上的晚宴，董事長老安德森先生也會參加。

老鬼推脫不掉，只能答應。

世上肯定沒有不透風的牆，小安德森宴請彭家班的事情很快傳到了那鐸的耳朵裡，這對那鐸來說，又是一個不小的刺激。

單純從環球大馬戲團跳到皇家馬戲團又怎能讓那鐸取得心理平衡，就算給安德森父子來一齣釜底抽薪，毀了環球大馬戲團的一場甚或是幾場演出，也無法平復那鐸心中的憤恨及不平。

還得更狠一些才夠。

那鐸立即找來了胡易青。

「胡班主，找你來要跟你商量件事。」

胡易青畢恭畢敬應道：「五爺盡請吩咐。」

「咱們過到皇家馬戲團的事情談得差不多了，不過呢，環球大馬戲團如今是如日中天，你我聯手去了皇家馬戲團，一時半會也難以趕超上。五爺我就在琢磨了，怎麼樣才能讓皇家馬戲團為咱們開出更好的待遇條款呢？除非能保證在短時間內趕超過環球大馬戲團的風頭，胡班主，你說對不對啊？」

胡易青連連稱是。

那鐸又道：「可是，怎麼才能做到在短時間內趕超了環球大馬戲團呢？無非兩種辦法，一是憑咱們的能耐，但這個辦法我想過了，很難。」

胡易青接話問道：「五爺，那第二種辦法呢？」

那鐸沉吟片刻，道：「讓環球大馬戲團出點亂子。」

胡易青一怔，道：「對彭家班下黑手？」

彭家班的當家人老鬼，其身後有安良堂的顧先生撐腰，那鐸就算吃了豹子膽，也不敢再打彭家班的主意。

但他認為，安德森父子雖然算是有錢人，也有著相當的社會地位，但畢竟只是個商人，遇到了難以解決的問題，唯一的辦法就是求助於員警。而他們只要把活做得乾淨利索，就憑紐約員警的那點本事，肯定查不到自己頭上。

「彭家班再怎麼不吝，那也是咱們大清朝出來的，平時鬥鬥氣倒也無妨，但可不能來真的。胡班主，我想好了，要做，就做洋人！」說著，那鐸示意胡易青把身子靠過來，然後，附在胡易青耳邊，如此這般，說了一通。

開心的日子總是過得飛快，一晃眼，八月的日曆已經掀到了盡頭。

艾莉絲已經跟師父老鬼同台表演了好幾場，從現場觀眾的反應上看，效果相當不錯。羅獵也開始正式練起了飛刀，雖然力道還差了點，但準頭還算不錯。只是，安翟的視力仍讓人愁心，大白天的，稍微遠離幾步就連人都認不清楚。

師父老鬼也不再逼著安翟練功，這種視力，即便練成了跟他一般的手速也無法登上舞台。但老鬼對安翟卻是更好，好到了有時候都會令羅獵羨慕。

這一日，老鬼召集眾徒弟在趙大新、羅獵的房間中一塊商議點事，突然間，房間停電了，而且，整個馬戲團駐地都是黑燈瞎火一片，只有房間窗戶勉強透進一絲遠處的光亮。

沒有光亮，大夥怕磕著碰著，於是都安靜地待在了遠處，等待來電的那一刻。房間的角落中，安翟突然道：「師父，我要去撒尿。」

老鬼氣道：「剛才亮燈的時候你不去，現在黑燈瞎火的你倒來事了。」

老鬼可不是無端生氣，為了照顧安翟視力不好，他每天睡覺的時候都要開著電燈，饒是如此，安翟每次起夜不是撞到這兒就是磕到了那兒，哪一天若是身上不受點傷，那一天都算是白過了。

趙大新摸索著站起了身來，道：「師父，我陪八師弟去吧。」

安翟卻道：「不用，大師兄，我看得很清楚。」

老鬼還沒消了氣，罵道：「你能看清楚個什麼……等等，小子，你真的能看清楚麼？」

安翟甚是傲嬌，道：「真的，有燈的時候看什麼都模模糊糊的，燈滅了，我反倒能看清楚了。」

老鬼驚喜道：「大新，驗驗他，別被他給騙了！」老鬼擔心的是安翟怕麻煩別人，故意這麼說。

趙大新伸出了兩根手指，問道：「這是幾根手指？」

安翟秒答道：「兩根啊！」

趙大新再伸出剩下的三根來，沒等開口問，安翟便答道：「現在是五根了。」

房間中的黑暗要說伸手不見五指確實有些過，但趙大新看自己的巴掌也只能是勉強分辨，而安翟坐在房間角落中，距他至少有三米遠，如此距離，竟然能看得如此清楚，趙大新很是震驚。

老鬼突然大喝一聲：「蒼天有眼，祖師爺賞飯，我老鬼後繼有人了啊！」

眾徒弟不禁一愣，不知道師父為何會發出這樣的感慨。

老鬼唏噓一番後，解釋道：「你們八師弟因禍得福，居然成就了一雙夜鷹之眼，此眼白日視物模糊不清，一旦入夜，卻是目光銳利視力極佳。此眼只有與生俱來，卻無法後天修煉，千年盜門，為師所聽傳說中擁有此眼者不過寥寥數人，如此奇才卻被我老鬼收作為徒，豈不是蒼天有眼祖師爺顯靈麼？」

老鬼說著，愈發興奮，伸手攬過安翟，接道：「徒兒，明日為師便為你設堂進香，正式引你入道，你且記住為師告誡，**行盜者，盜亦有道！**」

安翟回了一句極傷大雅的話來：「師父，我想去撒尿，都快憋不住了！」

老鬼哭笑不得，賞了安翟屁股一巴掌，笑罵道：「不爭氣的玩意，去吧。」說完，遞給了安翟一把鑰匙。

其實，趙大新、羅獵住的這間房便有衛浴間，可是，安翟卻有個臭毛病，拉屎撒尿認茅坑，除非是在公共廁所，否則，在別人房間的衛浴間中，只能是乾著急就是拉撒不出。

安翟拿了鑰匙，跑回自己的房間撒了尿，待回來之時，突然感覺到樓下操場一側似乎有人影晃動，安翟急忙趴在樓道走廊的欄杆上向那邊看去，雖然夜色濃郁，但安翟還是分辨出那條人影像極了胡家班的班主胡易青。

黑燈瞎火的，他堂堂一班主這個時候跑去那邊幹什麼呢？安翟生出了疑問卻想不出答案，也懶得多想，晃了晃腦袋，便回到了師父身邊。

過了好一會，終於恢復了供電，老鬼要跟徒弟們商量的事情也說了個差不多，於是便散了，各回各的房間休息去了。

剛睡下沒多久，便被樓下嘈雜聲驚醒，一個洋人聲音通過擴音器喊道：「女士先生們，請保持鎮定，待在自己房間不得隨意走動，否則，以嫌犯論處。」

趙大新慌忙起身，趴著窗戶望下去，樓後空地上，站著不少的員警。

「出什麼事情了？大師兄。」床上，羅獵揉著惺忪睡眼。

趙大新搖頭道：「不知道，樓下全是員警，可能在抓逃犯吧。」

又一會，傳來了敲門聲，趙大新去開了門，兩名員警在小安德森先生的一名助手陪伴下進到了房間。

「趙先生，實在抱歉，員警也是在履行義務。」小安德森的助手一進屋便連忙解釋。「馬場被人下了毒，至少有一半的馬匹可能會失去生命，員警需要挨個房間搜查，雖然我相信趙先生絕無作案可能，但員警也必須例行公事，請趙先生理解。」

馬場下毒？至少要死一半的馬匹？

趙大新陡然一驚，睏意全無。

羅獵和趙大新的物品都很簡單，除了一些日用品外，便是衣物鞋襪，員警卻搜查得十分細緻，甚至連房間的角落，都要收集點灰塵存放起來。

借著這個空檔，趙大新問道：「什麼時候發生的事情？」

小安德森的助手答道：「應該是今晚停電時發生的，我們檢查過，停電的原因是一條主要供電電線被人割斷了。」

趙大新第一個想到的便是那鐸。但轉念又一想，那鐸記恨的應該是彭家班，而環球大馬戲團是大夥吃飯的地方，他若是毀了環球大馬戲團的生意，自己也要跟著受損失啊，再說，安德森父子對那鐸還算是有恩，做人怎麼也不能恩將仇報啊！這麼一想，趙大新反倒是把那鐸首先給排除了。

「安德森先生上一周開除了兩名不合格的員工，或許，是他們在報復。」小安德森的助手提出了自己的懷疑。

僅僅是被開除，用得著這麼狠毒的報復嗎？而且，一旦被抓獲，可能接下來的半輩子便要全毀了，值得麼？

趙大新在心中打了個大大的問號。

員警終於搜查完畢，小安德森的助手再次向趙大新表示了歉意，然後領著員警退出了房間。

「睡吧，這種事，咱們也管不上。」趙大新躺到了床上，隨手關掉了房間的電燈。

老鬼的房間也被搜查了，同樣是小安德森的那名助手帶著員警進的房間。如今，彭家班正當紅，老鬼趙大新師徒倆已然成為了環球大馬戲團的台柱子，即便在如此打擊之下，小安德森先生仍然沒忘記要對此二人以禮相待。

員警走後，老鬼陷入了沉思，和趙大新一樣，老鬼想到的也是那鐸，只是，不像趙大新那般迅速地排除掉了那鐸，老鬼反倒是對那鐸越發懷疑。

那鐸自身甚高，而那家班在環球大馬戲團混得又不咋樣，前些日子再遭安良堂顧先生教訓，更是顏面掃地。

老鬼推斷，那鐸離去只是遲早之事。離去之前，毀了環球大馬戲團，順便連累彭家班，從道理上倒也說得過去，而且，像那鐸那種人，說話行事，根本不講道義，這種事，他絕對做得出來。

但問題是如何才能找到足夠的證據。

正在苦思，床上安翟突然湊了過來，頗為神秘道：「師父，我覺得是胡班主幹的。」

老鬼不由一笑，只當是小孩子信口胡說，隨口回道：「哦，何以見得？」

安翟道：「方才停電時，我回來撒尿，回去時，看到胡班主在樓下操場那邊鬼鬼祟祟的，師父，操場那邊有個洞，鑽過去不用走多遠，就是馬場了。」

老鬼倒吸了口冷氣，問道：「停電時四處那麼黑……是了，你得了一雙夜眼，自然能看得清楚。記住，此事不得再對他人提起，就算是羅獵也不行！」老鬼陡然間的嚴肅，嚇了安翟一個激靈，慌忙應了聲：「知道了，師父。」便趕緊躺下睡覺。

老鬼非常矛盾，起身來回踱步，末了，長歎一聲，關上了房間電燈，躺到了床上。

一道閃電劈來，接著便是炸雷響起，暴雨隨之而至。整一夜，雷電不停，雨勢緊緊鬆鬆，直到天明，才稍見勢弱。

一早在餐廳吃了點東西，老鬼便去了小安德森的辦公室。如今老安德森已經不怎麼願意管事，馬戲團大小事務全有小安德森當家做主。小安德森待老鬼不薄，依照中國人的傳統思維，滴水之恩當湧泉相報，老鬼思考了大半夜，最終還是決定要跟小安德森談談。

馬戲團以馴馬之術為核心，一下子失去了一多半的馬匹，環球大馬戲團的表演基本上陷入了停頓，坐吃山空，再大的家業也經不起只出不進，就算能及時補充了馬匹，從訓練到登台，也將是一個不短的過程。

「老鬼先生，你不會像他們一樣也是來向我說再見的吧？」

小安德森面色憔悴，很顯然，這一夜他根本沒能睡著。

「他們？」老鬼在簡妮小姐的引導下坐到了沙發上，跟簡妮說了聲謝謝後，轉而對小安德森問道：「你說的他們指的是誰？」

小安德森輕歎一聲，端著杯咖啡，坐到了老鬼的對面，微微搖頭，回道：「還能有誰？那鐸和胡易青唄！」

老鬼道：「他們有合約在身，怎麼能說走就走？」

小安德森頗顯無奈，聳了下肩，道：「一下子損失了那麼多馬匹，基地的演出看來只能暫停了。合約上有條款承諾他們的演出場次，若是達不到，他們有權力單方面提出解約。老鬼先生，和你彭家班的合約中，也有同樣的條款呀！」

簡妮小姐送來了咖啡，老鬼接下了，再道了聲謝，待簡妮小姐離開後，老鬼搖頭道：「那些條款我根本沒細看。」

小安德森露出驚喜的眼神，把剛端起的咖啡又放到了茶几上，道：「聽你的口氣，似乎並沒有離開的打算？」

老鬼道：「承諾重於天！我老鬼既然答應了小安德森先生要為環球大馬戲團效力五年，那麼，只要馬戲團還在，我老鬼便不會離開，當然，若是我老鬼無法登台表演了，則另當別論。」

小安德森很是激動，隔著中間的茶几，便探起身握住了老鬼的雙手：「謝謝你，老鬼先生，相信我，環球大馬戲團絕不會就此倒下，一定可以東山再起。」

老鬼應道：「我當然相信你，安德森先生。」

小安德森坐回了遠處，神色隨之黯淡下來，頗為喪氣道：「可是……讓我怎麼說呢？老鬼先生如此坦誠，我也必須要坦誠相待，是這樣，補充馬匹是一筆巨大的開支，就馬戲團目前的財務狀況，支付這筆鉅款相當艱難，所以，接下來的這段時間馬戲團有可能會拖欠員工們的薪水……請原諒，老鬼先生，我必須實話實說，雖然我並不想這麼做。不過，等我一旦借到了錢，我會第一時間將薪水補發給大家，同時支付相應的利息。」

老鬼爽朗地笑開了：「安德森先生，我完全能夠理解你的為難，馬戲團已經負擔了我們的吃住行，對我們而言，基本上沒什麼別的花費了，所以，拖欠薪水的事情，我完全可以接受，另外，我想說我們彭家班願意捐出三個月的薪水來幫助安德森先生度過難關。」

小安德森熱淚盈眶，不由用雙手捂住了臉頰，激動道：「上帝啊，這才是真正的朋友，我實在是太激動了，我還以為，你們都會像那鐸和胡易青那樣呢！」

再次提到那鐸、胡易青二人，老鬼不禁怒火中燒，且不說馬場下毒一案是否係他們所為，單就這趁人之危落井下石的舉動，便足以說明此二人的卑劣無恥。想到了馬場下毒的案子，老鬼記起了自己來這兒的本意，剛想張口對小安德森說出自己對那鐸、胡易青二人的懷疑，老鬼的心頭又閃出一絲猶豫。

但見老鬼欲言又止的樣子，小安德森開口問道：「老鬼先生，有什麼話就請直說，我喜歡直白坦誠。」

老鬼歎了口氣，決定還是先緩一緩，於是問道：「小安德森先生，我只是好奇，你和老安德森先生一向謙和待人，會得罪了誰而遭致這樣的報復呢？」

小安德森歎道：「後勤部門為了節省成本，招募了一批黑人員工，哪知道，那幫傢伙好吃懶做，效率極其低下，為了改變他們的工作作風，上一周我開除了其中二人，我想，很可能是他們懷恨在心故意報復。」

在洋人眼中，黑人和華人都是下等人種，但華人吃苦耐勞謙遜有禮，多少還能得到洋人們的一些認可，而黑人好吃懶做素質低下，多數又是奴隸出身，在洋人們的眼中，甚或連垃圾都不如。

環球大馬戲團有不少髒活累活是洋人們打死也不願意做的，而華工在紐約又極為搶手，為了解決一時之急，馬戲團便招聘了十多名黑人來。

小安德森開除的兩名黑人工人，剛巧是負責清除馬場馬糞的崗位，因而，這倆黑人被懷疑也屬自然。

聽到小安德森的解釋，再看著小安德森一副篤定的樣子，老鬼的判斷一時也有些動搖。於是，對那鐸胡易青的懷疑也就更不能說出口來。

再安慰了小安德森幾句，老鬼便告辭回到了自己的房間。在看到安翟的一剎那，老鬼陡然警醒，安翟心地單純，不會貿然嫁禍胡易青，又成就了一雙夜鷹之眼，停電時雖然黑暗，但安翟以夜鷹之眼視物定然不會看錯。

安翟看到胡易青時，停電已經有一會兒了，一般人遇到這種突發情況都會老老實實地待在原處或是盡力回到自己較為熟悉的環境中來，那胡易青卻反其道而為，其中蹊蹺，必然有因。

老鬼非聖賢，對那鐸、胡易青雖處處相讓但卻記恨在心，半月前，那鐸落到了安良堂顧先生的手上，老鬼原以為就此便可以了卻他跟那鐸的恩怨，卻不想，顧先生雖然詞嚴色厲好似怒不可遏，但最終還是對那鐸網開一面，僅僅斬去了他的一根小指。

老鬼顯然不甚滿意，但又不能對顧先生稍有微詞，只能是再次忍下了這口氣。

假若，果真是那鐸、胡易青不知好歹做下了此案，那麼，對老鬼來說，無異於天賜良機，只需在暗中查到證據，那麼就可以借助小安德森之手將此二人送入大牢。

若能如此，那麼那胡兩家馬戲班子勢必樹倒猢猻散，而這兩家馬戲班子中倒是有那麼十來人著實不錯，若能爭取過來，對彭家班來說，確實益處多多。

「安翟，去找羅獵玩一會，別整天待在房間裡，你現在還要長身體，要多見陽光。」老鬼摸了摸安翟的腦袋，想把安翟打發出去。

自從出院以來，師父以及師兄師姐們對安翟照顧有加，生怕磕著碰著，始終讓安翟處在光線明亮的環境中，但昨晚停電使得安翟體會到了黑暗的舒適，躲在房間中拉上窗簾關上燈，甚是愜意，哪裡肯出去外面忍受強光刺激。

「可，師父，外面陰天，沒太陽啊！」安翟揭開窗簾，閃出一條縫隙，只瞄了一眼，便被光亮刺激地緊閉上了雙眼，連忙拉上了窗簾。

老鬼從床下拖出了行李箱，打開後翻騰了兩下，找出了一副墨鏡，遞給了安翟：「把這個戴上，說不準你就樂意出去了。」

「墨鏡？」之前在天津衛混金點行的時候，安翟便見識過被譽為裝瞎神器的這玩意，當時領他入行的師父還送了他一副，只是那時安翟的眼睛還未生變，帶上後很是不適，於是便沒留下。

從師父老鬼手中接過墨鏡，安翟戴上了，頓時覺得舒適無比，也不在乎外面到底是陰天還是多雲，歡天喜地地跑出房間找羅獵去了。

老鬼打開了燈，拿出紙筆，沉思了片刻，伏在案頭上刷刷刷寫了些什麼。

第八章

畏罪自殺

華人的性命在洋人的眼中並不重要，
多死一個、少死一個根本沒人關心，
再說有了胡易青簽字畫押的審訊記錄，
約翰警長做掉他並安上一個畏罪自殺的解釋完全說得過去。

布魯克林警署的一間審訊室中，約翰警長忍無可忍亮出了他的鐵拳，待他發洩完畢，面前的兩名黑人已是口吐白沫蜷縮一團。

一旁手下遞過來一條毛巾，約翰接過來，先擦了擦臉上以及脖子處的汗水，然後又仔細擦拭了雙手。「狗屎一般的傢伙！」約翰警長甩下了一句髒話，轉身離開了審訊室。

那手下追了上來，彙報道：「警長先生，取證的人回來了。」

約翰警長站住了，轉臉看著那手下，問道：「怎麼說？」

那手下聳了聳肩，道：「那兩坨狗屎說的倒是實話，案發那天，他們確實不在場。」

約翰警長稍一愣，道：「那麼說，我打錯他們嘍？」

那手下笑道：「不，警長先生，他們雖然沒對環球大馬戲團的馬場下毒，但一定還有別的問題，警長先生教訓這兩坨狗屎，是為紐約的繁榮平安做貢獻。」

約翰警長露出了會心笑容，只是笑容突然凝固，思索道：「不是這兩坨狗屎做的，那麼又會是誰做的呢？」

迎面走過來一名年輕女警，約翰警長登時變了張臉，吹了聲口哨，招呼道：「嗨，說你呢，漂亮妞，這兒是我的地盤，可我為什麼沒見過你呢？哦，不，我的意思是說，你是我見過的最漂亮……」

那女警徑直向約翰警長走來，貼在了約翰警長的面前才站住了腳，站住之前，卻有意無意地踩了約翰警長一腳。「哦，天哪，黛絲，你真是一個小辣椒。」

黛絲揚起手中的一張紙，在約翰警長的面前晃了晃，道：「或許，對你來說，我手中的這張紙會令你更感興趣。」說完，黛絲將手中紙張拍在了約翰警長的懷中，莞爾一笑，掉頭便走。

約翰警長盯著黛絲走出了十多步，忽然將那張紙團成了團，作勢要向黛絲的背影丟過去，「狗屎！你當約翰警長真的對你感興趣嗎？」

約翰警長嘟囔著，順手再把紙團展開了，先是漫不經心地撇了一眼，忽然間，面色凝重起來。待看完，約翰警長露出了笑容，拍了下身邊手下的肩膀，道：「比爾警員，請立刻通知你的同事們，我們要出去抓魚，兩條大魚，兩條黃色的大魚！」

約翰警長在閱讀紙上內容的時候，比爾警員也跟著瞥了幾眼。那不過是一封匿名信，書寫者顯然不熟悉英文，其中有多個單詞出現了拼寫錯誤，上面說的倒是有鼻子有眼，可明顯缺乏證據性內容。

「警長先生，就憑這麼一封匿名信就去抓人，是不是有些倉促呢？」

約翰警長不以為然，搖頭笑道：「不，比爾，很顯然，你並沒有仔細閱讀這封信，信中指認的不過是兩個中國人，就算抓錯了，不過是損失點汽油錢而已。」

比爾聳了聳肩，雖然，他並不認可約翰警長的這種草率，但也不得不承認，他確實沒有看出來信中指認的是兩個中國人的名字。

既然針對的是中國人，那就沒什麼好忌諱的，比爾一個立正，衝著約翰警長敬了個禮，道：「是的，警長，一級警員比爾漢克斯立刻執行您的命令！」

十五分鐘後，三輛警車向著環球大馬戲團的方向呼嘯而來。

面對約翰警長，小安德森提出了反對：「哦，不，約翰，即便不是那兩名黑鬼幹的，你也不能懷疑他們兩個，你知道，他們對我的重要性嗎？」

匿名信指認的便是那鐸、胡易青二人，他倆早一天時向小安德森單方面提出了解約，但當小安德森再次跟他倆約談時，感覺到此二人的態度並不像上一次那麼堅決，有了能將那家班、胡家班留下來的希望，小安德森自然不願意相信約翰警長的指控。

「安德森先生先生，我能理解你的心情，但是，美利堅合眾國的法律是神聖而不可侵犯的，我，布魯克林警署約翰警長，現在代表法律向安德森先生提出要求，立刻帶我們前去抓捕那和胡兩名疑犯。」

約翰警長至始至終都筆直站立著，任憑小安德森多次相請，就是不肯坐下。小安德森仍舊不肯放棄，想繼續說服約翰警長：「不，不，約翰，我們是朋友，你要尊重我的意見……」

約翰警長黑著臉拔出了警槍，拍在了小安德森的面前，喝道：「小安德森先生，我警告你，你這是在妨礙公務，有包庇疑犯之嫌！」

話說到了這個份上，小安德森也不便再堅持己見，只能聳聳肩，安排了助手，領著約翰一幫員警前去抓捕那鐸、胡易青二人。

出環球大馬戲團東門，左拐穿過一條街區，有一家名叫布蘭卡的咖啡館。或許是受地理位置影響，這家咖啡館的生意很是一般，一樓店面中的客人已是寥寥，而二樓的平台上，七八把乘涼傘下卻只坐著一個客人。

這唯一的客人便是那鐸。

那鐸坐在二樓平台最外側的一把乘涼傘下，這個位置，剛好面對著環球大馬戲團的員工宿舍樓，僅憑肉眼便可將馬戲團那邊的事情看個清楚，而那鐸卻非要拿著一隻單筒望遠鏡掃來瞄去。

望遠鏡的鏡頭中，一個個環球人馬戲團的員工無一不是垂頭喪氣的模樣，這使得那鐸的臉上露出了得意的笑容。

他終於吐出了憋在胸中的那口惡氣。

前天，也就是環球大馬戲團馬場被下毒的第二天，那鐸約上了胡易青，一起跟小安德森提出了解約，看得出來，小安德森很是頹喪，卻又無奈，因為合約中有條款明確規定，若是馬戲團不能保證他們的演出場次的話，他們有權力單方面解除合約。

小安德森的頹喪無奈正是那鐸所期望的結果，誰讓你有眼無珠捧一個沒出息的老鬼而把他那五爺給忽視了呢？活該！

昨晚上，皇家馬戲團的老闆親自接見了那鐸，二人相談甚歡，就那家班、胡家班加盟皇家馬戲團之後的發展做了細緻的策劃，至於皇家馬戲團開出的待遇條件，那鐸也甚為滿意。

回來的時候已經很晚了，那鐸沒有再跟胡易青碰面，今上午踏踏實實睡了個懶覺後，那鐸便讓手下人去通知胡易青，約他來這家咖啡館見面，將皇家馬戲團那邊的事情跟胡易青通通氣，商量一下什麼時候過去才最合適。

單筒望遠鏡的鏡頭中並沒有掃到胡易青，卻突然出現了幾名洋人員警的身影，這使得那鐸陡然緊張起來。員警去而復返，難道說發現什麼新的線索了？那鐸禁不住倒吸了一口冷氣，再次將胡易青跟他描述的作案過程回憶了一遍。

為了更好的保密，胡易青並沒有找幫手，從切斷電線到下毒，全都是他一人完成，而且過程非常順利。所用的毒物也毫無破綻，不過是隨處可見的紅豆杉的果實，這種灌木很容易種植，觀賞性也很不錯，卻對馬匹有著劇毒。取材紅豆杉非常簡便，環球大馬戲團駐地後面的公園中便有不少，休閒時逛上一圈，便可以摘下足夠多的果實來，且不會引起任何人的注意。

從頭到尾捋了一遍，那鐸沒發現破綻，再捋一遍，仍舊找不出漏洞。「或許員警是因為別的什麼事情吧！」那鐸在心裡做出了這樣的定論，然後，拿起單筒望遠鏡繼續掃視。

鏡頭中，終於掃視到了胡易青，這貨顯然是剛幹完好事，一張老臉上寫滿了完事後愜意和意猶未盡，也難怪胡易青大上午的就要幹那種事，他剛到手的那位下屬女演員死活不肯進他的房間，沒辦法，只能借上午練功的機會跟她在她的房間中溫存一番。

「大爺的，害得老子在這兒乾等！」那鐸暗罵一聲，放下了單筒望遠鏡，端起面前咖啡，用小勺攪了攪，美美地喝了一小口。

體會過咖啡的醇香，那鐸再次拿起了望遠鏡，對準的還是剛才尋到胡易青的方向，可是，再當他用鏡頭找到胡易青的時候，不禁被驚嚇出了一身冷汗。

兩名洋人員警一左一右夾住了胡易青，另有一名洋人員警亮出了手銬，銬上了胡易青的雙手。雖然聽不到洋人員警們說了些什麼，但就此場景，那鐸已然能判斷出來，馬場下毒案定是暴出破綻。

那鐸百思不得其解，破綻在哪兒？洋人員警又是如何尋到的破綻？不過，事態緊急，已然容不得那鐸多想，是立刻逃離還是勇敢面對，他必須要在短時間內做出決定。

只猶豫了片刻，那鐸便做出了決定，同時，臉上且露出了詭異的笑容。

約翰警長只抓到了胡易青，頗有些不爽，回到了警署，立刻將心中不爽發洩到了胡易青身上。審訊室中，剛打過照面，不審不訊，約翰警長便衝著胡易青先來上個三拳兩腳。

「知道我們為什麼抓你麼？」

胡易青當然知道，只是，他自認為案子做得是天衣無縫，割斷電線的刀已經被他扔進了駐地後面的那片水汪中，用來毒殺馬匹的紅豆杉果實也一個不剩地倒進了餵馬的食槽，洋人員警根本不可能掌握了自己的證據，有何畏懼？胡易青擦了下嘴角邊的血漬，昂頭作答道：「你們亂抓無辜，我要告你們！」

約翰警長聳肩大笑，道：「好啊，隨便你到哪裡去告，但有個前提，你必須先從我這兒走出去。」

胡易青的英文水準原本就不高，而約翰警長的回答又是幾近無賴，這使得胡易青一時間無言以對，只能是重重地一聲歎息。

「說吧，你到底對安德森先生的馬場做了些什麼？老實交代了，便可以少受許多皮肉之苦，哦，對了，我必須要告訴你，你的同夥，那鐸先生，比你早了半小時來到了我這兒，如今，他正在我辦公室中喝咖啡呢！」約翰警長拉了張椅子，坐在了胡易青的對面，翹起二郎腿，表現出一副胸有成竹的模樣。

胡易青心中不免閃出一絲慌亂，他是在前往那位班中女演員宿舍的半路上接到那鐸手下通知的，約他去馬戲團駐地的東南角一家咖啡館談事，而他卻耐不住心中的那團火，選擇了先辦事再去赴約。這中間的時差剛好是半個小時。

是巧合還是……胡易青有些吃不準。

但再一想，就算那鐸也被抓了，也不可能這麼容易就招供了呀！此案是他們兩個聯手做下的，若論罪，他那鐸才是主犯，自己不過是個從犯，豈有主犯免受懲罰而讓從犯全當責任的道理呢？

定然是這洋人員警在使詐！

胡易青的表情變化，約翰警長全都看在了眼中。半小時之說，絕不是約翰警長的隨口一說，而是馬戲團駐地的門衛告訴的資訊，「那班主啊，他剛才出去了，嗯，差不多有半個多小時吧！」有了這句話，約翰警長便權當自己在那鐸剛出駐地大門的時候就已經將那鐸抓獲了。

「那鐸先生交代說，向小安德森先生的馬場投毒全是你的主意，他起初是反對的，可你卻一再堅持。」約翰警長見火候已到，站起身來，很是溫柔地拍了拍胡易青的肩膀。

胡易青心頭一驚，隨即便冷靜下來，此刻並不適合多言，只因言多必失，不如保持沉默，若是這洋人員警所言為真，終究會將那鐸引來對質，屆時再行分辯也不遲。

但見胡易青鎮定自若沉默不語，約翰警長也是沒招，若再動粗恐怕只會顯出自己的心虛，而對擊垮對手的心理防線起不到絲毫作用。「胡，我希望你是個聰明人，好好想想吧。」約翰警長一時無法取得突破，乾脆想晾一晾胡易青，於是便甩下了一句不冷不熱的話，轉身離開了審訊室。

回到辦公室，約翰警長沖了杯咖啡，點了根雪茄，拿起桌面上的紐約時報悠閒自得看了起來，一份報紙僅看了一半，黛絲警官便敲響了約翰辦公室的房門。

「哦，美麗的黛絲小姐，你是想對我說今晚你有時間，想接受我的邀約是嗎？」約翰放下了報紙，捏著雪茄抽了一口，然後放到了煙灰缸上，對著門口的黛絲警官展開了雙臂：「你要是願意擁抱我的話，我想，我會非常高興。」

黛絲警官哼了一聲，冷冷道：「警署來了一位先生，說是要跟你談談，警長先生，我想你今晚可能並沒有約會的時間，因為那位先生是個中國人。」

約翰警長猛然一怔，脫口而道：「那鐸？」

黛絲警官冷笑道：「我不知道，中國名字總是那麼獨特，我怎麼都記不住。」

約翰警長興奮地拍起了桌子，並扯嗓子喊道：「比爾，優秀的比爾警官，趕快去把那位中國先生請到我辦公室來！」

來人正是那鐸。

看到胡易青被抓，那鐸僅用了半分鐘便做出了決定，事實上，這個決定是他在作案之前便想好了的，只是事發突然，心中陡然一驚，下意識想到了逃跑才會影響了他的決斷，但好在那鐸隨即清醒過來，決定依舊按原計劃行事。

「約翰警長，我就是那鐸，我是向你投案自首來的。」在比爾的引領下，那鐸走進了約翰警長的辦公室，面色沉靜，步履輕鬆。

布魯克林地區魚目混雜，什麼樣的人都有，約翰自從當上警長便負責這一區域，早就將員警辦案的種種套路練就的滾瓜爛熟。

但見那鐸走進來時未有一絲慌亂，約翰警長便斷定此人早做好了應對準備，因而，他並沒有急著表態，而是裝了一句傻：「投案自首？你犯了什麼事需要投案自首？」

那鐸淡淡一笑，回道：「約翰警長，既然我選擇了投案自首，就已經做好了如實相告的準備，你沒必要這樣跟我繞彎子。」

約翰聳了下肩，揚了下眉，笑道：「好吧，第一回合，你勝了，親愛的那鐸先生，咱們現在進入第二回合，告訴我，你是怎麼知道我們在找你的？」

那鐸不慌不忙，答道：「今天上午我約了胡易青胡班主在環球大馬戲團東南角的布蘭卡咖啡館見面，可是，我等了他將近一個小時，也沒見到他，沒辦法，我只能回去，剛好遇到了小安德森先生，是他告訴我，說約翰警長懷疑是我和胡易青胡班主聯手做下的馬場下毒案，那一刻，我就知道紙始終是包不住火的，再隱瞞下去，只會越陷越深，所以，我選擇自首。」

約翰警長壓制住內心的喜悅，道：「這麼說，你承認是你夥同胡一起作案，在小安德森先生的馬場中下了毒？」

那鐸深吸了口氣，卻搖了搖頭，道：「不能這麼說，約翰警長。事實是這樣的，胡易青的胡家班在環球大馬戲團分配到的演出資源少於我那家班和彭家班，因此對小安德森先生懷恨在心。

「當然，做為那家班的班主，我對小安德森將資源傾向於彭家班也是頗有微詞。不過，我選擇的是另尋出處，因此，我一直積極地和皇家馬戲團溝通聯繫。這期間，胡班主找到了我，表示他也想跟著我一塊換至皇家馬戲團發展，我答應了他，並認真和皇家馬戲團做了溝通，皇家馬戲團也表示，如果胡家班願意加盟，他們將熱烈歡迎。

「胡班主確定了下家後，便找我商議要報復小安德森先生，並向我透露了他要向馬場下毒的計畫，他的理由是毒死了那些馬匹，那麼環球大馬戲團的演出便要暫停，這樣一來，他便可以單方面提出解約，且無需支付違約金。

「我對這個計畫並不感興趣，因為，皇家馬戲團已經答應替我支付違約金，我沒必要這麼做。可是，胡班主不聽我的勸阻，仍舊向小安德森的馬場下了毒。

「我很想向小安德森先生坦白這一切，但我同時又擔心胡班主會對我展開報復，你是知道的，我雖然是那家班的班主，但我卻只是個讀書人，身上一點功夫都沒有，而胡班主自從七歲便開始練功，若是想報復我，恐怕三個那鐸也不是胡班主的對手。

「我必須承認，因為我的懦弱，觸犯了偉大的美利堅合眾國的神聖法律，我包庇罪犯，縱容壞人，我甘願受到法律懲罰。這就是事實真相，約翰警長，我向上帝發誓，我將為我剛才說的每一句話負責任。」

約翰警長的興奮之情溢於言表，這倒不全是因為破了這樁馬場下毒案，更是因為他剛才在審訊室中對胡易青說的那些話居然成了事實，這使得約翰警長頓時有了神探的感覺。

「那鐸先生，感謝你的坦誠，但你說的這些內容，我們還要進一步核實，在得到最終答案之前，恐怕還要委屈你一下。」

那鐸面如沉水，微微點頭，應道：「我理解，我接受，但同時希望在你們得到答案之前，不要讓我和胡班主見到面，不然，我會很痛苦。」

約翰警長點頭同意了。

在那鐸的供述中，一共提到了四個人，除了那鐸和胡易青之外，便是環球大馬戲團的總經理小安德森先生以及皇家馬戲團接洽那鐸的負責人，因而，核對真實性非常簡單。

只一個下午，比爾警官便完成了核對，回到警署向約翰警長彙報道：「警長先生，我不知道這是不是個好消息，那鐸的供述，並沒有撒謊。」

約翰警長聳肩笑道：「這當然是個好消息！比爾警官，這個消息足以讓我們今晚上一醉方休，當然，酒錢要由納稅人來支付。」

比爾警官愉快地接受了約翰警長的提議，並道：「警長先生，要不要邀請黛絲警官，畢竟她為我們提供了兩條非常有價值的線索。」

約翰警長的雙眼登時放出了光芒，道：「比爾，你真是一個優秀的警官，你的每一次建議都是那麼的完美，是的，黛絲警官為此案的破獲也做出了貢獻，所以，今晚的慶祝她必須參加！」

那鐸在布魯克林警署中受到的待遇還算不錯，一間獨立的看押室還配備了潔淨的床單棉毯，晚餐也算湊合，臨睡前還能洗個熱水臉。

到了第二天早上，約翰警官再次將那鐸請到了他的辦公室。

「那鐸先生，我想，你是個誠實的人，事實上，你昨天的言行已經證實了這一點，所以，我有理由相信，我們今天的交談仍舊可以保持一種愉快的氛圍，是嗎？那鐸先生。」

那鐸聳了下肩，淡淡一笑，道：「當然，警長先生。」

約翰警長拿出了一根雪茄，叼在了嘴上，在點火的同時，含混不清問道：「我想那鐸先生不會介意吧。」

那鐸做了個請隨意的手勢。

「我很想知道，胡，有沒有向你說過他的作案過程？」

那鐸想了想，道：「說過，但並不詳細。」

「哦？他說了些什麼？」

那鐸道：「他作案的第二天，約我一起找小安德森談解除合約的事情，在我沒答應他之前，他向我說了昨晚上他作案的過程，他先是割斷了環球大馬戲團駐地的主供電電線，然後趁黑潛入到了馬場，將經過處理的紅豆杉果實倒入了馬匹的食槽，之後將割電線用的道具扔到了駐地後面的水汪中。他當時對我說，整個過程天衣無縫，絕對不會被查出來，並且還威脅我說，如果事情敗露，那麼一定是我洩露出去的。我擔心被他懷疑，所以就答應他跟他一起去見安德森先生。」

約翰警長愜意地噴出了一口濃煙，道：「很好，那鐸先生，再次感謝你的坦誠。正如你自己所認識到的那樣，親愛的那鐸先生，你確實觸犯到了神聖的美利堅合眾國的法律。不過，考慮到你的處境和你的誠實，我們並不打算對你提起訴訟，現在，你可以通知你的律師前來辦理保釋手續。如果那鐸先生沒有律師的話，我們可以為你安排，當然，你要支付相應的費用。」

那鐸道：「被您言中了，我確實沒有律師，我願意支付所有的費用。」

待約翰警長打完電話安排好那鐸的臨時律師後，那鐸感慨道：「警長先生，您真是一個神探，不過，到現在我都沒能明白，您是怎麼做到的？能一下子就查到了胡班主的頭上呢？若是能解開我的這個困惑，我願意支付給您五十美元。」

五十美元可真不是個小數目，很明顯，約翰警長動心了。

「實不相瞞，我收到了一封檢舉信。」為了證明自己說的是實話，約翰警長從抽屜中找出了那封匿名信來：「喏，就是它，有人在斷電的時候，看到胡出現在馬戲團操場的一側，而那邊有一個破洞，穿過破洞沒幾步便可進入馬場中。」

那鐸仔細看了信中的內容以及筆跡，卻無法辨認出自誰手，於是道：「我應該很好的感謝這個人，是他將我從懸崖邊上拉了回來，不然，我真的就要成為罪犯的幫兇同夥了。約翰警長，希望你能夠理解我的心情，我是說，我很想找到這個人，當面向他表示我誠摯的謝意。」

約翰警長搖頭道：「我當然能理解你，可是，那鐸先生，我並不知道寫這封信的人是誰。」

那鐸道：「我倒是有個辦法，用能透明的紙覆在上面，描下筆跡來，說不準就能找到這位正直的先生。」這可不是一件合法的事，約翰警長露出了反對的神情，那鐸見狀，及時補充了一句：「我願意再多支付您五十美元。」

總數加一起已經是一百美元，而約翰警長一個月的薪水不過才二十美元，這筆外財，對約翰警長的誘惑著實不小。

猶豫片刻，約翰警長終於點頭同意了，並為那鐸找來的能透過筆跡的紙張。

「那鐸先生，你是一個誠實守信用的人，我想，當你找到了寫這封信的人的時候，你一定是在感謝他而不是報復他，對嗎？」

那鐸鋪好了紙張，拿起了筆，轉頭看了眼約翰警長，道：「我可不想第二次觸犯法律，警長先生，如果我第二次觸犯法律，我想您一定不會再寬恕我的。」

約翰警長大笑道：「那鐸先生，你不光是個誠實的人，你同時還是個聰明人，我喜歡誠實且聰明的人。」

那鐸並沒有將整封信全都描寫下來，而是僅僅撿了幾個常用的詞彙，所以很快便完成了，將匿名信的原件交還給了約翰警長。

臨時律師如約而至，那鐸在支付了十美元的律師費一百美元的保證金之後，重新獲得了自由。總花費多達兩百一十美元，這絕對是一筆鉅款，但那鐸卻覺得很值。

首先是搞垮了環球大馬戲團，兌現了自己對皇家馬戲團的承諾，一筆額外的獎金自然是少不了，而這筆獎金只會比花出去的錢要多而不會少。另外，一窩端掉了兩個競爭對手，胡家班失去了班主，自然是樹倒猢猻散，而彭家班還要吊在環球大馬戲團這棵不死不活的樹上，自然也失去了競爭力。

如此結局，豈不美哉？

走出布魯克林警署，那鐸精神抖擻，不禁開口唱道：「你看那前面黑洞洞，定是那賊巢穴，待俺趕上前去，殺它個乾乾淨淨……」

美了那鐸，自然苦了胡易青。

這老兄待在牢房中還在不住地為自己打氣，要堅持住，洋人員警找不到我作案的證據，最終還是得放我出去。帶著這種思想，胡易青在約翰警長第二次提審他的時候，仍舊堅持沉默。

「你嫉妒彭家班，所以記恨小安德森先生，當你和皇家馬戲團達成了合作條款後，為了省去違約金，你做下了馬場投毒的案子。你先用刀割斷了環球大馬戲團駐地的供電主線路，然後從操場一側的破洞鑽出，潛入到了馬場，將早已準備好的紅豆杉果實倒進了馬匹吃草的食槽，然後將作案用的道具從後牆處扔到了後面的水汪中，再按原路折返回來，鑽過那個破洞，回到了你的宿舍。

「當環球大馬戲團的電工恢復了供電，發現馬場被投毒後報了警的時候，你已經回到了自己的房間，親愛的胡，你以為你做的事情是神不知鬼不覺，只可惜，整個過程被一個神秘人看了個清清楚楚。」

約翰警長這一次沒有怒火，臉上的表情始終是笑吟吟，語速也不快，陰陽頓挫間，盡顯了心中的得意和自信。

因為說得比較慢，胡易青聽懂了一多半，約翰警長的每一句話，均猶如一把重錘在擊打著胡易青的心靈。除非當事人，否則絕不可能說得那麼清楚！什麼狗屁神秘人？一定是那鐸出賣了老子！

果不其然，約翰警長接下來便亮出了那鐸的保釋手續。

「親愛的胡，或許你還會認為昨天我跟你說的那些話純粹是在唬你，可是你看，那鐸先生如今已經不用在我的辦公室喝咖啡了，我想，他現在一定很逍遙快活，我很想知道，你不想和他一樣嗎？」約翰警長一邊調侃著胡易青，一邊拎起了那鐸的保釋手續，掛在了胡易青的面前。

那鐸的簽名，胡易青還是能分辨出來的，雖然是用鋼筆簽的名，但中國字卻不是洋人們能偽造出來的。

「狗日的那鐸，你他娘的敢耍我……」情急之下，胡易青不分場合，用國罵問候了那鐸一頓，待罵了個差不多，轉而換成英文對約翰警長道：「警長先生，我交代，我全都交代，是那鐸指使我這麼做的，他才是主犯！」

約翰警長聳聳肩，道：「首先，我們得明確一件事，馬場的毒是誰下的？」

胡易青急道：「是我不假，可是，那是那鐸指使我的呀！」

約翰警長微笑著擺了擺手，道：「親愛的胡，不要著急，咱們一件事一件事說，那鐸雖保釋出去，但約翰警長隨時可以將他抓回來！你相信約翰警長嗎？」

胡易青只得點了點頭。

「那好，我們先來確認第一件事，環球大馬戲團馬場是你投的毒，對嗎？」

胡易青歎了口氣，認下了。

「比爾警官，將審訊記錄拿給親愛的胡簽字畫押。然後我們再接著往下說。」

為了能得到接著往下說的機會，胡易青沒有多想，便在審訊記錄上寫下了自己的名字並按上了手印。

完成這一切後，約翰警長突然站起身來，活動了一下僵硬的脖子，開心笑道：「比爾警官，你覺得我們是不是可以結案了呢？」

約翰警長當然要及時結案，不然，再將那鐸抓回來，自己為了一百美元而透露案件關鍵證據的違法行為勢必曝光。至於案件的真相，跟自己的前程相比較，肯定是微不足道。

比爾警官微笑回應：「恭喜警長先生成功破獲了環球大馬戲團馬場投毒一案！」

胡易青登時急眼，大聲嚷道：「警長先生，你答應我繼續審下去的呀，你不能言而無信，你這樣做是在包庇犯罪，是瀆職……」

約翰警長往前一探身，給了胡易青一巴掌，並道：「你敢侮辱一名美利堅合眾國的優秀員警？信不信我立刻讓你畏罪自殺？」

華人的性命在洋人的眼中並不重要，多死一個少死一個根本沒人關心，再說有了胡易青簽字畫押的審訊記錄，約翰警長做掉他並安上一個畏罪自殺的解釋完全說得過去。

胡易青還算是識相，看到約翰警長並不像是在開玩笑，只能是長歎一聲後閉上了嘴巴。努力活著吧，等熬到了出獄的那一天，再來跟那鏗掰扯這些舊賬吧！

結了案，約翰警長興致沖沖地來到了環球大馬戲團，說是向案件的受害者按流程做個簡短的彙報，實則是找小安德森先生來邀功請賞。

小安德森雖然不相信這就是真相，他自認為待胡易青及胡家班不薄，卻真心想不到，將他推進萬丈深淵的居然還就是此人。

瘦死的駱駝比馬大，小安德森雖然陷入了財務危機，但也不差這百八十美元，當即從辦公桌的抽屜中取出了一只信封，塞到了約翰警長的手中。

「胡的胡家班還算有點資產，我們清點了一下，有存款二百五十美元，現金六十四美元，以及其他各種具有一定價值的物品，這是清單，請小安德森先生過目。我們在起訴胡的時候，同時會向法庭提出民事賠償，胡的這些資產，雖然不多，但多少也能彌補一些小安德森先生的損失。」

約翰警長將小安德森塞過來的信封裝進了口袋，順便拿出了一張清單，放在了小安德森的辦公桌上。

總數不過三百來美元，又能解決多大的問題呢？環球大馬戲團被毒死了十五匹馬，每匹馬的價值都超過了五百美元，這還不算馴馬養馬的費用。

「多謝約翰警長，布魯克林能擁有約翰警長，實在是我們這些市民的榮幸。」小安德森看了眼清單，隨手將它丟進了抽屜中，說是多少能彌補一些損失，可是，等到走完法律程序拿到這筆賠款的時候，還不知他環球大馬戲團能不能依舊活著。

約翰警長拿了錢，心滿意足，便要告辭離去，剛走到辦公室門口時，卻又轉過身來，道：「安德森先生，我必須善意地提醒您，犯罪的是胡，和他的那些手下無關，按照美利堅合眾國的法律，他們是自由的，希望你不會遷怒他們。」

那鐸如願以償，帶著那家班離開了環球大馬戲團，加入了皇家馬戲團。胡易青身陷囹圄，被沒收所有財產後還要坐牢三年。老鬼也算是心滿意足，趁胡家班樹倒猢猻散之際，及時出手，將他心儀的十幾個演員收進了彭家班來。

老安德森先生利用他多年積攢下來的人脈為環球大馬戲團借到了三萬美元的貸款，幫助小安德森度過了最艱難的時刻。這期間，環球大馬戲團並未停演，只是少了最精彩的節目，其上座率嚴重下滑，比起鼎盛時期，下降幅度高達百分之五十。

皇家馬戲團為那鐸及那家班開出了最優厚的待遇，並支付了他一筆不菲的獎金，以表彰他成功兌現諾言，使得皇家馬戲團一舉超越了環球大馬戲團，成為紐約最有影響力的馬戲團。

但皇家馬戲團始終未出現一票難求的狀況，甚至他們的上座率還有所下降。老鬼實際上也沒賺到，八個徒弟跟新納入的胡家班演員根本合不來，隔三差五的就要鬧騰一場，任憑老鬼說出了重話，也無法讓這兩撥人做到真正的握手言和。錢沒多賺，反倒給自己惹了一屁股的麻煩事，老鬼對此甚是頭大。

這樣說來，唯一的贏家只有那鐸。

夏去秋來，秋天也是一晃而逝，轉眼間便是漫長冬季。這一年，紐約的第一場雪來得特別早，幾乎便是以這一場雪宣告了秋天將逝寒冬已至。

這一天，羅獵第一次登上了舞台。表演的節目雖然簡單，不過是最基礎的飛刀射氣球，但小夥生得是明眸皓齒面若冠玉，在舞台上又不怯場，還能與台下觀眾頻頻互動，自然贏得了陣陣掌聲。

下了台，趙大新比羅獵自己還要激動，雙手叉在羅獵的兩個腋下，一下子便把羅獵舉過了頭頂，在空中轉了一圈還沒過癮，又扛在了肩上繞著後台的一根立柱轉了兩圈。「大師兄，快放下我，我都被你轉暈了。」

趙大新放下了羅獵，道：「你這就不懂了吧，圍著後台柱子轉，意味著你將來一定能成為咱們彭家班的台柱子。」

羅獵像是真的被轉暈了，腳下打了個踉蹌，在大師兄的攙扶下才站穩了，道：「可是，我今天卻射丟了一只氣球。」

趙大新笑道：「不過才一只嘛，你知道大師兄第一次登台表演的時候，射丟了幾只氣球麼？」不等羅獵開口，趙大新又開了右手拇指和小指，「整整六只氣球啊！」

艾莉絲也過來向羅獵表示了祝賀。艾莉絲跟師父老鬼登台表演差不多有三個月了，這之前，跟學校同學也數次登台表演過，因而，舞台經驗要比羅獵多了不少。艾莉絲在祝賀羅獵演出成功的同時，也指出了羅獵表演中的幾點不足。

在一旁看著這對少年男女在熱烈討論表演心得，趙大新偶然跳出了一個念頭，為什麼不能把他們兩個組合在一起呢？東方男子的陽剛俊朗搭配上西方女子的豔麗嫵媚，豈不是一對神仙組合？不過，也就是這麼想想而已，羅獵距離能夠真正登上舞台尚有一段距離，這一次不過是機緣巧合下的一次機會而已。

同一時刻，位於皇后區的皇家馬戲團駐地的一間宿舍中，那鐸從一位女演員的身上爬了起來。這女演員便是胡易青臨被抓才搞上手的那位，胡家班做鳥獸散之後，那鐸只接納了胡家班的一位演員，便是這位。嘗試之後，那鐸唏噓不已，為胡易青甚是抱虧，如此尤物，居然拱手讓給了自己。

「五爺，辦完了事情再回來唄，讓妾身再好好伺候您一番。」那女演員從床上坐起，拎了件褻衣遮住了自己赤裸的上身，神色之間，盡顯妖嬈。

那鐸穿好了衣衫，盤好了辮子，藏在了禮帽之中，來到床前，擰了把那女人的臉頰，淫邪笑道：「你這個小妖精，胃口還真不小，還沒吃飽呀？」

那女人咯咯笑道：「五爺的疼愛，妾身是永遠也吃不飽的。」

那鐸並不想離開這張香豔溫暖的床，但卻無奈，就在剛才猛力衝刺之時，手下在門外彙報說，久等多日的重要客人已經到了。

第九章

盜門出身

那鐸早就探查到老鬼乃是盜門出身，只是，
洋人們對三教九流外八門什麼的根本不懂，
若是直白說老鬼就是個盜賊小偷的話，
恐怕洋人們不光不會信，還會當自己是在誣陷他人。
所以，那鐸雖然一心想扳倒老鬼和他的彭家班，
卻始終沒有拿此事來做文章。

那鐸回到自己的房間，但見會客廳沙發上端坐了一位身著黑色西裝的男人，和那鐸一樣，那男人的後腦勺上也留了一根長辮，不同的是，那男人並不像那鐸那樣要把辮子藏在禮帽中，而是堂而皇之地展現出來。

「小人那鐸，叩見大人。」一向自視甚高的那鐸，見了此人，竟然納頭便拜。

「起來吧，這是在美利堅，又不是在咱們大清，能免的就全免了吧。」那人聲音頗有些尖細，聲調極盡婉轉輕柔，卻又夾雜著高傲乖張，讓人產生一種須得仰望的感受。「你還不錯，到美利堅來也有個三五年了吧，還能留著辮子，實屬不易。」

那鐸小心翼翼站起身來，卻未敢直身，依舊彎著腰，拱手回道：「回大人，那鐸雖身在異鄉，卻不敢忘記列祖列宗。」

那人尖著嗓門笑了兩聲，道：「果然是忠臣之後，坐下吧，別站著說話了，瞧著也挺費勁的。」待那鐸唯唯諾諾坐到了對面後，那人又道：「我托你的事情，辦得怎麼樣了？」

那鐸道：「小人明察暗訪仔細琢磨，以為大人所說那竊賊，一定便是那環球大馬戲團的彭家班班主老鬼。」

「哦？何以見得？」那人端起面前的茶水，呷了一小口，卻皺了皺眉，將已經含在口中的茶水吐回到了茶杯中。

那鐸見狀，連忙賠不是道：「請大人海涵，這紐約雖說繁華，但卻買不到上等的茶葉，而家父至今尚未消氣，不願接濟予我，唉，小人對這茶水也是勉為其難啊！」

那人擺了擺手，道：「不妨事，轉天咱家叫人送幾斤好茶給你就是了。還是先說說你為什麼認定老鬼便是咱家要找的人。」

那鐸千恩萬謝過，道：「回大人，老鬼是七月底從金山出發到的紐約，從時間上講，符合大人要找的那個竊賊。其二，老鬼在環球大馬戲團的表演總是形象多變，有時候，就連他的徒弟都分辨不出，符合大人所說那竊賊精通易容術的特點。其三，我已打探清楚，老鬼在美利堅雖然混跡馬戲行當，但他卻是從盜門改行而來，他那幾個徒弟中，除了大徒弟趙大新之外，其他五人，全是帶藝拜師。最重要的一點，那老鬼無論是身高還是體型，都跟大人所說那盜賊的特徵頗為相似。」

那位自稱咱家的太監微微點頭，道：「還有麼？」

那鐸深吸了口氣，往前湊了下身子，壓低了聲音，道：「老鬼跟安良堂顧浩然交往頗深，小人的這根手指，便是拜他們二人所賜！」說著，那鐸伸開了右掌，其小指，僅剩下了禿禿的最後一節。

「安良堂與逆黨多有勾結，這一點毋庸置疑，若是那老鬼與顧浩然有所交往，又或是那老鬼原本就是安良堂的人，便更能說得通了，但如此一來，那件寶貝的下落也就成了問題，你說，是會在三藩市安良堂中，還是在紐約顧浩然手上，又或是老鬼誰也沒給，留在了自己手上呢？」那太監瞇縫著雙眼，斜看著天花板，若有所思。

那鐸道：「大人，依小的看，不如把老鬼抓起來，審一審，不就全都清楚了？」

那太監輕歎一聲，道：「這倒也是個辦法……咱家在想，還有沒有更好的辦法呢？」

那鐸勸解道：「大人，有時候最簡單最直接的手段才是最有效的手段。」

那太監忽地盯住了那鐸，幾秒鐘後露出了笑容：「朝廷派你來學習，這銀子可算是沒白花，你長進多了，看來，咱家當初還真沒看錯人。」

那鐸連忙起身，作了個深揖，道：「還仰仗大人多多栽培！」

那太監長吁一聲，歎道：「抓他容易審他難啊！但凡與逆黨有瓜葛之人，多是些不識時務的蠢貨，自以為螳臂可以擋得了車，蚍蜉能夠撼得動樹，一個個都是些不知死活的貨色。」

那鐸再次起身，抱拳作揖，道：「大人，小的倒是有辦法撬開老鬼的那張嘴。」

那太監驚喜道：「噢？真的嗎？」那鐸便要解釋，卻被那太監止住：「咱家事務繁多，哪有閒空聽你囉嗦，這樣好了，待咱家抓了那老鬼，便差人請你過去審訊他，只希望到時候你可不要讓咱家失望哦。」

那鐸向後撤了兩步，離開了沙發，在空地上跪了下來，叩頭之後，道：「小的願意以項上人頭擔保，定會翹開老鬼的嘴巴，讓他說出所有逆黨秘密。」

那太監欣慰點頭，道：「你有此決心，咱家深感欣慰，不過，即便失敗，也用不著你賠上這顆人頭，你的命，貴著呢，咱家將來還有大用。」

那鐸再次叩拜。

那太監從西裝口袋中掏出了一張卡片，擺到了茶几上，並道：「好了，咱家要回去了，今後若是有事，你可以直接聯繫咱家。」

那太監打小入宮，無名無姓，後來因乖巧被宮裡大太監李連英收做了乾兒子，從而算是飛黃騰達。李連英原名李進喜，因服侍太后有功而受太后賜名叫了連英，李連英收了那太監做了乾兒子後便將自己的小名賞給了他，因而被叫做李喜兒。

李喜兒不喜讀書，卻愛舞刀弄棍，李連英有意引導，在宮裡選了幾位侍衛首領教他武功，原以為能強過常人也就滿意了，卻無心插柳地培養出了一名頂尖高手，待李喜兒成年之後，宮中竟然不見敵手。

李喜兒與那鐸相識頗為偶然，在到美利堅之前，李喜兒並不知道那鐸這個人，甚至連那鐸的父親祖父都不曾聽說。李喜兒來到紐約後，有一次慕名前來環球大馬戲團觀看表演，機緣巧合下，見到了那鐸。

因為有女性陪伴李喜兒，所以那鐸當時向李喜兒一行行了脫帽禮，從而露出了他那條油亮辮子。

但凡來美利堅廝混的華人，除了那些個留洋學生之外，絕大多數都剪去了辮子，像那鐸這樣已經混出了一定地位的人，更是應該積極融入到洋人社會中去，更應該將腦袋後面的這根牛尾巴剪了去。

所以，當李喜兒看到那鐸依舊留著辮子的時候，有了反差感，對那鐸不由得生出了些許好感。

那鐸起初並沒有在意李喜兒，從大清朝來美利堅的人多了去了，各個都裝得跟個什麼似的，但是，若是在大清朝屬於真有頭臉的人物，誰又會背井離鄉遠渡重洋跑來這洋人的國家啊！

但當李喜兒亮出真實身分的時候，那鐸立刻轉變了態度。畢竟是官宦子弟，對宮裡的事情多少都有些瞭解，那鐸深知，能為李連英當差辦事的太監，絕不可小覷。

李喜兒在紫禁城可謂是大權在握，但來了紐約可就不成了，因而，對那鐸這種沒敢忘記了祖宗且又在紐約頗有根基的人，李喜兒也是十分樂意將其納入麾下。而那鐸對能投靠在李喜兒門下更是積極，只是，那李喜兒城府頗深，初次見面寥寥數言便轉身告辭，之後更是不見影蹤。

直到半個月前，李喜兒托人帶話給那鐸，讓他幫忙尋找一個盜門中人，不知姓名，不得相貌，只知此盜賊個頭不高體型幹練且盜藝精湛，屬於高手中的高手。那鐸當時就想到了老鬼。

那鐸早就探查到老鬼乃是盜門出身，只是，洋人們對三教九流外八門什麼的根本不懂，若是直白說老鬼就是個盜賊小偷的話，恐怕洋人們不光不會信，還會當自己是在誣陷他人。所以，那鐸雖然一心想扳倒老鬼和他的彭家班，卻始終沒有拿此事來做文章。

但李喜兒的委託，卻讓那鐸看到了機會。

馬場投毒一案，那鐸依靠自己的聰明和胡易青的愚蠢而僥倖逃脫，隨後依據描摹來的舉報人筆跡，終於核實那封匿名信便是出自於老鬼之手。

那一刻，二人之間的矛盾從普通的爭勢奪利陡然間上升到了不是你死便是我亡的層次。老鬼是不是李喜兒要追查的那個盜賊並不重要，對那鐸來說，借李喜兒之手幹掉老鬼，那才是最大的實惠。

見到李喜兒相信了自己的說辭，而且，還給他留下了聯繫的地址，那鐸開心地要上了天，立馬折回了那女演員的房間，不是沒吃飽嗎？老子今夜就讓你吃到撐！

李喜兒披著大衣走出了皇家馬戲團，來到紐約之後，他完全丟掉了之前的穿著習慣，像洋人一樣，穿起了西裝蹬上了皮鞋，還打起了領帶，只是後腦勺上的一根辮子甚是扎眼，而李喜兒卻從不遮掩。

皇家馬戲團門口停著一輛黑色的福特汽車，開車的司機見到李喜兒走來，連忙發動了車子。汽車發動機散發出來的熱氣，才使得那開車的司機不至於被凍得簌簌發抖。

李喜兒上了車，看了眼汽車上下，冷哼一聲，道：「這洋人啊，說聰明確實聰明，說愚蠢也確實愚蠢，能弄出汽車這麼個神奇玩意出來，就不曉得再多加一個車廂麼？像咱們大清朝的馬車，封上廂簾，再生盆炭火，多冷的天也凍不著啊！」

那司機應道：「大人說的極是，這洋人不單愚蠢，還特別呆板，根本不懂得事理……大人，咱們這就回去嗎？」

李喜兒裹緊了身上大衣，回道：「回了，回了，等回去了，你把他們都叫來，我有事情要安排。」

李喜兒口中說的他們，足足有三十餘人，個個身手不凡。

「你們啊，可都是咱們內機局的精英，咱們這麼多人來了美利堅，那家裡面可就空了小一半嘍。」李喜兒的口吻頗為輕鬆，可那三十餘聽者卻是面色凝重。

內機局成立於光緒二十四年，那一年，紫禁城發生了一件比八國聯軍還要令老佛爺不高興的事件，隨後內機局成立，明面上的職責是加強宮內各項機要事務的管理，實際上卻是在執行暗查追殺逆黨殘孽的任務。

按理說，朝廷丟了件寶貝而要追查盜賊這種事情，根本不可能驚動內機局。而如今，內機局不光被驚動，而且還派出了小一半的精英橫跨大洋不遠萬里去追緝，這只能說明，朝廷丟失的這件寶貝太過珍重。

「咱們來到美利堅也有快兩月了，大夥都很辛苦，可案情卻始終沒有進展，這也不能怪大夥，畢竟咱們是在人家洋人的國家辦事，不像是在咱們大清朝，可以甩開膀子幹活。」李喜兒說著，將辮子拿到了面前，用辮尾搔了幾下鼻孔，痛快地打了個噴嚏。這是李喜兒心情不錯的習慣性表現，看到了這個動作，那三十餘人的神情才稍有緩和。

「咱家剛才啊，去見了一個人，他跟咱家提供了一條線索，環球大馬戲團的老鬼，你們中應該有人見過吧。」說到這兒，李喜兒停頓了下來，再用辮稍搔出個噴嚏來，然後頗為愜意道：「他居然是盜門出身，據說還是個高手。」

其中有一人應道：「大人，那老鬼小的見過，一手戲法變得是神鬼莫測，小的當時有過懷疑，但跟了他五天，卻沒發現有任何可疑之處。」

李喜兒側臉瞥了那人一眼，哼了一聲，道：「要不怎麼說咱們遇到的對手可是個高手中的高手呢？要是那麼容易就被你發覺了破綻，那還怎好稱作高手？又怎能神不知鬼不覺偷走了咱們大清朝那麼重要的寶貝呢？」

那人面色一凜，連忙道：「大人教訓得對，是小的疏忽了。」

李喜兒咯咯笑了兩聲，道：「也不能怪你疏忽，這老鬼，不是連咱家也騙過了嗎？」

另有一人道：「大人，咱們該怎麼做？是盯緊了？還是直接動手？」

李喜兒長出了口氣，道：「咱們待在這紐約，可沒少花朝廷的銀子，早一天結案，便可多省下一筆銀子。」

那人立刻起身，抱拳施禮，道：「屬下明白，屬下這就去做部署。」

李喜兒點了點頭，道：「劉統帶稍安勿躁，且聽咱家把話說完。」待劉統帶重新坐定，李喜兒端起茶盞，立刻有屬下為其添了滾水。這是喝茶的講究，一盞茶若是一上來便沖滿了滾水，那麼等冷下來的時候，茶葉就會有少許泡過了的感覺，只沖一半滾水，但涼了後，再沖上滾水品飲，如此溫度剛好入口，而茶葉亦不會泡過了。

李喜兒似乎確實口渴，一連喝了數口才放下茶盞，道：「環球大馬戲團的老闆是個洋人，咱們可不能在洋人的地盤上直接動手，萬一有個閃失不好向洋人交代，所以啊，須將那老鬼引出環球大馬戲團的駐地，在外面動手。」

劉統帶立刻起身，抱拳躬身，回道：「屬下明白！」

李喜兒又道：「倘若老鬼的確是那盜賊，咱們要是準備不充分的話，是極難將其捕獲的。想當初，濟南府動用了百餘捕快，將他圍困在了一處大院中，可謂是密不透風，但結果怎的？不還是讓他跑掉了嗎？當然，濟南府那幫捕快全是些垃圾，跟你們這些內機局精英無法相提並論，但也不能掉以輕心啊！」

三十餘眾齊聲應道：「屬下謹遵大人教誨，絕不會掉以輕心！」

李喜兒咯咯笑道：「你們就不能小點聲麼？讓洋人聽到了，多不好啊。」

李喜兒再以辮稍搔弄鼻孔：「啊，阿嚏……還有啊，抓他的時候啊，不要把動靜鬧大了，洋人員警可是各個手中都配了槍的，真要是發生了點什麼意外，咱們吶，可占不著什麼便宜。吃點虧倒也無妨，但若是讓老鬼給跑了，又打了草驚了蛇，那就不太好辦咯。」

劉統帶聞言，起身來到了李喜兒跟前，俯下身，在李喜兒耳邊嘀咕了幾句。

李喜兒聽著，不住點頭，面上的喜色也是越發濃烈，「嗯，這個法子不錯，咱家很是讚賞，劉統帶，待辦完了事，咱家一定要向乾爹舉薦你。」

每個週末，彭家班都要坐車經過布魯克林大橋前往曼哈頓百老匯大道的內德蘭德大劇院去演出，演出完了，再坐車經過布魯克林大橋回到馬戲團駐地。布魯克林大橋依舊雄偉壯觀，但走的次數多了，大家的感覺也就那麼回事，因而，再經過大橋的時候，已經沒有人還會扒著車窗向外張望。

演出的辛苦使得彭家班的師兄師姐們在車上便閉上雙眼短暫休息，只有羅獵、安翟哥倆湊在一坨嘀嘀咕咕說著些什麼。

車是租來的，為了節省費用，馬戲團只租了一輛車，演員們的節目有先後順序，因而，一輛車分三批次接送演員倒也能安排得開。彭家班的兩個節目是壓軸，所以也是最後一批接回駐地的演員，也不知道什麼原因，那車在下了布魯克林大橋後沒再走多遠便出了故障，拋錨在了路邊。

司機裡裡外外忙活了半個多小時，才找到了故障原因，居然是油箱的油用光了。

「該死的加油工，我明明加了足夠的油，怎麼就用完了呢？」司機罵罵咧咧到路邊打電話求助去了。

等了半個多小時，加油站的加油工拎著桶汽油匆匆忙忙趕過來，為汽車加了油，這才重新上路。到了駐地門口，已是深夜近十一點鐘，眾人早已是疲憊不堪，下了車便趕緊往宿舍走，所有人的心思都一樣，回去洗個熱水澡然後趕緊睡覺。

便在這時，一個陌生小夥迎向了老鬼，用著熟練的國語招呼道：「老鬼先生，我是安德森先生新招聘的翻譯兼助理，是這樣，安德森先生有急事要跟您商量，想請您去他辦公室一趟。」

老鬼打量了這小夥兩眼，雖說長相很是一般，但身材還算不錯，在一身洋裝的襯托下，倒也有些英俊的意思。「今天很晚了，明天可以麼？」老鬼拍了拍那小夥的肩，就要轉身跟大夥一塊回去。

「對不起，老鬼先生，小安德森先生交代說，無論多晚，都要將老鬼先生接到他辦公室來，他明天一早要去拜訪一位重要的客人，而老鬼先生先生的意見將決定他的態度。」那小夥很禮貌地攔下了老鬼，耐心地向老鬼做出了解釋。

小安德森是個工作狂，每天都要工作到很晚，馬場被投毒後曾經消沉了一段時間，但三萬美元的貸款拿到手後，小安德森再次煥發出高昂鬥志，每天都要工作到深夜才肯甘休。為了彌補那家班出走胡家班解散留下的空缺，小安德森始終念想著再招募兩三家華人馬戲班加盟到環球大馬戲團中來。

「安德森先生沒說他要拜訪的是誰嗎？」老鬼隨口一問，事實上，他心裡已經有了定論，肯定是為了招募華人馬戲班的事情。

「對不起，老鬼先生，我的級別還沒達到這一層次。」那小夥笑眯眯地做了回答。

老鬼點了點頭，將徒弟們打發回去了。「走吧，早談完早了事。」老鬼很不情願參與到小安德森對馬戲團的各項決策，可小安德森卻總是習慣事先徵求老鬼的意見，這或許僅是洋人表示尊重的一種形式，但對老鬼來說，卻是頗為無奈。

小安德森的辦公室在駐地的另一端，跟宿舍的方向剛好相反，從大門處走過去，要繞過半個表演場，因而僅僅兩百米的直線距離卻要走將近五百米的路程。這段路，老鬼走得已經很熟了，哪兒有塊石頭，哪兒又有棵樹，老鬼都是了然於胸。本著快去快回的想法，老鬼的腳步邁得很快，只十來步，便將那小夥甩到了身後。

小夥只得小跑幾步，跟上來，再被甩開。

只幾個回合，那小夥便喘上了粗氣，在後面央求道：「老鬼先生，你能走慢些嗎？我實在跟不上了。」

老鬼站住了，笑道：「小夥子，看上去挺結實的，怎麼體力這麼不堪呢？缺乏鍛煉啊！」

小夥子氣喘吁吁道：「老鬼先生有所不知，我在大門口等你等了一個多小時，到現在還沒來得及吃完飯呢！」

老鬼笑道：「小安德森是個工作狂，忙起來的時候，可以不吃不喝一整天，所以啊，跟在他身邊工作，要學得聰明些，最好上班前就吃得飽飽的。」

那小夥靦腆地笑了，像是要解釋什麼，又像是要衝著老鬼抱拳施禮，可就在這一剎那，兩道寒光從小夥的袖管中飛出，直奔老鬼的胸膛激射而來。

老鬼反應極快，順勢向後空翻，堪堪躲過那兩道寒光，腳下尚未站穩，那小夥卻已經抽出腰間軟劍，抖了個劍花，糾纏上來。

老鬼倉促應戰，已落下風，又是赤手空拳，不敢硬接那小夥劍勢，只得腳尖點地，向後連撤三步。便在這時，道路兩旁的陰影處分別又有兩道寒光射出。

老鬼借助後撤之勢，向後側翻閃躲開左側寒光，並於半空中脫下身上長衫，捲向了右側兩道寒光。

「好身手！」路邊陰影處傳出一聲尖細讚歎。聲音未落，前後左右四個方向又有四點寒光激射而至，同時，一張黑色大網悄然無息向著老鬼當頭罩來。

老鬼雙腳釘地，身子快速後仰，幾乎平貼到了地面，同時揮出手中長衫，捲下了四點寒光，但終究沒能躲得掉當頭罩下的黑色大網。

此網非常霸道，尋常刀劍根本無法割斷其網絲，而持網主人一旦得手，只需拉緊手中繩索，被罩之人絕無逃脫可能。

路邊陰影處同時躍出數人，以手中兵刃逼住了網中老鬼，其中一人掏出了一塊手帕，在上面撒了些藥水，然後堵住了老鬼的口鼻。老鬼甚至來不及開口發問，便感覺到一陣天旋地轉，接著便不省人事。

「劉統帶，幹得漂亮。」剛才那尖細聲再次響起，分明便是李喜兒的聲音。

「屬下幸得大人出手相助，否則絕不可能如此順利。」拿出手帕堵住老鬼口鼻的便是劉統帶，回應了李喜兒之後，向手下吩咐道：「裝進麻袋，翻後牆按原計劃分批撤離，二號藏身點集結。」

僅僅幾秒鐘，這幫人便將老鬼裝進了麻袋，並消失在了馬戲團駐地的深處。

安翟躺在被窩裡等著師父回來，可左等右等，卻始終沒能等來師父。安翟已經養成了習慣，要是睡覺前不跟師父切磋兩手的話，是怎麼也不可能睡著的。無奈之下，安翟只好起身穿上衣服，去敲響了大師兄的房門。

趙大新和羅獵已經入睡，被敲門聲吵醒，又聽到門外安翟說師父還沒回來，趙大新不以為然，一邊解釋一邊起身為安翟開了房間門。「師父不是去跟小安德森先生商談事情了嗎？可能談得久了些，你先睡不就行了麼？」

安翟不肯，央求道：「我每天睡覺前都要跟師父練兩手，不然就睡不著，大師兄，求你了，帶我去找找師父吧。」

羅獵已經開始穿衣服了，並道：「大師兄，你還是答應了瞎子吧，要不然，咱們兩個也是沒法睡覺的，就算你把瞎子趕出了咱們的房間，他也會待在房間門口不住地敲門。是吧，瞎子？」

安翟嘿嘿笑著，衝羅獵豎起了大拇指。

趙大新無奈，只得妥協。

兄弟仨一路尋來，直到看見了小安德森先生的辦公室，也沒能看到師父的身影。夜已深，小安德森先生的辦公室已經關了燈，房間門也上了鎖，師父顯然不在其中。

「我就說吧，讓你乖乖地在房間等師父，你就不聽，看，走岔了吧？白跑一趟了吧？」趙大新說是埋怨，但口吻中卻沒有厭煩的情緒。

羅獵疑道：「不對啊？咱們一路走來，是最近的一條道，怎麼會跟師父走岔呢？」

趙大新笑道：「難不成師父這大半夜的還跟咱們玩捉迷藏啊？走吧，回去吧，說不定師父已經到了宿舍了呢。」

回去的路上，再次經過了老鬼遇伏的地方，安翟忽然驚道：「大師兄，你看，那是什麼？」

趙大新順著安翟手指的方向望了過去，可是，黑乎乎的，卻是什麼也瞧不

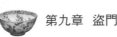

見。

安翟緊走兩步，過去彎下腰撿起了一個東西，然後回到趙大新身邊，舉起手中剛撿到的東西，道：「大師兄，你看。」

借著昏暗的月光，趙大新看清了安翟手中拿著的東西，不禁驚呼道：「飛針？快扔掉，可能上面淬了毒。」

安翟被嚇了個哆嗦，手中一根兩寸長許閃爍著寒光的鋼針掉在了路面的磚石上，發出了「叮」的一聲弱響。

趙大新從口袋中掏出手帕，蹲下身，用手帕包著，將鋼針撿到了手中仔細端詳。

「發射這種飛針需要特製的弩簧，尋常江湖人不可能有此暗器，再說，這可是在美利堅，怎麼會……」趙大新一邊端詳一邊自語，突然間，他的神色緊張了起來：「莫非，師父遭人暗算了？」

羅獵、安翟均是猛然一驚。

稍一頓，安翟帶著哭腔嚷道：「一定是那五狗幹的！大師兄，咱們要想辦法救師父啊！」

趙大新茫然搖頭，道：「那鐸沒這個實力能對付得了師父，再說，這飛針暗器也不是那鐸這等人便能掌握的。」

羅獵若有所思，道：「大師兄，你跟師父久一些，你好好想想，師父還有別的什麼仇家麼？他們會不會是從大清朝追過來的？」

趙大新仔細想了一會，卻仍是搖頭，「我跟了師父十好幾年了，從來沒聽師父說過有什麼仇家。」

安翟幾乎要哭出聲來了，抽噎道：「不是那五狗幹的又會是誰幹的呢？大師兄，你一定要想出辦法來救師父啊！」

趙大新長歎一聲，道：「大師兄現在跟你一樣，也是頭濛濛的，哪裡能想到什麼辦法呀，咱們還是先回去吧，等明天師父還沒回來，我去求一個人，只有他，或許能救得了師父。」

安翟不依，嚷道：「為什麼不是現在就去啊？等過了一夜，師父會不會有危險啊？」

羅獵攬過安翟的肩膀，勸解道：「這深更半夜的，你讓大師兄怎麼好去求人呢？再說，暗算師父的人若是真想殺了師父的話，咱們現在去求人也來不及啊！」

安翟無言辯駁，只是默默抽噎。

趙大新勉強擠出一絲笑來，道：「回去吧，說不定這根飛針和師父一點關係也沒有，而師父這會兒已經躺在床上睡著了呢。」這話說出來，連趙大新自己也不會有一絲的相信，路上，他又叮囑道：「你倆記住了，師父被暗算的事情不要告訴其他師兄師姐，知道的人越少越好。」

老鬼一夜未歸，趙大新一夜未眠。

第二天一早，他先去了小安德森的辦公室。

小安德森對趙大新的詢問是一頭霧水，道：「不，趙先生，我從來沒有招聘過中文翻譯，你們的英文水準和我交流起來沒有問題，我為什麼要花這份冤枉錢呢？還有，昨天晚上我有些不舒服，早早地就離開了辦公室，從沒讓任何人去通知老鬼先生說我要見他。」

小安德森沒必要撒謊，他也絕無可能跟暗算師父的那夥人沆瀣一氣。同時，師父的一夜未歸，以及小安德森的這番話語，包括夜裡撿到的那根飛針，基本上可以斷定師父老鬼確實遭到了暗算。

只能求助顧先生了。

從小安德森辦公室出來，趙大新將羅獵、安翟二人打發回了宿舍，然後隻身一人去了安良堂堂口。

那鐸一大早便被李喜兒派來的人給叫走了。

出門上車，李喜兒派來的人遞給那鐸一條黑色的布帶，道：「那五爺，李大人定的規矩。」那鐸只是一怔，隨即便明白了對方用意，於是順從地用黑布帶子纏上了自己的雙眼。車子行駛了很久，七拐八拐，就算是車上的人仔細分辨，也絕無可能記得住路線。

車子最終停在了一處像是倉庫一樣的建築前，李喜兒的人為那鐸解開了黑布帶，道：「那五爺，請吧，李大人在裡面等著呢。」

那鐸隨著李喜兒派來的人舉步走進那幢建築，在二層的一間房間中，見到了李喜兒。

「小的叩見大人。」一進門，離李喜兒尚有五步之遠，那鐸納頭便拜。

「起來吧。」李喜兒正吃著早餐，但見那鐸進來，他放下了手中筷子，接過身旁手下遞上來的毛巾，擦了下嘴巴，道：「還沒吃吧，來，坐過來一塊隨便吃些。」

那鐸受寵若驚，剛剛起身復又跪下，回道：「小的不敢。」

李喜兒咯咯笑道：「有何不敢？咱家很嚇人麼？」

那鐸慌亂叩頭，道：「小的不是那個意思，小的是說，大人高貴，小的怕……」

李喜兒指了指對面，道：「讓你過來吃，你過來就是，這是在美利堅，是人家洋人的地盤，咱們誰也高貴不起來。」

那鐸小心翼翼地站起身來，唯唯諾諾坐到了李喜兒的對面，卻不敢拿起面前的一雙筷子。

「吃啊，愣著幹什麼？」李喜兒舉起了右手，在空中撚了個蘭花指出來，立刻便有手下敬上一盞茶，李喜兒呷了一口，卻沒喝下，只是漱口。「咱家就知道，洋人這地方吃不到順口的，所以咱家特意帶了御膳房的廚子來，快趁熱吃吧，嘗嘗是不是咱紫禁城的老味道。」

餐桌是幾隻木箱堆砌而成，上面鋪了一塊白布，擺了七八樣小吃，有京城人最好一口的炒肝、爆肚、炸糕、焦圈，還有八旗子弟從關外帶進來的酸白菜、醃蒜頭等小菜。單是看上一眼，那鐸便已是口水橫流。

「咱家已經把老鬼請來了，接下來，可就要看你的嘍。」李喜兒漱完口，手下立刻換了盞茶，遞到了李喜兒的手上。「三天時間夠不夠？不夠的話再放緩兩天也沒問題，但還是越快越好，家裡面已經有些著急了。」

那鐸陡然間感到後脊樑骨一陣發麻，此刻，他才意識到自己可能犯下了一個天大的錯，萬一那老鬼並非是李喜兒要追查的盜賊，即便屈打成招認下了，卻也追不來那被盜的寶貝，到時，又該如何向李喜兒交代呢？假若李喜兒真因此事而遷怒自己的話，不單是自己要倒楣，就連家人恐怕也要被牽連進來。

騎虎難下，任憑那鐸如何後悔，此刻也只能硬著頭皮往前走，「放心吧，大人，最多五天，我一定能撬開老鬼的那張嘴。」

李喜兒點了點頭，道：「有你這句話，咱家就放心了，這些人都歸你了，你可以隨意使用，就算你無緣無故要他們去死，他們也不會皺下眉頭的。」

那鐸聽了這話，沒有絲毫欣慰興奮，只是覺得後脊樑骨的麻勁更加嚴重了。

李喜兒交代完，便準備離去，那鐸慌忙起身相送，李喜兒攔下了：「你啊，就不用這麼講究了，咱家說過，這是人家洋人的美利堅，咱們的那些規矩啊，能省的就都省了去吧。」李喜兒堅決不讓那鐸相送，那鐸也只好立於原地，以崇敬的目光將李喜兒送到了一層樓梯口，再從樓梯口送到了這建築的大門口。

待李喜兒的身影徹底消失，那鐸二話不說，趕緊招呼那桌上的各色小吃。

這些個吃食，口感味道其實很一般，根本靠不上正宗二字。但人在紐約，那就不一樣了，這好歹也是家鄉的味道啊！那鐸風捲殘雲，將桌上的食物打掃了個一乾二淨。

吃飽喝足，接下來就應該是羞辱折磨老鬼了。

老鬼被那張大網罩住，手腳受限，對方人多，老鬼無奈，只能放棄抵抗，可尚未來得及開口問出對方來歷及緣由，便被對方中一人用手帕堵住了口鼻，只是吸了一口氣，便頓感天旋地轉，接著便不省人事。再醒來時，發現自己被關在了一個黑燈瞎火的地方，而手腳全都被鐵鍊鎖住。

「噹啷！」

外面傳來一聲開鎖後鎖頭碰到了鐵皮的撞擊聲，接著，鐵門打開，光亮湧了進來。

光線並不怎麼強烈，但足以令處在黑暗中的老鬼被刺激地睜不開雙眼，待適應了，方才看清楚進來之人居然是那鐸。

老鬼陡生疑問，夜間襲擊暗算自己的絕對是一幫高手，而且，相互之間配合默契，顯然是經過嚴格訓練的一個組織團夥，以那鐸的身分地位，絕無可能將這種高水準的組織團夥納入到他的手下，即便是花錢雇傭，老鬼也覺得甚無可能，這幫像是殺手組織的高手，本不該主動前來美利堅，若是從大清請來，路費以及雇傭金，絕不是個小數目，他那鐸絕對拿不出那麼多錢。

「老鬼，沒想到吧，咱們會在這種場合下再次見面。」那鐸後脊樑骨的麻勁還沒過去，但在老鬼面前，他必須要拿捏出一切盡在掌握中的派頭出來。身後，李喜兒留下來的手下為那鐸支起了一張折疊椅，那鐸坐定，翹起二郎腿，掏出根雪茄，就著手下遞過來的洋火，點著了，愜意地噴了兩口煙。

「我們原來是可以成為朋友的，可怎麼就走到了今天的這一步呢？」那鐸招了下手，立刻有一名手下靠過來彎下了腰。那鐸吩咐道：「把燈打開，門帶上，你們先退下，我跟老鬼先生要談些私事。」

那幫手下隨即退下，並打開了屋裡的電燈關上了鐵門。

「老鬼你說，咱們怎麼就走到了你死我活的地步了呢？」那鐸抽著雪茄，做出苦思不得其解的模樣，搖著頭，歎著氣，甚是無奈，又有些痛楚。

老鬼有氣無力地應道：「想必是那五爺覺得只丟了一根小指不怎麼協調，還想再丟一根吧。」

那鐸獰笑道：「這倒是個好建議，只可惜，顧先生根本不知道是我那鐸將你請到了這兒來，即便知道了，又能怎樣？紐約那麼大，等他找到你的時候，恐怕你老鬼只剩下幾根白骨嘍！」

老鬼淡淡一笑，回道：「老鬼十七歲出來闖蕩江湖，至今已有三十餘年，早已經將生死看淡，那五爺有事說事，沒事說就請直接動手，我老鬼要是有一聲討饒，便跟了你的姓！」

那鐸沒想到老鬼對自己的恐嚇居然如此淡定，一時間自信受挫，嘴上的氣勢也隨之減弱。「我且問你，寫給約翰警長的舉報信，可是出自你手？」

老鬼深吸了口氣，道：「小安德森先生待你不薄，可你喪盡天良，夥同胡易青對小安德森先生恩將仇報，又剛好被我撞到，我老鬼若不舉報你，今後又怎能講得出江湖道義？又如何有臉面對其他江湖俠士？」

那鐸冷笑道：「就你也配講江湖道義？就你也算是江湖俠士？你可拉倒吧，你不過就是竊賊而已，我說錯了嗎？什麼外八門內八門，什麼盜門偷門，別楞往自己臉上貼金，盜就是竊，就是偷，你可別跟我說什麼盜亦有道的廢話，偷竊之人，原本就是下三濫！」

老鬼索性瞇上了雙眼，不再理會。

那鐸站起身，靠近了老鬼，托起老鬼的下巴，極盡囂張道：「你倒是開口辯駁啊？」

老鬼哼了聲，道：「我乃下三濫之人，哪裡敢與那五爺對話，不怕汙了那五爺的耳朵麼？」

那鐸忽然變了個臉色，將折疊椅搬到了老鬼的面前，坐下來，將身子前傾，附在老鬼的耳邊低聲道：「你舉報五爺我的事情可暫時一放，你我之間的恩恩怨怨也可暫時一放，只要你說出那件寶貝的下落，我便可以為你向李大人求情，不單可以饒了你的性命，還能賞你一大筆錢，到時候，你也不用辛苦登台了，多好的事情啊，考慮考慮唄！」

老鬼驚道：「寶貝？什麼寶貝？」

那鐸向後撤回了身子，靠在折疊椅的椅背上，哈哈大笑。笑罷，那鐸道：「你偷來的寶貝，你卻不知，還來問我？老鬼啊，事到如今，你覺得你裝下去有用麼？」

老鬼漠然搖頭，道：「老鬼雖是盜門出身，但金盆洗手已十年有餘，你說的事情，老鬼實在不知。」

那鐸皺起了眉頭，冷笑道：「你啊，真是屬鴨子的，煮爛了身子卻還要硬著一張嘴。我就納悶了，你說，你如此這般，有意思嗎？人活於世，無非吃穿二事，拿到銀了，逍遙快活，不是比什麼都強麼？幹嘛要這樣對自己啊？寧願丟了老命，也非得講個虛無縹緲的氣節，不值得啊！老鬼。」

老鬼苦笑道：「你說的道理我都懂，也基本贊同……」

那鐸面露喜色，搶道：「就是嘛！又不是讓你出賣誰，那樣的話可能面子上拉不下來，五爺我只是讓你把偷走的寶貝還回來，這很難麼？」

老鬼無奈笑道：「難倒是不難，可是寶貝在哪兒呀？你也得讓我先偷到了手，才好還回去呀！」

那鐸微微搖頭，輕歎一聲，道：「老鬼啊，你可別欺負我那五爺脾氣好，我可先跟你說清楚，再好的脾氣也有忍不住的時候，萬一我那五爺忍不住了，要讓你受點皮肉之苦了，你可別怪我那五爺事先沒把話給你說清楚啊！」

老鬼搖頭苦笑，道：「你那五爺講究，我老鬼心裡明白，可是，我連什麼寶貝都不知道，你讓我怎麼說出它的下落呢？」

那鐸終於沉下了臉，低吼道：「老鬼，這可是你逼我的！」

老鬼歎道：「還講不講理了？我老鬼做過的事情就是做過，沒做過的事情你就算殺了我，那也是沒做過，怎麼好說是我逼你的呢？」

那鐸怒道：「我且問你，到紐約之前，你在哪兒？」

老鬼道：「三藩市啊！」

那鐸陰著臉又問道：「你又是從哪兒去的三藩市？」

老鬼答道：「大清朝。」

那鐸狂笑道：「算你識相！」

老鬼嗤笑道：「識什麼相？你不也是從大清朝過來的麼？我領著彭家班三年前就來了三藩市，一直守在那兒，直到認識了老安德森先生，才來到了紐約，有問題麼？」

那鐸被懟的啞口無言。

抓人容易審人難，這審訊原本就是一項相當深奧相當講究技巧的活，那鐸從來沒有過這種經驗，在面對老鬼這種老江湖的時候，自然是處處被動。

「好吧，既然你敬酒不吃偏要吃罰酒，五爺我也沒啥好說的了，來人啊，大刑侍候！」

趙大新一直等到了臨近中午，總算見到了顧浩然。

「顧先生，我師父他……恐怕是遭人暗算了。」趙大新省去了客套，開門見山，直接取出那枚鋼針擺放到了顧浩然的面前。「昨天晚上，應該快十一點鐘了，我們在百老匯演出完回來……」趙大新言簡意賅地將昨晚上發生的事情，以及他跟羅獵、安翟查看到情況，包括一早小安德森的說辭，一一向顧浩然做了描述。

顧浩然用手帕包著那枚鋼針端詳了片刻，然後放在鼻子下嗅了嗅，將鋼針丟在了桌面上，再嗅了下手帕，臉上露出了些許欣慰，道：「鋼針沒有淬毒，看來，對方並不想直接要了你師父的性命。」

顧浩然的判斷讓趙大新有了一絲的喜色，但僅是一閃而過，便重新是愁雲滿布。「顧先生，我師父早已金盆洗手，會是誰如此不顧江湖規矩要追到美利堅來報復呢？」

顧浩然不屑一笑，道：「是誰我也不知道，但對方有備而來，且人數眾多，倒不難找到。你先回去吧，該做什麼做什麼，不必宣揚。」

趙大新卻不肯離去，囁嚅道：「顧先生，我，我想留下來，好歹也能做個幫手。」

顧浩然微微搖頭，道：「我能理解你的心情，但留下來幫的卻是倒忙，還是回去等我的消息吧，如若順利，可能到了晚上就有眉目了。」

趙大新仍不情願卻也只得聽從。遲遲疑疑向堂口外走去，卻差點在門口跟急沖沖趕來的一個堂口兄弟撞了個滿懷。

「咦，大新？怎麼了這是？魂不守舍的！」那堂口兄弟便是當初從綁匪手中救出羅獵、安翟的那位小夥，小夥也姓趙，叫趙大明，單看名字，和趙大新就好像是一對同胞兄弟似的。事實上在安翟住院期間，這哥倆還真的相處成了兄弟。

趙大新長歎一聲，回道：「我師父遭人暗算，如今下落不明。」

趙大明怔了下，道：「你稍等片刻。」然後步入堂口，對正陷於沉思中的顧浩然道：「先生，鬼叔出事了？」

顧浩然見是趙大明，不由長歎一聲，應道：「他們終究還是追來了。」

趙大明不以為然，道：「來就來唄，有什麼大不了？這兒是美利堅合眾國，他還敢上房揭瓦不成？我原本還納悶呢，現在看來，那幫人應該就是朝廷鷹犬！」

顧浩然虎目突睜，道：「你說什麼？哪幫人？」

趙大明淡淡一笑，道：「我也是剛得到線報，這不，心急火燎趕回來向您彙報，結果差點在門口跟趙大新撞了車。」

顧浩然惱道：「少油嘴滑舌，說正事！」

趙大明仍舊是一副嬉皮笑臉，道：「哈萊姆那邊來了一撥牛尾巴，起初那邊的兄弟也沒怎麼在意，還以為是來跟洋人做生意的商人，可那撥人卻住下來不走了，也沒發現他們跟洋人有多少接觸，於是就多了個心眼盯了盯，結果還真盯到了事。」趙大明說到關鍵處，停了下來，端起剛才為趙大新上的茶喝了兩口。

顧浩然喝道：「快說，別賣關子！都什麼時候了？」

趙大明趕緊放下茶盞，道：「昨晚上他們集體消失了，今中午才回來，回來的時候，少了七八個人。」

顧浩然微微頷首，自語道：「這只是一個巧合麼？不，八成是奔著老鬼去了，問題是，老鬼藏得那麼深，是誰把他給點了呢？」轉而盯著趙大明看了兩眼，問道：「趙大新走了麼？」

趙大明聳了下肩，道：「學生斗膽包天，違背了先生之命，把趙大新留在了門口。」

顧浩然被氣笑了，吩咐道：「還不把他叫進來？」

趙大明立刻扯嗓子喊道：「大新，大新！先生叫你呢。」

顧浩然咬牙瞪眼，訓斥道：「整個安良堂，就數你沒規矩！」

趙大明正想頂嘴，卻見趙大新已然現身，於是硬生將話吞回到肚子裡，衝著顧浩然吐了下舌頭作罷。

「大新啊，你師父的下落可能有線索了，這樣，你跟大明走一趟，去哈萊姆區警署報個案。」安排好趙大新，顧浩然又對趙大明道：「你拿上我名帖，去找哈萊姆區警署漢克斯警司，求他出警，把那撥牛尾巴先請去警局喝咖啡。漢克斯欠我的人情，這個忙，他一定會幫。辦妥之後，給我說一聲，我倒要看看，這些人是不是吃了豹子膽了，居然敢在紐約動我的人！」

趙大明應了聲：「好！」然後便拉著趙大新就要走。

顧浩然皺起了眉頭，道：「不用拿上我的名帖麼？」

趙大明指了指自己的臉，道：「這，不就是先生您的名帖麼？漢克斯又不是不認得我……」

顧浩然似乎真動氣了，瞪起了雙眼，斥道：「沒規矩的東西！」

趙大明呵呵笑著，吐了下舌頭，從口袋中拿出了一份名帖，笑道：「生啥氣呀？醫生不是跟你說過嗎？生氣傷肝！」

出發前，趙大明召集了總堂口的五名弟兄，個個懷裡均揣著一把手槍，七個人分騎了五輛自行車，向哈萊姆區疾駛而去。等到了哈萊姆區，趙大明也沒有著急去見漢克斯警司，而是先去了安良堂的分堂口。

「情況如何？」趙大明的地位顯然要高過分堂口，一進屋，便大咧咧坐在主座上。

分堂口的兄弟回答道：「都盯著呢。」

趙大明道：「都精神點哈，那什麼，老顧發話了，要把這幫牛尾巴全部拿下，咱們哈萊姆這邊要把所有的兄弟都用上，三層包圍，最裡面一層就交給我帶來的五個兄弟，你們負責週邊，切莫打草驚蛇，等我去請來洋人員警，然後一起動手。」

分堂口的弟兄立刻按趙大明的吩咐行動起來，趙大明想了想，沒想到還有什麼需要交代的，這才帶著趙大新趕去了哈萊姆區的警署。

見到了漢克斯警司，趙大明果然用不著遞名帖，一番稱兄道弟噓寒問暖的客套話說完，趙大明示意趙大新將師父老鬼失蹤的事情簡要說了遍。

「老漢，我們家老顧求你幫個忙……」該說要緊事了，趙大明反而操起了中國話。但一句話還沒說完，便被漢克斯打斷了。

「哦，不，親愛的趙，你沒有證據表明那些人做了違法的事情，你的要求我不能滿足。」漢克斯不單能聽得懂中國話，而且說得也是相當流利。

趙大明呵呵一笑，道：「要不，怎麼會說是讓你幫忙呢？老漢，中國文化中，只有朋友兄弟之間才會互相幫忙，我們家老顧不找別人只找你，還不明著是什麼意思麼？」

漢克斯撇著嘴搖頭道：「我當然明白，可是，趙，你也要明白我的意思，對嗎？」

趙大明頗為無奈地歎息了一聲，道：「行吧，行吧，上回的賭債一筆勾銷，可以了吧？」

漢克斯登時大喜道：「事情辦完後，你還要請我喝酒，中國的酒。」

趙大明道：「那都不叫事，老顧有個酒窖，存滿了各種酒，到時我帶你進去，愛喝哪種喝哪種，喝不完還能帶回家。」

漢克斯一把摟過趙大明，不由分說，對準了趙大明的額頭便啃了一口，同時開心道：「趙，你真夠朋友，說吧，你需要多少名員警？」

趙大明道：「至少一百名！」

漢克斯一驚之下，改作了英文驚呼道：「什麼？一百名？」

趙大明嚴肅道：「對方有二十多人，個個都是武功高手，武功啊，就是中國功夫，吹口氣都能殺了人的，你說，不調集來足夠的人手，能行麼？這樣吧，下次再打麻將的時候，我保證不贏你的錢，這總該可以了吧？」

漢克斯道：「不，趙，你要保證我能贏到錢才有得商量。」

趙大明無奈聳肩，答應了漢克斯。

警署中的警力湊不出那麼多，漢克斯緊急調動了在外執勤的十多個小分隊，總算湊齊了一百名洋人員警，在趙大明的帶領下，向著那幫牛尾巴的藏身地進發了。

李喜兒帶著二十多手下從二號藏身點返回了位於哈萊姆區的一號藏身點，進了房間，劉統帶掛好了李喜兒脫下來的大衣，看到李喜兒不住地打著哈欠，於是討好道：「大人，要不要來上兩口？」

李喜兒擺了擺手，道：「那玩意傷身，還是不抽為好。」

劉統帶只得將剛剛掏出來的煙泡子裝了回去。

「這個老鬼，身手還真是不賴啊！」李喜兒伸了個懶腰，癱躺在了沙發上，「要不是他一點防備都沒有，咱們還真不一定能拿下他呢。」

劉統帶獻媚道：「幸虧大人出手及時，不然小的們定要出醜。」

李喜兒淡淡一笑，道：「咱家也是一時手癢，那張網，換了誰撒出去，都一樣能擒下老鬼來。」

劉統帶繼續獻媚，道：「那可不好說，撒網的時候，時機，力道，速度，缺了哪一樣也不成啊，萬一沒拿捏好，那老鬼說不定現在已經躲進安良堂了呢。」

提到了安良堂，李喜兒的面色稍顯凝重，頗有些疑慮道：「我們來了有兩個月了吧？」

劉統帶應道：「咱們到紐約還差了五天才到兩月，但第一批趕來的兄弟，已經有兩月零三天了，最後一批兄弟，來紐約也有一個半月了。」

李喜兒的兩道淡眉蹙成了一坨，半眯著雙眼，苦思道：「按理說，那安良堂本應該注意到咱們了，為什麼始終不見動靜呢？」

劉統帶應道：「紐約那麼大，他們也不可能面面俱到不是？再說，安良堂紐約堂口在曼哈頓區的南端，咱們所在的哈萊姆區在曼哈頓的北邊，這中間隔了至少有三十多里，他們顧不上咱們這邊也是正常。」

李喜兒歎道：「但願這次咱們抓了老鬼就能引起他們的注意力嘍。」

劉統帶怔道：「大人的意思是……」

第十章

誇下海口的承諾

那手下提醒的不錯，當初自己一根手指被斬下的時候，
血就很難止住，若是十根手指同時被斬斷，
恐怕真會因為血流不止而要了老鬼的性命。
自己誇下海口，承諾五日內必然撬開老鬼的嘴巴，
可不過半日，便使得老鬼一命嗚呼，這結果確實無法向李喜兒交代。

李喜兒笑了笑，揉搓著白皙的下巴，道：「你可知這次朝廷丟失的是什麼寶貝嗎？」

劉統帶一凜，正色道：「屬下不知。」

李喜兒道：「咱們內機局成立後做的第一件事便是在逆黨當中安插了數名眼線，然而逆黨實在狡猾，不過一年之久，咱們這些眼線便幾乎消亡殆盡，但其中也不乏佼佼者，不光成功潛伏下來，還得到了逆黨的信任。逆黨行事，從不講道義二字，他們威逼利誘我大清多名重臣，有些臣子是迫於無奈，更有些臣子是唯利是圖意欲腳踏兩隻船。咱們內機局的一個眼線千辛萬苦得到了逆黨的一份名單，這名單上所列之人全都是跟逆黨有著緊密關聯之朝廷重臣。」說到這兒，李喜兒不由長歎了一聲，雙眸之間，流轉的卻都是憂慮和悲傷。

「那名眼線將名單藏在了一顆寶珠中，那寶珠是咱們內機局特製的，是空心的，將名單藏在寶珠的空心中，然後用特殊材料復原了寶珠，不知情者，是決計想不到寶珠中還藏著秘密。可是，消息終究還是走漏了，逆黨在半道上下了手，掉包了那顆寶珠，咱們發覺後，便調動了所有力量，想將原件追討回來。逆黨竊賊走投無路，最終逃上了駛往美利堅的遠洋巨輪，中華皇后號。這之後的事情，你應該都知曉了。」

劉統帶應道：「屬下帶著人追到碼頭的時候，中華皇后號已經駛離了碼頭，那是洋人的巨輪，不聽咱們大清使喚，咱們也只能眼睜睜看著它消失在自己的視線中。」

李喜兒道：「那竊賊必是逆黨同黨，不然，不會為一顆珠子冒上丟了性命的險。而逆黨和安良堂一直有著不乾不淨的聯繫，因而，咱家推斷，那竊賊逃來美利堅後必然會投靠安良堂。」

劉統帶應道：「大人英明！」

李喜兒接道：「咱們只比中華皇后號晚了三天抵達金山，然而，那竊賊彷彿沒到過三藩市一般，沒給咱們留下一星半點的蛛絲馬跡。這很不正常，莫非那竊賊半道上跳海了不成？」

劉統帶附和道：「咱們暗中調查三藩市安良堂多日，亦是一無所獲，因而大人推斷，那竊賊應該是在抵達三藩市後便轉道來了紐約。」

李喜兒卻微微搖頭，道：「那卻不是咱家的推斷，而是咱家得到了三藩市安良堂的線報。」

劉統帶驚道：「莫非咱們內機局在安良堂中也有眼線？」

李喜兒長歎一聲，道：「內機局在咱們大清朝已經是捉襟見肘狼狽不堪，又哪有能力涉入到這大洋彼岸來？咱家揣測，或是當初某眼線迫於形勢，斷了跟宮裡的聯繫並輾轉到了金山，此人雖未露面，但屬內機局卻是無疑，他用的可是咱們內機局最早期的傳遞線報方式，這種線報傳遞方法，恐怕連劉統帶也是不知。」

劉統帶應道：「屬下加入內機局已是光緒二十五年底，那時候咱們內機局已經成立了有一年多了。」

李喜兒一聲歎息，道：「你來之時，正是咱內機局最為慘澹之時，百餘名眼線幾無倖存。為了安全起見，咱們內機局更換了所有聯絡方式。那傳我線報之人，仍舊以舊式方法聯絡咱家，怕是在咱內機局眼線遭到清掃之前便來了金山。」

劉統帶感慨道：「這是他的運氣，也是咱們的運氣啊。」

李喜兒道：「可不是嘛，沒有他的線報，咱們在這美利堅又能有何作為？不過是白白浪費朝廷銀兩罷了。」

劉統帶問道：「大人，恕屬下多問，那三藩市安良堂眼線為大人傳遞的線報是……大人莫怪，屬下只是……」

李喜兒擺了擺手，打斷了劉統帶，道：「到了這個份上，也沒什麼不能說的了。」

稍一沉吟，李喜兒說出了線報內容：「逆黨跟紐約安良堂要做筆交易，交易地點便在這紐約哈萊姆區。」

劉統帶恍然悟道：「原來如此！大人讓屬下們追查的畫像那人應該不是竊賊，而應是前來交易的逆黨代表！」

李喜兒道：「你確有悟性，不錯，那畫像，也是在三藩市得到，只是咱們追查了近兩月，那人卻始終未能露面，咱家推測，很可能是前來紐約的路上遭遇了意外。」

受到李喜兒的讚賞，劉統帶頗有些興奮，道：「逆黨交易代表出了意外，但那東西卻在紐約安良堂中，咱們力量薄弱，又在洋人國家，行事多有不便，大人順水推舟，利用那鐸與老鬼間隙，設下此局，只在試探安良堂反應……」劉統帶說話間歇，看了眼李喜兒的反應。

李喜兒面呈欣慰之色，微微頷首，鼓勵道：「接著說下去。」

劉統帶神情飛揚，言語間也多了些慷慨激昂：「對大人來說，那竊賊能否抓捕歸案已無意義，重要的是拿回那份名單，屬下一直困惑，抓了老鬼，為何要用那鐸來審，原來大人的這一招乃是故意露出破綻，引那安良堂顧浩然上鉤。」

李喜兒道：「你卻只說對了一半。」

劉統帶怔道：「願聽大人教誨！」

李喜兒道：「那竊賊想必已經將名單交到了安良堂手中，因而，能不能緝他歸案確無意義，這一點，你說的是對的。但安良堂錯過了跟逆黨交易的約定，而且，逆黨亦無補救措施，咱家猜測，那份名單應該已被安良堂銷毀。也罷，若是真把名單拿回來了，卻是一塊燙手的山芋，吃不得，丟不得，甚是難辦。」

劉統帶道：「大人何出此言？」

李喜兒歎道：「逆黨放棄交易，只能說那份名單已然不重要，或是自有備份，只需將此名單銷毀便可，若是此時咱們還能拿回名單，咱家卻不得知其真假，豈不更加棘手？」

劉統帶不禁感慨道：「大人心思縝密，屬下佩服地五體投地。」

李喜兒淡淡一笑，道：「此刻，或許你正在想，既然如此，那又何必多費心思去緝拿無關輕重的老鬼，是麼？」

劉統帶慚愧道：「大人明察秋毫，屬下確有如此疑問，但屬下明白，此疑問定是屬下愚鈍，理解不了大人深意。」

李喜兒瞥了劉統帶一眼，輕輕搖頭，道：「你愚鈍是真，但咱家也沒多大的深意，如此之為，不過是想給安良堂顧浩然添點堵而已。好了，時間差不多了，咱家講的也夠多了，是該離去的時候了。」

劉統帶道：「大人的意思是……撤了？」

李喜兒道：「只怕再不撤就會被人家給端嘍！」

劉統帶不以為然，道：「咱們行事謹慎，距離安良堂堂口又遠，不會那麼快被人盯上吧？」

李喜兒指了指後腦勺的辮子，道：「有它在，不好說啊！」

趙大明引領著上百名洋人員警向著李喜兒的藏身地點包抄過來，在穿過哈萊姆區兄弟構建的外層包圍圈時，趙大明和那邊的兄弟過了下眼神，對方示意，一切正常。

再往前，見到了來自總堂口的兄弟，那兄弟給趙大明做了個ＯＫ的手勢。

「老漢，那幫悍匪就在前面的三幢房子中，中間的一幢住著他們的老大，兩邊兩幢，住的全是馬仔，怎麼著？為了偉大的美利堅共和國，開工吧！」

漢克斯鄭重點頭，然後向手下做了細緻安排，分出兩隊繞到了那三幢房屋的後面，另有兩隊員警與正面策應掩護，其餘三隊員警分別向那三幢房屋攻擊前進。

洋人員警也懂得擒賊先擒王的道理，攻向兩側房屋的員警沒有著急行動而是佔據了房門兩側，窗沿之下等有利位置，等待中間那隊員警率先行動。

領頭隊長先是衝著身後做了個準備妥當可以開始的手勢，然後向隊員們發出了突襲的指令。其中一員警飛起一腳，將門踹開，確定房屋內沒有反擊後，數名員警一擁而入。

房屋內居然空無一人。

中間一隊員警衝進了房屋中，兩側仍舊不見動靜，負責攻擊的員警只好破門而入，和中間一樣，也是空無一人。

「趙，我親愛的朋友，這個玩笑一點也不好笑，我們砸壞了人家的門，是要賠錢的，你明白嗎？」

漢克斯跟在趙大明身後，不住抱怨。

趙大明也是一頭霧水。

哈萊姆的兄弟不可能騙他，從堂口帶來的五個兄弟更不能騙他，這些兄弟盯得死死的，怎麼可能讓這些人從自己的眼皮下溜走了呢？

三幢房屋挨個檢查一遍，趙大明沒有發現任何可疑之處。

「活見鬼了不是？那誰，把哈萊姆的兄弟叫過來。」趙大明的臉拉得好長，口吻中多有些不耐煩的情緒。

安良堂在哈萊姆區的兄弟不多，總數也就是十來個，這幫哥們聽說屋裡空無一人的時候，也是面面相覷不知為何，待來到趙大明面前時，為首的一個不好意思地先開了口：「大明哥，我們哥幾個是親眼看著他們進到了這幢房屋的，二十多人，雖然都穿著洋裝，可頭上的一根牛尾巴晃來晃去，絕不可能看走眼啊！」

「那人呢？我問你們，二十多個大活人都去了哪兒了？」

雖是冬天，可趙大明卻只感覺到燥熱無比，不由解開了衣襟，拎著一側衣衫搧著涼風。

哈萊姆另一兄弟道：「這幫人飛不上天，難不成還鑽地裡去了？」

無心的一句話反倒驚醒了趙大明，他猛地一拍腦門，吩咐道：「真他媽有可能鑽地裡去了。弟兄們，動起來，把地板全都給老子掀開，老子還就不信了！」

兄弟們立刻行動，只一會，便在最東面房屋一樓一間房間中的床下發現了問題。一個黑黝黝兩尺見方的地洞。

「嗎的，跟老子玩這一手？」

哈萊姆區的那個小頭目被趙大明嗆了一句，心中正在惱火，看見那地洞，二話不說便要鑽進去追擊。

趙大明一把攔下了：「幹嘛？這幫孫子才來幾個月？能挖多長的地洞？肯定是挖通了地下管道，順著地下管道溜跑了，你怎麼追？追不好再吃了人家的癟。」

漢克斯也湊了過來，瞄了眼那黑黝黝的地洞，笑開了：「噢，我的朋友，趙，謝謝你幫我找到了寫報告的理由，一分鐘之前，我還為這個月的獎金犯愁呢！」

趙大明嘿嘿笑道：「老漢，你的人可是連匪徒的一根寒毛都沒抓到，那賭債還有……」

漢克斯急得直搖腦袋，搶下了趙大明的話頭，嚷道：「噢，不，親愛的趙，你說過，你們中國人是最講承諾的，吐口唾沫都會成口水。」

趙大明笑著更正道：「那句話是這麼說的，吐口唾沫砸個坑，好了，不要緊張，跟你開個玩笑，你剛才不是說我開的玩笑一點也不好笑麼？現在換了個新玩笑，感覺怎麼樣？」

漢克斯聳了聳肩，道：「更不好笑！」

趙大新這時過來問道：「大明，真不追了麼？」

趙大明歎了口氣，回道：「這紐約城的地下管道橫七豎八複雜得很，若是沒有事先準備好圖紙制定好路線，一般人下去了估計連方向都辨不清，怎麼追？」

趙大新急道：「那我師父怎麼辦？」

趙大明回以了聳肩撇嘴再加攤手。

趙大新心急如焚卻又無能為力，只得雙手抱頭，蹲在了地上，重重地歎了聲氣。

趙大明走過來拍了下趙大新的肩，道：「兄弟，關鍵時刻要相信老顧，我跟他跟了那麼多年，就沒見到過有什麼事情能難得倒他。不是想儘快救你師父嗎？那就別蹲著了，趕緊跟我回堂口吧！」

趙大新這才重燃希望，急忙站起身來，跟著趙大明騎上自行車回曼哈頓的堂口去了。

「扒了他的衣服，給五爺我狠狠地抽！」

那鐸將折疊椅搬到了房間一角，抽著雪茄，顛著二郎腿，指揮李喜兒留下來的手下盡情折磨老鬼。只是看似乎還不過癮，那鐸擼了袖管，接過手下皮鞭，罵一句，抽一鞭，好不愜意快活！

老鬼也是夠硬，沒發出一聲慘叫，鞭子落在了身上，不過是一聲悶哼，那聲音，比起鞭子抽打的聲音還要弱了許多。

十幾鞭下去，那鐸已是氣喘吁吁，再看老鬼，卻是昏迷了過去。

「去拎桶冷水來，把他給澆醒了。」

那鐸丟掉了手中皮鞭，坐到了折疊椅上，大口大口喘著粗氣。不單單是累的，更多原因是被氣的。

「五爺，不能再這麼打了，再打下去，會出人命的。」其中一名手下遲疑地向那鐸勸說道。

那鐸雙眉上挑，鼻腔中發出一聲輕蔑的哼聲，慢悠悠反問道：「這兒是聽你的還是聽我的？」

那手下畢恭畢敬回道：「當然是聽五爺您的，可是，李大人要的是活口啊！」

那鐸再哼一聲，道：「那他現在死了麼？」

那手下陪笑道：「小的意思是說不能再打了！」

那鐸很不耐煩道：「五爺我要你去拎桶冷水澆醒他，你哪隻耳朵聽到五爺我說還要繼續抽他來著？李大人臨走的時候可是交代過的，你們幾個的性命可是掌握在五爺我的手上，是沒聽到李大人的交代，還是你就沒長記性？」

那鐸的疾聲厲色掩蓋不住他內心的虛弱，雖然李喜兒將這些手下的生殺大權交給了他，可打狗還得看主人，他自然不敢做得太過分。

再說，李喜兒留下的這些個手下，任一人都能隨便要了他那鐸的性命。那七八名手下更是心知肚明，大人口上說的雖是將他們的性命交給了那鐸，但那鐸若是真做出非分之舉來，大人定然不會饒他。因而，這些個手下對那鐸毫無敬畏之心，彰顯出來的畢恭畢敬無非是對大人命令的尊重。

那手下不願再與那鐸做口舌之辯，順從了那鐸的意思，拎來了一桶冷水。另一手下舉起這桶冷水，兜頭澆在了老鬼的身上。

老鬼一個激靈，悠悠轉醒。

「挨鞭子的滋味不好受吧？」

那鐸叼著雪茄，晃悠到了老鬼的面前，揮了揮手，令李喜兒的那些手下退出房間，待鐵門再次關上，那鐸掏出手帕，為老鬼擦了下額頭及臉頰上的水珠。

「咱們也算是老朋友了，五爺我是真的不忍心看到你這副慘樣，老鬼啊，還是招了吧，不就是一件寶貝麼？生不帶來死不帶走的，值得你搭上一條性命麼？」

老鬼翻開眼皮瞅了那鐸一眼，隨即眼皮又耷拉下來，有氣無力答道：「你以為我想啊，那五爺，我要是說你睡了你們家的老佛爺，你會承認嗎？」

也虧得那鐸反應慢，這要是換了別人，早就一大嘴巴子搧了過去，怎會容得老鬼還能把話說完？那鐸或許是走神了，直到老鬼發出了一聲蔑笑，他才反應過來，理所當然地抽了老鬼兩個耳光。

「死到臨頭你還嘴硬！今個五爺就好好給你說道說道，什麼叫生不如死，什麼又叫求生不能求死不得。來人啊！」

鐵門打開，進來了兩名李喜兒手下。

那鐸令道：「給五爺拿把斧子來。」

一手下疑道：「那五爺要斧子作甚？」

那鐸冷笑道：「五爺我要砍下了這廝的十根手指！」

那手下笑道：「斬個手指而已，用刀不就行了？」說罷，從身後腰間，拔出了一柄短刀，遞給了那鐸。

那鐸卻不伸手，道：「刀斬豈有斧子砍來得痛快？」

那手下苦笑道：「可兄弟們沒有以斧子為兵刃的，一時半會也找不來呀。」

那鐸這才極不情願地接過了那柄短刀。

那手下在那鐸接刀的時候勸說道：「那五爺可是要悠著點，一下便斬下十根手指，來不及止血也是要死人的，那五爺，萬一有個差池，大人怪罪下來，小的們可是擔待不起哦！」

那手下的話說得隱晦，但意思也是夠明白了，那鐸聽了，也不禁有些猶豫。身為滿清子弟，那鐸雖然從了文，卻也沒丟了武，只是未下苦功，僅能算作略知皮毛。不過，這斬手指的滋味他可是親身體驗過，而且所過不久，至今記憶猶新。那手下提醒的不錯，當初自己一根手指被斬下的時候，血就很難止住，若是十根手指同時被斬斷，恐怕真會因為血流不止而要了老鬼的性命。

自己誇下海口，承諾五日內必然撬開老鬼的嘴巴，可不過半日，便使得老鬼一命嗚呼，這結果，確實無法向李喜兒交代。

可當著老鬼的面已經說出了大話，那鐸也是沒有退路，好在這貨腦子尚算活絡，隨即改口道：「五爺我說了要一下子斬斷他十根手指了麼？五爺我要的是慢慢玩，一天斬斷兩根，左右各一，那邊都不吃虧！」

李喜兒手下心中嗤笑，但臉面上仍舊畢恭畢敬，恭維道：「那五爺英明。」

「你們兩個，拿住了他的手，岔開他的手指頭。」那鐸晃悠著手中短刀，腦子裡盤算起該如何一刀揮出才夠瀟灑痛快。

倆手下應聲拿住了老鬼的左手，舉到空中才發覺無處可按，只得將老鬼從牆壁的鐵索上解下，押至房間一角的案台前。

「嘖，嘖，怎麼能是左手呢？換右手！不知道老鬼是個左撇子麼？」那鐸拿著短刀，比劃了一下，卻輕歎搖頭，提出了個莫名的要求。

那倆手下換了老鬼的右手上來，按在了案台上，並岔開了老鬼的五根手指，其中一人道：「那五爺，來吧！」

那鐸陰笑兩聲，拿著短刀在老鬼眼前晃了兩下，道：「老鬼啊，老鬼，這一刀下去，你的一根手指便要和你永別了，你可別以為是五爺我存心報復你，五爺我可沒你想像中的那麼小心眼子，五爺我想要的只是那件寶貝的下落，可你咬死口就是不說，能怪誰呢？」

老鬼恥笑道：「只怕你這一刀斬去了我老鬼手指的同時，也斬斷了你那鐸的脖子。」

那鐸做出驚恐狀，呵呵笑道：「你不說五爺我還真忘了，咱們老鬼兄背後還有顧浩然這個靠山，嘖嘖，可真是要嚇死了五爺我了。這樣不好，老鬼，你知道五爺我膽小怕事，一聽到顧浩然的名字就會渾身哆嗦，這一哆嗦啊，手上就會失去準頭，到頭來，遭罪的不還是你老鬼麼，哈哈哈。」

獰笑中，那鐸牙關緊咬，手中短刀揮了下去。老鬼應聲悶哼。

「那五爺，手指雖細，但其中有骨相連，還是得用些力氣。還有，您可不能閉眼啊，這萬一走偏，斬到了咱們兄弟的手上，你說冤還是不冤啊？」其中一名手下無奈搖頭，恭敬口吻中卻不乏嘲諷意味。

那鐸那一刀揮下，卻僅是傷了老鬼右手食指的皮肉，再看那鐸，握刀的手已是顫抖不已。

心雖夠狠，怎奈膽色欠缺，一刀揮下之時，已然喪失了底氣，那刀自然是軟弱無力。

「你行你來！」那鐸將短刀扔在了案台上，順勢抄起了雙手。

那手下倒也不含糊，拿起刀，掂量了下，問道：「還是食指麼？」

那鐸冷哼一聲，轉過身，回到了折疊椅上，道：「隨你！」

趙大新隨著趙大明回到了安良堂總堂口。

已是臨近傍晚時分，顧浩然且不在堂口，兄弟倆只得耐心等待。

趙大明到後堂轉了一圈，回來時，捧了一碗冷菜同時拎著一袋饅頭，招呼趙大新道：「大新，忙活了快一天了，啥也沒吃，來，將就著墊墊肚子吧。」

趙大新搖了搖頭，道：「吃不下。」

趙大明一聲歎息，道：「吃不下也得吃啊，人是鐵飯是鋼，一頓不吃餓得慌，萬一咱家老顧回來有了鬼叔的消息，你餓著肚子派不上用場，豈不痛惜？」

趙大新悶歎一聲，猶豫片刻，還是接過了趙大明遞來的饅頭。

「你要對咱家老顧有信心，鬼叔是咱安良堂的人，老顧他怎能不上心？只要老顧想做的事，就沒有……」哥倆吃著，趙大明勸著趙大新，可話沒說完，卻突然卡住。

趙大新不由轉頭，卻是顧浩然不知何時已經站到了二人身邊。

「先生，你啥時回來的？嚇我一跳！」趙大明慌亂間往嘴巴裡塞了一大筷子的菜，然後抓著饅頭呲溜一下跑開了。

顧浩然陰著臉罵道：「小兔崽子，跑得了和尚還能跑得了廟了？一口一個老顧，沒大沒小沒規矩！」

趙大明啃著饅頭，嬉皮笑臉嘟囔道：「不叫老顧，難不成還讓我叫您小顧？」

顧浩然一個沒憋住，噗嗤笑出聲來：「過來坐下吃吧，等吃飽了才好挨揍！」

趙大明應了聲：「好！」然後歡快跑回。

顧浩然坐到了堂口主座上，點了點身旁的桌面，立刻有屬下奉上了茶來。

「那幫人全都跑了？」

趙大明邊吃邊應道：「嗯，順著地下管道溜了。」

「他們準備的倒是充分，看來有高人指點啊！」

趙大明道：「也不一定，洋人蓋房子造大樓之前，總習慣先把地下管道給鋪好嘍，洋人們也沒少在大清朝破土動工，那幫牛尾巴能想到這種開溜方式也屬正常。」

顧浩然吹了吹水面上飄著的茶葉，呷了口茶水，歎道：「那些個牛尾巴若是能將這份聰明用在正道上，也不至於讓自己的國家備受欺凌。算了，跑就跑了，跑了倒也省心了。」

這二人說話，卻始終沒提到師父老鬼，趙大新忍不住了，插嘴問道：「顧先生，抓不到那些人，我師父可怎麼辦？」

顧浩然放下了茶盞，淡定道：「那鐸不見了，一早被人接出了皇家馬戲團，到現在還沒回來，我想，他應該跟你師父在一起。」

趙大新不禁咬牙恨道：「果真同這個那五狗有關聯。」

顧浩然道：「點了老鬼的人想必就是那鐸，我只是納悶，那幫牛尾巴抓了老鬼卻為何輕易放棄呢？」

趙大明吃飽了肚子，抹了把嘴，應道：「說不準那幫牛尾巴開溜後便回到關押鬼叔的地方了哩。」

顧浩然微微搖頭，道：「講不通啊，若是如此，那他們為何要一早回去哈萊姆呢？這種做法，豈不是多此一舉？」

趙大明笑道：「牛尾巴喜歡脫褲子放屁唄！」

顧浩然瞪了趙大明一眼，然後轉而對趙人新道：「不管他們意圖如何，能追查到那鐸下落，便可找到你師父。好在那些人一早用的車輛是雇來的，用的還是車行的司機，所以，找到那鐸並非很難。」

那鐸看了眼手下呈上來的老鬼的一根食指，不由打了個冷顫，胸骨下胃口處一陣抽搐，一口酸水登時湧上了喉嚨處。那鐸急忙屏住呼吸，接連吞咽，硬生生將這股酸水壓了下去，才避免了當眾嘔吐出來的糗事。

「拿走，趕緊扔了，五爺我可是個讀書人，看不得如此血腥的玩意。」那鐸掩住了口鼻，將頭轉向了一側。

「屬下遵令，屬下只是想問那五爺，今個還審麼？」那手下用了塊從老鬼衣服上扯下來的布包住了老鬼的拇指，放進了口袋中。

那鐸厭煩地擺了擺手，道：「五爺我累了，先上樓歇息會兒，你們幾個可要守好了。」

待那鐸走後，那兩名手下也離開了用來審訊老鬼的房間，只是沒走遠，便在門口交談了起來。

老鬼食指被斬，吃痛昏迷了過去，被重新鎖在了牆壁後，方才轉醒過來，醒來之後，便聽到了門外那二人的對話。

「安良堂的人怎麼還沒找上門來呢？咱們可是給他們留足線索了呀！」

「別著急嘛，實在不行咱們再給安良堂的人送個信不就完了？」

「咱倒不是著急，咱只是想不明白大人為何要這麼做。」

「怎麼？你怕了？」

「呵呵，不瞞老兄說，自打進了內機局的門，兄弟便已將生死放下了，只是啊，今日死在這異國他鄉，多少都有些不甘心啊！」

「兄弟說得好！咱們啊，從入了內機局的那一天，這條命便已經不是咱們自己的了，雖說死在這美利堅合眾國有些憋屈，但轉過來想，不就是一副臭皮囊麼？你我兄弟能為李大人為老佛爺為大清國而死，只會死得其所，定能感天動地，將咱們的亡靈帶回故土。」

另一人聽了，似乎有所觸動而沒再搭話。

沉靜片刻，自稱為兄的那人道：「那些個機關都佈置好了麼？」

另一人應道：「差不多了吧，打夜裡就在弄，這一白天也沒閑著，也就是多點少點的問題。」

稱兄者道：「希望大人的計畫能夠如願，最好那安良堂傾巢出動，此一戰，必重創於他。」

另一人呵呵笑道：「那安良堂也是活該！都離開大清朝了，不安安生生地過日子，非要跟逆黨胡混在一起，到頭來，不還是被逆黨出賣了麼？」

稱兄者跟著大笑，道：「何止出賣，簡直就是玩弄於股掌之間，什麼狗屁名單，那分明就是挑撥朝廷和重臣之間關係的陰謀詭計，沒想到，大人只是花了點銀子，那逆黨代表便全都招了。此一戰，無非就是教訓一下安良堂不該多管閒事。」

另一人笑道：「若是能宰了姓顧的，那咱們兄弟可真是死得其所嘍！」

稱兄者冷笑道：「就怕他不敢來，只要來了，那就回不去，不然，咱們怎麼能對得起人家逆黨的一片苦心呢？」

便在這時，又來了一人，道：「安良堂的人露面了，頭兒讓你倆過去呢！」

三人嘀咕著走遠，老鬼的耳邊也終於恢復了寧靜。

或許是因為聽到那二人對話而緊張所致，也或許是因為身上遭受的折磨太深，那三人離開後沒多會，老鬼便再次陷入了昏迷之中。

安良堂弟兄的辦事效率非常之高，天色剛剛擦黑，便已經查明了那鐸的去向，並將具體地址報給了顧浩然。

趙大明在一旁擦拭著手中的左輪，也不抬下頭，直接問道：「開幹唄？我帶人去，您就在家裡等消息吧！」

顧浩然不急不躁，沉穩道：「那地方雖在郊區，但好歹也歸紐約警察局管，不打招呼便貿然動槍，不好交代啊！」

趙大明噗嗤一聲，抬頭看了顧浩然一眼，笑道：「咱們安良堂什麼時候變得那麼守規矩了呢？」

顧浩然不動聲色答道：「就從現在開始。」

趙大明聳了下肩，乾脆閉上了嘴巴。

趙大新卻不明就裡，著急道：「顧先生，難不成您還打算報警麼？師父在他們手上，若是報了警……」

顧浩然打斷了趙大新，道：「這件事我反覆掂量，認為必須報警。」

趙大新的兩隻眼都紅了，可求著人家的事情，卻也只能乾著急。這種情勢，想救人只能突襲，若是報警，耽誤時間不說，還極容易激怒對方而導致撕票的結果。

身旁，趙大明捅了趙大新一指頭，笑道：「咱家顧先生是擔心人家早已經挖好了坑等著咱們，找幾個洋人員警去試探試探虛實，倒也不錯。」

趙大新道：「可問題是洋人員警只要露面，就很可能讓那些人動了先殺師父再逃走的念頭啊！」

趙大明又捅了趙大新一指頭，然後朝顧浩然的方向努了下嘴，小聲：「別吵吵了，你看老顧那樣子，肯定是在琢磨陰謀詭計。」

對趙大新來說，把師父救出來的唯一辦法便是悄無聲息靠上去，然後發起突襲，打敵手一個措手不及，使得他們來不及對師父下手。除此之外，別無他法。因而，趙大新對雙眼微閉的顧浩然是頗有微詞，只是不便發作而已。

僅是兩三分鐘，顧浩然睜開了雙眼，吩咐道：「大明，把你那一支的兄弟全都叫來吧，另外，把大新兄弟帶去後堂休息。」

趙大新肯定不幹，嚷道：「顧先生，我趙大新的這條命是師父給的，救師父，我必須衝在最前面。」

顧浩然拉下了臉，慍道：「既然如此，我把那地址告訴你，你一個人去救你師父好了。」

趙大新看了眼顧浩然，心中不由一懾，連忙垂下頭來，道：「顧先生，我錯了。」

趙大明一把攬過了趙大新肩頭，道：「讓你休息你就乖乖去休息，非得去摸老虎尾巴幹啥呀？走啦，跟我走啦。」

不多會，趙大明領著手下兄弟全部聚到了堂口上。

但見人已到齊，顧浩然道：「我安良堂立足江湖，憑的是懲惡揚善除暴安良這八字堂訓，自創立以來，從未向任何惡暴勢力低過頭，可如今偏就有這麼一些不知死活的東西，居然騎到了我安良堂的頭上，不單抓了咱們的人，還挖好了坑等著咱們，你們說，咱們該怎麼辦？」

當著手下兄弟的面，趙大明不見了平日裡的嬉皮笑臉，卻也沒搭話，只是悶著頭把玩手中的左輪。

「先生，啥也不用說，幹死他們！」趙大明的下首，一兄弟站了出來。

「強哥說得對，幹就完了！」其他兄弟紛紛附和。

請續看《替天行盜》第二輯卷十一 機不可失

替天行盜 II 卷10 綁架蹊蹺

作者：石章魚
發行人：陳曉林
出版所：風雲時代出版股份有限公司
地址：10576台北市民生東路五段178號7樓之3
電話：(02) 2756-0949
傳真：(02) 2765-3799
執行主編：劉宇青
美術設計：許惠芳
行銷企劃：林安莉
業務總監：張瑋鳳

初版日期：2022年7月
版權授權：閱文集團
ISBN ：978-626-7025-65-9
風雲書網：http://www.eastbooks.com.tw
官方部落格：http://eastbooks.pixnet.net/blog
Facebook：http://www.facebook.com/h7560949
E-mail：h7560949@ms15.hinet.net
劃撥帳號：12043291
戶名：風雲時代出版股份有限公司

風雲發行所：33373桃園市龜山區公西村2鄰復興街304巷96號
電話：(03) 318-1378
傳真：(03) 318-1378
法律顧問：永然法律事務所 李永然律師
北辰著作權事務所 蕭雄淋律師

行政院新聞局局版台業字第3595號 營利事業統一編號22759935

定價：290元

國家圖書館出版品預行編目資料

替天行盜 第二輯 ／ 石章魚 著. -- 臺北市：風雲時代出版股份有限公司，2022.02- 冊；公分

ISBN 978-626-7025-65-9（第10冊；平裝）

857.7 110022741